पेंगुइन स्वदेश

मन मिर्ज़ा तन साहिबां

अमृता प्रीतम पंजाबी के सबसे लोकप्रिय लेखकों में से एक थी। अमृता प्रीतम का जन्म 1919 में गुजरांवाला पंजाब (भारत) में हुआ। उनका बचपन लाहौर में बीता और शिक्षा भी वहीं हुई। किशोरावस्था से उन्होंने लिखना शुरू किया। उन्होंने कविताओं की 100 से अधिक पुस्तकें लिखी, साथ ही फिक्शन, बायोग्राफी, आलेख और आटोबायोग्राफी लिखकर साहित्य में नया मुकाम हासिल किया। इनकी तमाम पुस्तकों का कई भारतीय भाषाओं सहित विदेशी भाषाओं में भी अनुवाद हुआ। अमृता प्रीतम पहली महिला लेखिका हैं, जिन्हें 1956 में साहित्य अकादमी पुरस्कार मिला। 1982 में उन्हें *काग़ज़ ते कैनवास* के लिए ज्ञानपीठ पुरस्कार मिला। 2004 में पद्मविभूषण भी प्रदान किया गया।

मन मिर्ज़ा तन साहिबां

अमृता प्रीतम

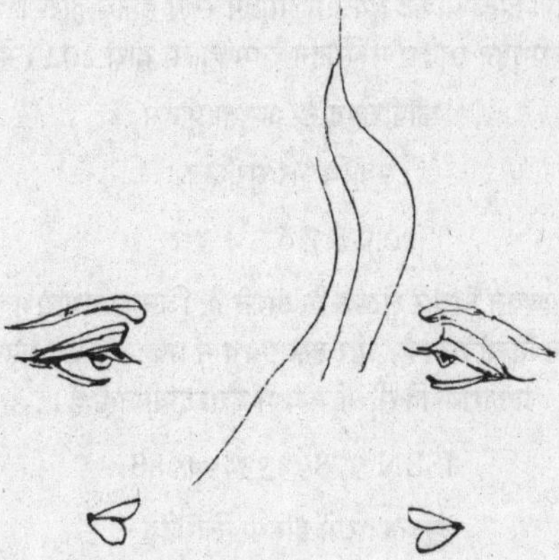

पेंगुइन स्वदेश
पेंगुइन रैंडम हाउस इम्प्रिंट

पेंगुइन स्वदेश

यूएसए। कनाडा। यूके। आयरलैंड। ऑस्ट्रेलिया। सिंगापुर
न्यू ज़ीलैंड। भारत। दक्षिण अफ़्रीका। चीन

पेंगुइन स्वदेश, पेंगुइन रैंडम हाउस ग्रुप ऑफ़ कम्पनीज़ का हिस्सा है,
जिसका पता global.penguinrandomhouse.com पर मिलेगा

पेंगुइन रैंडम हाउस इंडिया प्रा. लि.,
चौथी मंजिल, कैपिटल टावर-1, एम जी रोड,
गुड़गांव 122 002, हरियाणा, भारत

पेंगुइन
रैंडम हाउस
इंडिया

प्रथम हिन्दी संस्करण हिन्द पॉकिट बुक्स द्वारा 2008 में प्रकाशित
प्रथम हिन्दी संस्करण हिन्द पॉकिट बुक्स में पेंगुइन रैंडम हाउस द्वारा 2022 में प्रकाशित
यह संस्करण पेंगुइन स्वदेश में पेंगुइन रैंडम हाउस द्वारा 2023 में प्रकाशित

10 9 8 7 6 5 4 3 2

इस पुस्तक में व्यक्त विचार लेखक के अपने हैं, जिनका यथासंभव तथ्यात्मक
सत्यापन किया गया है, और इस संबंध में प्रकाशक एवं सहयोगी
प्रकाशक किसी भी रूप में उत्तरदायी नहीं हैं।

ISBN 9789353494988

मुद्रक : रेप्रो इंडिया लिमिटेड

www.penguin.co.in

FSC
www.fsc.org
MIX
Paper from
responsible sources
FSC® C047271

This is a legitimate digitally printed version of the book and therefore might not
have certain extra finishing on the cover.

जब मन शांत होता है, तब
इच्छाओं का प्राणान्त होता है।

– ओशो

तुम जब से ख़्यालों में आने लगे
हम ख़्यालों के घर को सजाने लगे

देवताओं की साज़िश

मेरा बचपन किताबों से खेलता रहा, किताबों में सोता रहा, किताबों में जागता रहा। मेरे पिता ब्रजभाषा के विद्वान थे, और घर, घर से ज़्यादा कुतुबख़ाना था, जाने क़ितने प्राचीन ग्रंथ उसमें भरे हुए थे। पिता रात में लिखते, और दिन में सो जाते। और पंजाबी में जो अनुवाद वह तैयार करते, काली और लाल स्याही में, मेरी आंखें उसमें डूब जातीं।

बहुत कुछ तो याद नहीं है, लेकिन इतना याद है कि उनमें बहुत से ऋषियों की गाथाएं थीं और कहीं-कहीं उन अप्सराओं की, जिनके आने से ऋषियों की समाधि टूट जाती थी। अहसास होने लगा कि इन गाथाओं का धागा कहीं से मेरी मां से जुड़ा हुआ है...

जानती थी कि जब मेरे पिता जवानी की दहलीज़ पर खड़े थे, मौत का साया उनके चारों ओर लिपट गया था। जब उनके मां-बाप नहीं रहे, और कोई भी बड़ा देखने वाला नहीं रहा, तो मेरे पिता के दोनों भाई घर छोड़कर चले गए—एक साधु होकर, और एक शराबी होकर। उनकी एक बहन थी, जिससे उनके प्यार

का धागा जुड़ा हुआ था, और जब वह भी नहीं रही, तो मेरे पिता ने गेरुआ वस्त्र पहनकर, घर छोड़ दिया था।

और फिर उन्हीं वर्षों में, उनके साधना-काल में, उनकी मुलाक़ात एक ऐसी सुन्दरी से हुई, जिसके लिए उन्होंने गेरुआ वस्त्र त्याग दिए।

वह मेरी मां थी। इसलिए उन ऋषियों की और अप्सराओं की गाथाएं पढ़ते हुए मुझे वह धागा दिखाई देने लगा था–अपने पिता के मन का धागा, जो मेरी मां से जुड़ा हुआ था...

कुछ बड़ी हुई, तो इस धागे का नया कोण सामने आया, जब मैं शरत्चन्द्र की किताबों में उतर गई, और साथ ही सूफ़ी शायरों के कलाम में।

आज भी अगर कोई सुल्तान बाहू का कलाम गाती हो, या शाह हुसैन का, तो मुझ पर दीवानगी का एक आलम तारी[1] हो जाता है...

वारिस शाह के कलाम में दर्द और अहसास की वह इन्तहा देखी कि बहुत सालों के बाद जब मैंने अपनी ज़िंदगी के हालात एक नज़्म में उतारे, तो लिखा–

> इस पत्थरों की नगरी में
> आग–जो वारिस ने जलाई थी
> यह मेरी आग भी–उसी की जां-नशीन है

फिर कालिदास का मेघदूत पढ़ा, तो उसे अंग्रेज़ी से पंजाबी में अनुवाद करने लगी। वह सब कुछ हिन्दुस्तान की तक़सीम के वक़्त खो गया, लेकिन उसका अहसास बाक़ी है। मैं उन दिनों उन बादलों में लिपटी रही थी, जो किसी का पैग़ाम ले जाते हैं...

एक बहुत बड़ी हसरत है, जो ज़िंदगी-भर बनी रही कि मुझे संस्कृत और फ़ारसी का इल्म होना चाहिए था। हाफ़िज़ शीराज़ी को तर्जुमे[2] की सूरत में जब देखा, तो वह बहुत अपना लगा। एक चेतना की क्रांति जो उसमें थी, उसके बीज मैंने अपने अंतर में पनपते हुए देखे हैं। हाफ़िज़ कहते हैं—अगर तेरा पीर कहे कि मुसल्ला[3] शराब में रंगीन कर ले, तो कर ले, मुर्शिद[4] बेख़बर

---

1. छा जाना, 2. अनुवाद, 3. नमाज पढ़ने का बिछावन, 4. गुरु।

नहीं है। हाफ़िज़ से प्यार हो आया, हैरत के उस मुक़ाम से प्यार हो आया, बेख़ुदी[1] के आलम से यहां कोई यकताई को पा लेता है, तो हर मज़हब की राहो-रस्म छूट जाती है... इसी तरह ऋग्वेद के अनुवाद से गुज़रते हुए सूर्य सावित्री के कुछ ऐसे सूक्त सामने आए, लगा, जैसे किसी काल में वे मैंने लिखे हों। कहती है, 'सुबह की लाली जब सूरज से मिले, तो उसकी आंखों में इल्म का काजल हो, अपने महबूब को सौगात देने के लिए हाथों में वेद मन्त्र हों, दुनिया के आलम उनके पुरोहित हों, और वे स्वतन्त्रता की सेज पर सोएं, जहां संकल्प का तकिया लगा हो...

इस आलम को तो आज भी दुनिया का कोई कानून नहीं पा सका। यह दुनिया तो आर्थिक, ज़ेहनी[2] और नफ़सी[3] गुलामी में तह दर तह लिपटती चली गई...

कुछ किताबें असल में एक आईना बन जाती हैं, जिस आईने में हम ख़ुद को पहचानते हैं...

आइन रैंड और काज़ानज़ाकिस को पढ़ते हुए, यह अपनी पहचान थी, जो गहरी हो पाई।

आइन रैंड का एक किरदार जब किसी से कहता है, 'आई थैंक यू, फॉर वॉट यू आर...', तो लगा–यह मेरे अलफ़ाज थे, जो उसके होंठों पर आ गए। मैंने वह मुक़ाम देखा है कि एक शुक्रिया इसलिए ज़ुबान पर उतर आता है कि कोई ऐसा है। उसके होने का शुक्रिया।

और काज़ानज़ाकिस में अहसास की वह शिद्दत देखी, जिसका एक किरदार, एक नाटक खेलते हुए, क्राईस्ट का किरदार पेश करता है, तो खुद क्राईस्ट हो जाता है। उसके लिए फिर पहले-सी ज़िंदगी में लौटने का रास्ता नहीं रहता..

रजनीश अपने बहुत पहले दिनों का एक वाकया कहते हैं कि एक बार पुरानी किताबों की दुकान पर उन्होंने एक किताब देखी, कुछ वर्क पलटे, तो सोचने लगे–यह किसने लिखी होगी? यह तो देवताओं की कोई साज़िश मालूम होती है–

वह किताब मीर दाद की थी और मैं मानती हूं कि दुनिया में कुछ किताबें

---

1. दीवानगी, 2. मानसिक, 3. आत्मिक।

और कुछेक लोग ऐसे होते हैं, जिनसे मुलाकात हो जाए, तो लगता है, यह ज़रूर देवताओं की कोई साज़िश होगी...

फिर रजनीश को पढ़ते हुए मुझे पूरा अहसास हुआ कि इस युग में देवताओं की जो सबसे बड़ी साज़िश है, उसका नाम रजनीश है। उनके चिंतन में बुद्ध का मौन, मीरा की पायल में उतरता है। इस संग्रह के अक्षर उन्हीं के प्यार में से छलक कर सामने आए हैं, इसलिए उन्हीं के नाम अर्पित करती हूं!

अमृता प्रीतम

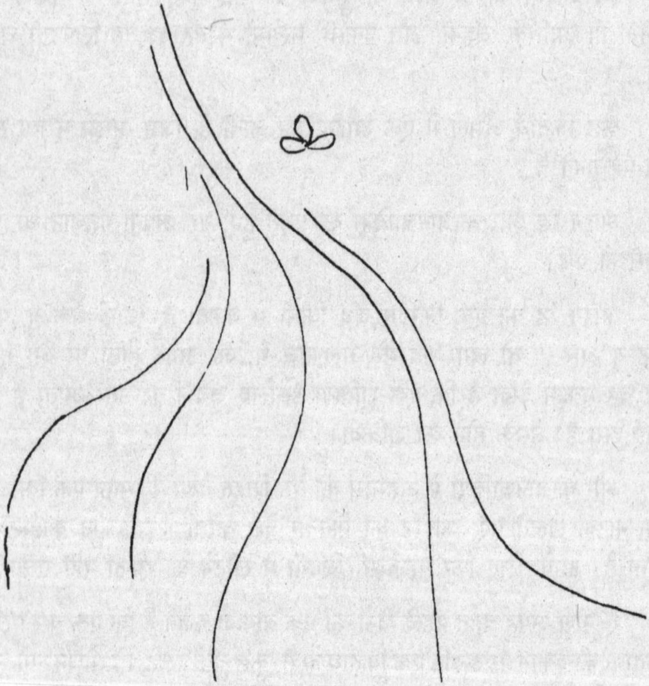

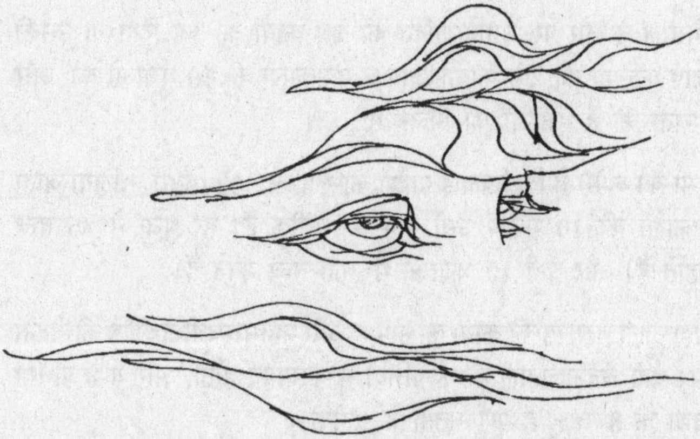

चेतना की अन्तर्ध्वनि

आदि बिन्दु की इच्छाशक्ति ने जब इज़हार लिया–तरह-तरह की हरियाली में खिल उठी, तरह-तरह से आकारमय हुई और इन्सान की काया में जो चेतना बन कर बस गई, उसी चेतना का नाम ईश्वर हुआ...

जिस रात के होंठों ने कभी सपने का माथा चूम लिया... ख़्यालों के पैरों में एक पायल-सी बज रही–उसी रात की...यह असीम शक्ति का अहसास था, जिसका स्वप्नमय दर्शन इन्सान की सीमित शक्ति ने पाया, तो उसके चिन्तन के पैरों में एक पायल-सी बजने लगी...

और इन्सान ने इस पायल की ध्वनि को जितना भर सुना, अपनी चेतना को जितना भर विकसित किया, अपनी आत्मा को जितना भर पहचाना, उसी का नाम धर्म हुआ...

इसलिए हमारे आदि चिन्तन में, देवता नाम तत्त्व का था, खिलाई शक्तियों के तत्त्व का। यह एक बहुत बड़ी पहचान थी, कि जो शक्ति कायामय हुई है, वही कुदरत के पत्ते-पत्ते में धड़कती है। वही ब्रह्माण्ड के कण-कण में बसी हुई है...

और इन्सान ने जब निराकार को आकार दिया–तो उसमें ब्रह्माण्ड का विज्ञान समाया हुआ था...

मिसाल के तौर पर, आदि शक्ति को जब काया का रूप दिया तो उसकी 18 भुजाएं कल्पित की; इस कायाविज्ञान में महाकाली की 10 भुजाओं का, और महासरस्वती की 8 भुजाओं का मिलन है...

इसी का ब्योरा है कि खिलाई गर्दिश का रूप जो 360 डिगरी में लिया जाता है, महाकाली की 10 भुजाएं उसी नाम का प्रतीक हैं। हर भुजा में 36 तत्त्व समाए होते हैं। और वहीं 10 भुजाओं में 360 तत्त्व बनते हैं।

महाकाली ब्रह्माण्ड की काया का नाम है, और महासरस्वती ब्रह्माण्ड की चेतना का नाम़। यही चेतना कमल की 8 पत्तियों में कायामय होती, और ये 8 पत्तियां योग विद्या के 8 पहलू हैं–पूर्ण चेतना के प्रतीक।

यही काया और चेतना का महामिलन है, जो 10 और 8 मिलकर 18 बनता है, आदि शक्ति की 18 भुजाओं में समाया हुआ।

सीमा में असीम का दर्शन...
छिण में सदैवता का दर्शन...
काया में कायनात का दर्शन...
आकार में निराकार का दर्शन...

समय की गर्दिश से गुज़रते हुए, इन्सान की जब यही पहचान खो गई, तो ब्रह्माण्ड के कण-कण से जो उसका रिश्ता था, वह टूटने लगा...

पहचान थी, तो इन्सान कुदरत से भय-मुक्त था
पहचान खो गई, तो कुदरत से भय-ग्रस्त हुआ...

असीम शक्ति से टूट कर वह सीमित हुआ, तो कुदरत को एक मुख़ालिफ शक्ति मानकर वह कुदरत को जीतने की कोशिश करने लगा। वह कुदरत पर हमलावर हुआ। यानी अनन्त शक्ति का एक टुकड़ा अपनी ही अनन्त शक्ति पर हमलावर हो गया...

और यहीं से ईश्वर की सूरत बदल गई। पहचान थी तो उसकी अपनी ही

(अन्तर्शक्ति) का नाम ईश्वर था–पहचान खो गई, तो ईश्वर की जो स्थापना हुई वह बाहर से हुई। और उसी का नाम मज़हब हुआ। धर्म खो गया, तो उसके प्रति–कर्म में से मज़हब पैदा हुआ...

हमारी दुनिया में वक़्त-वक़्त पर कुछ ऐसे लोग जन्म लेते हैं–जिन्हें हम देवता, महात्मा, गुरु और पीर .पैगम्बर कहते हैं। वह उसी जागृत चेतना की सूरत होते हैं, जो इन्सान से खो चुकी होती है। और वह हमारे पीर और पैग़म्बर, इस थके हुए, हारे हुए, इन्सान की अन्तर्चेतना को जगाने का यत्न होते हैं, लेकिन उनके बाद, उनके नाम से, जब उनके यत्न को संस्थाई रूप दिया जाता है, तो वक़्त पाकर, वह यात्रा बाहर की यात्रा तो बनती है, अन्तर की यात्रा नहीं बनती।

धर्म अन्तर की यात्रा है–
जड़ से लेकर चेतन तक की यात्रा...
स्थूल से लेकर सूक्ष्म तक की यात्रा...
और सीमित होने से लेकर असीम होने तक की यात्रा...

धर्म अन्तर से आदेश लेता है, और मज़हब बाहर से। और इसीलिए वक़्त पाकर, हर मज़हब के हाथों अपनी चेतना का विज्ञान खो जाता है...

यह भीतर के आत्मबल का और बाहर की सत्ता का अन्तर है। यह भयमुक्त होने का, और भय-ग्रसित होने का अन्तर है। और वह, जो ख़्यालों के पैरों में बजती हुई पायल थी, वह पैरों की जंजीर बनने लगती है...

और अन्तर शक्ति का एक टुकड़ा जब अपनी ही अन्तर शक्ति के दूसरे टुकड़े पर हमलावर हो जाता है, तो हर मज़हब का नाम हर दूसरे मज़हब के नाम से टकराने लगता है...

आज हमारे देश के जो हालात हैं, यह हमारे अपने होठों से निकली हुई एक भयानक चीख़ है। और हम–जो टूटते चले गए थे, हमने इसे चीख़ को भी टुकड़ों में बांट दिया।

हिन्दू चीख़, सिक्ख चीख़ और मुस्लिम चीख़ कहकर इस चीख़ का नामकरण हुआ...

ब्राह्मण और शूद्र कहकर, इस चीख़ का जातीयकरण हुआ और पंजाब, गुजरात या असम कहकर इस चीख़ का प्रान्तीयकरण हुआ...

पश्चिम में एक साइंसदान हुए हैं—लैथब्रेज। उन्होंने पेंडुलम की मदद से, ज़मीनदोज़ शक्तियों की खोज की, और अलग-अलग शक्तियों की पहचान के दर नियत किए।

उन्होंने पाया कि 10 इंच की दूरी से, जिन शक्तियों का संकेत मिलता है, वह सूरज, अग्नि, लाल रंग, सचाई और पूर्व दिशा है।

20 इंच की दूरी से–धरती, ज़िन्दगी, गरिमा, सफेद रंग और दक्षिण दिशा का संकेत मिलता है।

30 इंच की दूरी से–आवाज़, ध्वनि, चांद, पानी, हरा रंग और पश्चिम दिशा का संकेत मिलता है।

और 40 इंच की दूरी से–जिन शक्तियों का संकेत मिलता है, वह मौत की, नींद की, झूठ की, काले रंग की और उत्तर दिशा की शक्तियां हैं।

यही लैथब्रेज थे, जिन्होंने उन पत्थरों का मुआयना किया, जो कभी किसी प्राचीन जंग में इस्तेमाल हुए थे। और पाया कि उन पत्थरों पर नफ़रत, और तशद्दुद के आसार, इस क़दर अंकित हो चुके थे, कि उनका पेंडुलम, वही दर नियत कर रहा था। जो उसने मौत का किया था।

और उन्होंने देखा कि नदी के किनारे पर पड़े हुए, साधारण पत्थर यह संकेत नहीं देते थे।

पत्थर वह भी है, जो किसी को ज़ख्मी करने के लिए इस्तेमाल होता है। पत्थर वह भी है, जिसे किसी माइकल ऐंजलो का हाथ छू जाता है, तो वह हुन्नर का शाहकार बन जाता है।

और पत्थर वह भी है, जो महात्मा बुद्ध का वज्रासन बन जाता है। पत्थर हमारे ख़ून से भी भीग सकते हैं, और हम उन्हें किसी आसन पर बिठाकर उनमें प्राण-प्रतिष्ठा भी कर सकते हैं।

हमारे प्राचीन इतिहास में एक नाम आता है—मीरदाद! वक़्त का यह सवाल

तब भी बहुत बड़ा होगा कि ज़िन्दगी से थके हुए, हारे हुए, कुछ लोग मीरदाद के पास गए, तो मीरदाद ने कहा–हम जिस हवा में सांस लेते हैं, क्या आप उस हवा को अदालत में तलब कर सकते हैं? हम लोग इतने उदास क्यों हैं? इसकी गवाही तो उस हवा से लेनी होगी, जिस हवा में हम सांस लेते हैं और जो हवा हमारे ही ख़्यालों के ज़हर से भरी हुई है–

लैथब्रेज ने आज साइंस की मदद से हमारे सामने रख दिया है कि हमारे ही ख़्यालों में भरी हुई नफ़रत, हमारे ही हाथों से हो रही तशद्दुद और हमारे ही होंठों से निकलता हुआ ज़हर, उस हवा में मिला हुआ है, जिसे हवा में हम सांस लेते हैं...

और वही सब कुछ हमारे घर के आंगन में, हमारी गलियों में, और हमारे माहौल की दरो-दीवार पर अंकित हो गया है...

और आज हम महाचेतना के वारिस नहीं, आज हम चीख़ों के वारिस हैं, आज हम जख़्मों के वारिस हैं, आज हम इन सड़कों पर बहते हुए ख़ून के वारिस हैं...

ज़मीनदोज़ शक्तियों का जिन्होंने मुतालबा किया है, वह इस हकीकत को जान पाए हैं कि पूर्व और पश्चिम में जितने भी मंदिर तामीर किए गए थे, उनके लिए ख़ास जगह का चुनाव किया गया था, जहां ज़मीनदोज़ शक्तियों का संगम पाया गया...

हर ज़मीनदोज़ धातु की शक्ति–रेखा, बल खाती हुई चलती है, लेकिन जब तक किसी दूसरी धातु की शक्ति–रेखा से नहीं मिलती, वह नकारात्मक होती है, निगेटिव फ़ोर्स। लेकिन उन्हीं रेखाओं का संगम सकारात्मक होता है–पाज़ेटिव फोर्स। और ठीक, जहां ऐसे संगम पाए गए, वहां प्राचीन मंदिर तामीर किए गए, जो इन्सान की मानसिक शक्तियों को बल देने के लिए थे। यह एक विज्ञान था, इन्सान और कुदरत में राबता पैदा करने के लिए। दो पहलुओं में एक तवाज़न लाने के लिए।

मैं समझती हूं कि हमारी सरज़मीन पर, अलग-अलग भाषाओं की, अलग-अलग जातियों की, अलग-अलग मज़हबों की जितनी भी नदियां बहती हैं, इनके संगम से, हम एक ऐसी शक्ति पैदा कर सकते हैं, जो हमारी फ़ितरी ताक़त

में, हमारी ज़ेहनी ताक़त में, और हमारी रूहानी ताक़त में तवाज़न ला सकती है...

हमारी चेतना को महाचेतना की ओर ले जा सकती है...

आज हमें अपने-अपने मन का मन्दिर वहीं तामीर करना है, जहां इन सब नदियों का संगम होता है...

अपनी इसी चेतना की रोशनी में देखती हूं कि एक रजनीश हैं, जो इस युग की आवाज़ बन पाए हैं। कहते हैं–"धर्म के नाम पर जो सम टूट गया, उसे कहीं से जोड़ना होगा। इसलिए मैं कहता हूं कि हिन्दू आएं, मुसलमान आएं, जैन आएं, ईसाई आएं। जिसे चर्च में प्रार्थना करनी हो वह चर्च में करे, जिसे मंदिर में प्रार्थना करनी हो वह मंदिर में करे, जिसे मस्जिद में जाना हो वह मस्जिद में जाएं, लेकिन वह अपने मन से संप्रदाय का विशेषण अलग कर दे, मुक्त हो जाए, सिर्फ़ धर्म का हो जाए..."

रजनीश जी धर्म की अंतर्ध्वनि हैं, इसलिए मैंने जो भी उन पर लिखा है– उन्हीं के नाम अर्पित करती हूं।

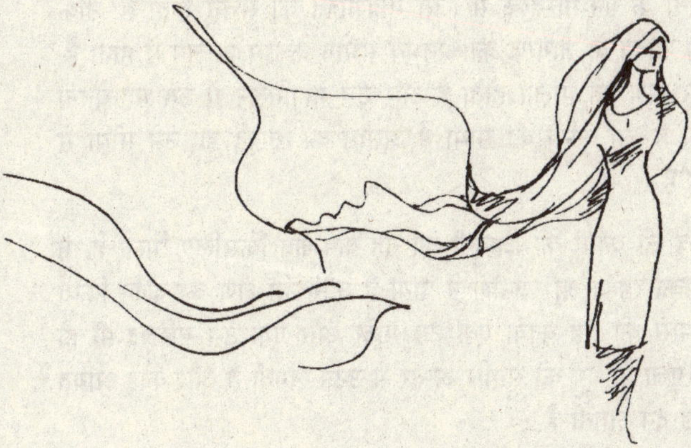

मन मिर्ज़ा तन साहिबां

पंजाब के किसी सूफ़ी शायर की यह पंक्ति प्रतीकात्मकता नहीं है। यह जहांगीर-काल की एक गाथा है कि मिन्टगुमरी ज़िला के दानाबाद गांव का एक राजपूत मिर्ज़ा जब अपने ननिहाल की एक सुन्दरी साहिबां को देखता है, तो साहिबां को अहसास होता है कि मिर्ज़ा एक मन है, जो साहिबां के तन में बस गया है...

किसी देवता की पत्थर-मूर्ति में जो प्राण-प्रतिष्ठा कर सकता है, वही इस मुहब्बत के आलम को समझ सकता है कि मन और तन के संभोग से कोई समाधि की अवस्था तक कैसे पहुंच जाता है.....

मुहब्बत की इस गाथा में समाज के तेवर बदलते रहते हैं, लोहा सान पर चढ़ता है, भाइयों के बदन में नफ़रत सुलगने लगती है, और उनके होंठ ज़हर उगलने लगते हैं और वक़्त हैरान होकर देखता है कि दूसरी तरफ़ मिर्ज़ा और साहिबां के बदन उस पाक मस्जिद-से हो गए हैं कि, जहां पांच नमाज़ें बस्ता लेकर मुहब्बत की तालीम पाने को आई हैं...

कोई योगी जब अपने अन्तर में सोई हुई शक्ति जगाता है, और जब आग

की एक लकीर उसकी पीठ की हड्डी में से गुज़रती है, तो उसकी काया में बिखरे हुए शक्ति के कण, उस आग की कशिश[1] से एक दिशा अख़्तियार[2] करते हैं, और उससे योगी के मन-मस्तिष्क में जिस महाशक्ति का संचार होता है, ठीक उस कुण्डलिनी शक्ति के जागरण का अनुभव संभोग के उस आलम में होता है, जहां प्राण और प्राण का मिलन होता है और उस महामिलन में उस महाचेतना का दर्शन होता है, जो काया की सीमा में असीम को ढालते हुए उसे सीमा से मुक्त कर देती है...

पांच तत्त्व की काया को ज़िन्दगी का यह कर्म-क्षेत्र किसलिए मिला है, मैं समझती हूं इसका रहस्य श्री रजनीश ने पाया है और उस क्षण का दर्शन किया है जब लहू, मांस की यह काया एक उस मंदिर और एक उस मस्जिद-सी हो जाती है, जहां पूजा के धूप की सुगंधि अन्तर से उठने लगती है और कोई आयत भीतर से सुनाई देने लगती है...

दाग़िस्तान हमारी दुनिया का एक छोटा-सा पहाड़ी इलाका है, लेकिन लगता है, वहां के लोगों ने दुनिया के दुखान्त का बहुत बड़ा मर्म जाना है। वो लोग जब किसी पर बहुत ख़फा होते हैं, तो एक ऐसी गाली देते हैं, जिससे भयानक कोई और गाली नहीं हो सकती। कहते हैं– अरे जा! तुझे अपनी महबूबा का नाम भूल जाए।

कह सकती हूं–यही गाली है, जो हमारे हर मज़हब को लग गई, हमारे हर वाद और एतक़ाद[3] को लग गई, और उन्हें अपनी महबूबा का नाम भूल गया... अपनी अनन्त शक्ति का नाम भूल गया...

और फिर ऐसे स्याह दौर आए कि हमारे सब मज़हब और हमारे सब वाद और एतक़ाद इन्सान को भय-मुक्त करने की जगह भयग्रस्त करने लगे।

लगता है... यह मर्म भी श्री रजनीश ने जाना, और लोगों को भय-मुक्त करने के लिए उस अनन्त शक्ति की ओर इशारा किया, जो उन्हीं के भीतर थी, लेकिन जिसका नाम उन्हें भूल गया था...।

यह आसन और सिंहासन की बहुत बड़ी साज़िश थी कि वह मिलकर लोगों

---

1. आकर्षण, 2. तय, 3. विश्वास।

को भयग्रस्त करने लगे। वो लोगों को सिर्फ़ फ़ितरी[1] ग़ुलामी नहीं देते, ज़ेहनी ग़ुलामी भी देते हैं, साइकिक ग़ुलामी भी देते हैं। इसी को मैंने कुछ सतरों में एक इज़हार दिया था–

"मैं कोठरी दर कोठरी
रोज़ सूरज को जन्म देती हूं–
और रोज़ मेरा सूरज यतीम होता है..."

उदास-सा सूरज जब रोज़ आसमान पर उदय होता है, तो संस्कारों का एक तकाज़ा होता है कि लोग दूर से उसे देखते हैं, एक अजनबी की तरह उसे नमस्कार करते हैं, और फिर जल्दी से रास्ता काटकर चल देते हैं, और वो यतीम-सा सूरज यूं ही अस्त हो जाता है...

लोग जो भयग्रस्त कर दिए गए थे, वो भूल गए कि सूरज की किरण तो अपने घर के आंगन में ले जानी होती हैं, अपने मन-मस्तिष्क में ले जानी होती हैं, जहां हमारे अन्तर की मिट्टी में पड़ा हुआ एक बीज, फूल बनकर खिलने के लिए तरस रहा है।

प्रेम और भक्ति यह दो लफ़्ज़ ऐसे हैं। जो हमारे चारों ओर सुनाई देते हैं, लेकिन इस तरह घबराए हुए से, जैसे वो लोगों के बागों से तोड़े हुए चोरी के फूल हों।

लेकिन फूल तो भीतर से खिलने होते हैं, हमारे मन की मिट्टी में से, जहां मिट्टी ने अपनी प्रसव-पीड़ा को पाकर सार्थक होना होता है.

मैं समझती हूं कि श्री रजनीश हमारे युग की एक बहुत बड़ी प्राप्ति हैं, जिन्होंने सूरज की किरण को लोगों के अन्तर की ओर मोड़ दिया, और सहज मन से उस संभोग की बात कह पाए–जो एक बीज और किरण का संभोग है, और जिससे खिले हुए फूल की सुगंधि इन्सान को समाधि की ओर ले जाती है, मुक्ति की ओर ले जाती है, मोक्ष की ओर ले जाती है...

मन की मिट्टी का ज़रखेज़[2] होना ही उसका मोक्ष है, और उस मिट्टी में पड़े

---

1. शारीरिक, 2. उपजाऊ।

हुए बीज का फूल बनकर खिलना ही उसका मोक्ष है... मानना होगा कि श्री रजनीश ही यह पहचान दे सकते थे, जिन्हें चिन्तन पर भी अधिकार है, और वाणी पर भी अधिकार है...

सिर्फ़ एक बात और कहना चाहती हूं अपने अन्तर अनुभव से—उस व्यथा की बात, जो अंकुर बनने से पहले एक बीज की व्यथा होती है–

मेरा सूरज़ बादलों के महल में सोया हुआ है
जहां कोई सीढ़ी नहीं, कोई खिड़की नहीं
और वहां पहुंचने के लिए–
सदियों के हाथों ने जो डंडी बनाई है
वो मेरे पैरों के लिए बहुत संकरी है...

मैं मानती हूं कि हर चिन्तनशील साधक के लिए, हर बना हुआ रास्ता संकरा होता है। अपना रास्ता तो उसे अपने पैरों से बनाना होता है। लेकिन श्री रजनीश इस रहस्य को सहज मन से कह पाए, इसके लिए हमारा युग उन्हें धन्यवाद देता है।

(दिसंबर 1987, रजनीश जी की पुस्तक 'संभोग से समाधि की ओर' की भूमिका)

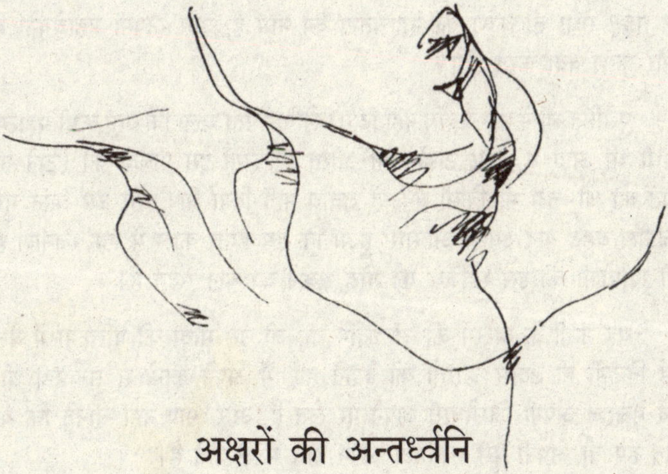

अक्षरों की अन्तर्ध्वनि

1988 में अट्ठाईस मार्च को जब मैंने राज्यसभा में यह सवाल उठाया कि हमारे जिन कुछ एक मंदिरों में औरत के जाने पर पाबंदी है, उस पाबंदी को ग़लत क़रार देने के लिए क़ानून लागू किया जाए, तो मन-ही-मन मुझे श्री रजनीश याद आए।

इसी साल आसाम के बरपेता कस्बे में जब मैंने तीन जनवरी के दिन आसाम की लेखिका-समारोह समिति की इमारत के लिए नींव-पत्थर रखा था, तो पता चला कि वहां के एक बहुत बड़े वैष्णव-मठ के कीर्तन-घर में औरत के जाने पर पाबंदी है। और आज से पांच सौ साल पहले जब यह मंदिर बना था, और जिन औरतों ने मंदिर की सेवा के लिए अपनी ज़िन्दगी अर्पित की थी, उनके वंश की औरतें, पांच सौ साल से मंदिर की परिक्रमा में बैठी हैं, और वे नहीं जानतीं कि मंदिर के भीतर जलती हुई ज्योति का दर्शन उनके लिए वर्जित क्यों है...

और चार जनवरी की सुबह थी, जब मैं उस मंदिर में गई, और परिक्रमा में बैठी हुई उन औरतों को देखा जो मटमैली-सी धोतियों में लिपटी हुई सचमुच इस तरह दिखाई दे रही थीं, जैसे मुरझाए हुए फूलों की कुछ गठरियां-सी पड़ी हों...

और जब मंदिर के बड़े पुरोहित जी ने मेरे साथ होकर मंदिर के चारों ओर की परिक्रमा करते हुए, दीवारों पर बनी मूर्तियों का इतिहास बताया और बताया

कि मंदिर के भीतर भगवद्गीता की स्थापना है, तो मैंने हंसकर कहा था–फिर यह कैसे हुआ कि कृष्ण तो भीतर चले गए और राधा बाहर परिक्रमा में खड़ी रह गई? राधा तो कृष्ण की महाचेतना का नाम है, और अपनी महाचेतना के बग़ैर कृष्ण क्या करते होंगे?

पुरोहित जी ने मुझे जवाब नहीं दिया। लेकिन पता चला कि यहां कभी महात्मा गांधी भी आए थे, और उन्होंने भी औरत पर लगी इस पाबंदी को हटाने की बात की थी, तब भी किसी ने उन्हें जवाब नहीं दिया था। और उस वक़्त मुझे रजनीश बहुत याद आए। अहसास हुआ कि इस हमारे काल में एक रजनीश हैं, जो ख़ामोशी की इस साजिश को तोड़ सकने का बल रखते हैं।

यह उन्हीं के अक्षरों की अंतर्ध्वनि थी, जो उस मंदिर की परिक्रमा में बैठी हुई कितनी ही उदास औरतों को देखते हुए, मैं अपने कानों से सुन रही थी– "ये मज़हब अपनी ज़िम्मेवारी अपने पर लेते हैं, और आप नहीं जानते कि यह लेते हुए वो अपनी पूरी स्वतंत्रता अपने हाथ में ले लेते हैं।"

सामने परिक्रमा में बैठी हुई औरतों ने, जाने कौन-सी घड़ी थी, जव अपनी मुक्ति की ज़िम्मेदारी किसी के हाथ में दे दी थी, और साथ ही अपनी स्वतंत्रता भी कि उन्होंने अब क्या पहनना है, क्या खाना है, और कहां बैठना है।...

मैंने श्री रजनीश को कभी देखा नहीं, लेकिन क्या 'देखा' लफ़्ज़ हमारी इन स्थूल आंखों की सीमा तक ही महदूद होता है?

जब श्री रजनीश अपनी इस ज़मीन से बहुत दूर चले गए थे, अमेरिका में थे, तब मैंने उन्हें देखा था। एक रात देखा कि वह आए हैं, मेरे सामने खड़े हैं, और मैं हैरान-सी, झट से उठती हूं, और उन्हें इस तरह मिलती हूं, जैसे किसी पुराने परिचित से बरसों बाद मुलाकात हुई हो।

कहती हूं–देखो, हमारा देश किन हालात से गुज़र रहा है, और आप इसे छोड़कर कहां चले गए! आपको वापस आना होगा...!

और वो मुस्करा देते हैं, कहते हैं–हां, मुझे वापस आना होगा...।

मैं नहीं जानती कि मैंने किस अधिकार से उन्हें यह उलाहना दिया था, और उन्होंने किस अधिकार से मुझे एक वचन दे दिया...।

लेकिन जब मैं अपने इस सपने से जागी, तो यही अपने अधिकार की बात सोचते हुए, मुझे अहसास हुआ कि ऐसा कोई भी अधिकार दूसरे से नहीं, अपने ही ख़यालों की शिद्दत[1] से लेना होता है, और मैंने वहीं से लिया है... और अब भी तो मेरे ही ख़यालों की शिद्दत रही होगी कि मेरे अंतर में श्री रजनीश के प्रति जो आस्था रही होगी, उसी ने मेरे अहसास को आकारमय कर दिया था...।

आज अपने इस सपने को काग़ज़ पर उतारने लगी हूं, तो याद हो आया है कि 1985 में जब मैं भुवनेश्वर गई थी, एक उड़िया अख़बार के सालाना दिवस पर, तो वहां से जगन्नाथपुरी के मंदिर में जाना हुआ। वहां मंदिर के द्वार पर मुझे एक पंडा साहब ने रोक लिया था, कहा–"आप हिन्दू नहीं हैं, इसलिए मंदिर के अंदर नहीं जा सकती और मैं हंस दी थी। और जब मेरी मेज़बान नंदिनी सत्पथी ने उस पंडा को झिड़क दिया, तो मैंने आहिस्ता से नंदिनी जी से कहा–"यह पंडा ठीक कहते हैं, मैं हिन्दू, सिक्ख या मुसलमान नहीं हूं और यह स्थान मेरे लिए नहीं है। यह सब स्थान तो हिन्दु, सिक्ख या मुसलमान हो चुके...।"

नंदिनी जी उड़ीसा की चीफ़ मिनिस्टर रह चुकी थीं, इसलिए कुछ एक पंडा लोग उन्हें पहचानते थे, इसलिए एक और पंडा जल्दी से आगे आया और कहने लगा—"आइए! आइए! आप लोग आइए!" और फिर वो मेरे साथ चलता हुआ मुझसे पूछने लगा–"आप पहले भी यहां आई होंगी?"

मैंने सीधा-सा जवाब दे दिया–"जी हां, आई थी, बहुत साल पहले।"

लेकिन जब उन्होंने फिर पूछा–"आपके पुरखे भी ज़रूर कभी आए होंगे, उनका नाम क्या था?" तो उस वक़्त मुझे लगा—

जाने कितनी खामोशियां हैं,
जो हमसे आवाज़ मांगती हैं,
और जाने कितने गुमनाम चेहरे हैं,
जो हमसे पहचान मांगते हैं

...और मैंने जवाब दिया–"जी हां, मेरे पुरखे भी यहां आए थे, उनका नाम विश्वकर्मा था।"

---

1. तीव्रता।

जगन्नाथ मंदिर के बारे में एक दंत-कथा चली आती है कि उड़ीसा के राजा इन्द्रदमन को सपने में एक आदेश मिला था कि जगन्नाथ की मूर्ति बनाई जाए। और राजा के हुक्म से जब उस वक़्त के कारीगर इकट्ठे हुए और जगन्नाथ की कल्पना को साकार नहीं कर पाए, तो राजा की प्रार्थना पर देवताओं के कारीगर विश्वकर्मा आए थे, और उन्होंने उस कल्पना को साकार किया था। यहीं सब इतिहास-मिथयास मेरे ज़ेहन में था, जिसकी रोशनी में मैंने उस पंडा साहब को कहा था, "हां, मेरे पुरखे भी यहां आए थे, उनका नाम विश्वकर्मा था।"

और मेरे इस जवाब पर पंडा साहब ने फिर कहा–"मैं समझा नहीं।" तो मैंने आहिस्ता से कहा था–"इतनी बड़ी सच्चाई को सिर्फ़ रजनीश समझ सकते हैं, और कोई नहीं।"

मैं समझती हूं–यह श्री रजनीश के चिन्तन की अंतर्ध्वनि है, जो कई बार मुझे बहुत पास से सुनाई देती है। और इसी का जादू था, जिसने मेरे सपनों को जन्म दिया था। और अब–जब कुछ मंदिरों में औरतों के प्रवेश पर लगी पाबंदी की आवाज़ मैंने राज्यसभा में उठाई, तो मुझे रजनीश याद हो आए, जो आहिस्ता से हर मंदिर के कानों में कह रहे हैं– "अरे, संन्यासी भी कभी हिन्दू, मुसलमान और जैन होता है। क्या संन्यास इनमें बंधेगा? अटकेगा? जिस दिन समाधि फलित होगी, क्या वो उस दिन हिन्दू रह जाएगा? अगर उस दिन भी हिन्दू रह गए, तो समाधि झूठी होगी। क्या उस दिन तुम पुरुष और स्त्री रह जाओगे? अगर तुम पुरुष और स्त्री रह गए, तो समाधि झूठी।"

आज जो हमारे देश के हालात हैं, यह स्याह दौर की एक चीख़ है। और हमने इस चीख़ को भी टुकड़ों में बांट दिया है। हिन्दु-सिक्ख और मुसलमान कहकर हमने इस चीख़ का नामकरण कर दिया है। ब्राह्मण, वैश्य, क्षत्रिय और शुद्र कह कर इस चीख़ को जातीयकरण कर दिया है और पंजाब, गुजरात और आसाम कहकर हमने इस चीख़ का प्रांतीयकरण कर दिया है...।

और मैं सोचती हूं कि जिस साधना-समाधि में यह नाम बने रह जाते हैं, उस साधना-समाधि को झूठी कह सकने का बल, अगर आज किसी ने पाया है, तो श्री रजनीश ने पाया है।

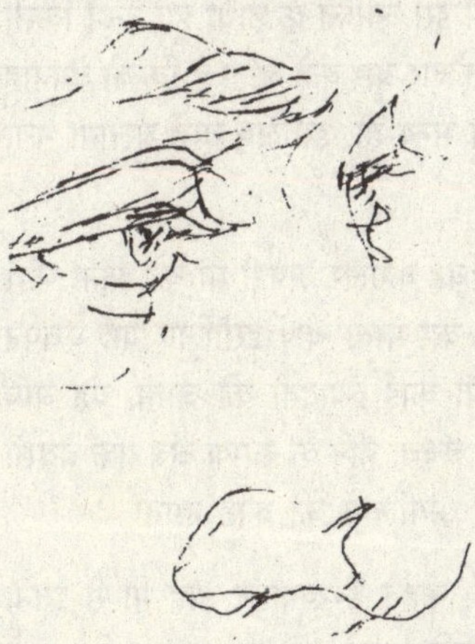

रजनीश-चेतना

चैकोस्लोवाकिया के एक लेखक हुए हैं–कार्लचापेक, जिन्होंने जो कुछ लिखा था, बाहरी घटनाओं के आधार पर नहीं, इंसान के अंतर में उतरकर लिखा था। और जब मैं कुछ दिनों के लिए चैकोस्लोवाकिया गई थी, तो उनका एक अफ़साना ऐसा था, जो मेरा हाथ पकड़कर मुझे वहां ले गया, उनके उस मकान में, जो आज तक उनकी याद में संभाल कर रखा गया है...

वो अफ़साना है–'आख़िरी फैसला'। उसमें कगलर नाम का एक मुजरिम जब मरने के बाद दूसरी दुनिया की अदालत में पेश किया जाता है, तो उसने ज़िन्दगी में जो-जो कुछ किया था, उसका ब्योरा उसके सामने रखा जाता है। ब्यौरा सही है, वो इनकार नहीं करता। लेकिन वो सब कुछ क्यों हुआ, जब वो इसकी तफ़सील देना चाहता है, तो उसकी सुनवाई नहीं होती। ब्योरे की तस्दीक़[1] के लिए एक गवाह को तलब किया जाता है, और कगलर देखता रह जाता है कि जो अजीबोग़रीब व्यक्ति वहां गवाही देने के लिए आता है, उसके नीले से चोगे में आसमान के सितारे जड़े हुए हैं, और उसके चेहरे पर कोई इलाही नूर[2] है कि वहां के मुनसिफ भी उसके स्वागत में एक बार खड़े हो जाते हैं, और फिर उस इलाही व्यक्ति को गवाह के कठघरे में खड़ा करते हैं, और कहते हैं–"यह मुकदमा

1. प्रमाणीकरण, 2. दिव्य प्रकाश।

बहुत उलझा हुआ है, हालांकि जो भी हादसे इस व्यक्ति के हाथों हुए उनमें किसी संदेह की गुंजाइश नहीं है। लेकिन यह व्यक्ति बार-बार कहे जाता है कि वो बेगुनाह है। इसलिए ख़ुदावंद! एक तुम हो ज़ो परम सत्य हो, इसलिए तुम्हें बुलाया गया है–गवाही देने के लिए..."

और वो गवाह कहना शुरू करता है–'यह कगलर अपनी मां को इतना प्यार करता था कि उसे किसी तरह व्यक्त नहीं कर पाता था। इसीलिए यह बचपन से इतना ज़िद्दी हो गया कि मां पर जब भी कोई ज़्यादती की जाती, यह बाप से उलझ जाता था। इतना कि यह छोटा-सा बच्चा होने के कारण जब एक बेबसी महसूस करता, तो अपने दांतों से बाप की अंगुलियों को काट खाता...'

तीनों मुनसिफ़ गवाह को टोक देते हैं; कहते हैं–खुदावंद, यह मां से इतना प्यार करता था, हमें इसकी गवाही नहीं चाहिए, हमें तो यह बताओ कि इसने पहला जुर्म किसी के बाग़ से फूल तोड़ने का किया था या नहीं?

गवाह मुस्करा देता है, कहता है–वो फूल तो इसने एक इरमा नाम की प्यारी-सी लड़की को देने के लिए तोड़े थे। वो इसे बेहद अच्छी लगती थी... वो इसके दिल में प्राणों की तरह बस गई थी...

कगलर जल्दी से पूछता है–खुदावंद! इरमा कहां चली गई, यही तो मुझे कभी पता नहीं चल सका...

खुदा बताता है–तुम तो गरीब थे, इसलिए इरमा का विवाह मिल मालिक के लड़के से कर दिया गया, जिसे गुप्त रोग था, और इसी वजह से जब इरमा का हमल गिर गया, तो वह भी बच नहीं सकी, मर गई थी...

अदालत के मुनसिफ़ खुदा को फिर टोक देते हैं। हमें यह सब तफ़सील नहीं चाहिए–हमें यह बताइए कि कगलर कब से शराब पीने लगा और बुरी संगत में पड़ गया?

ख़ुदा फिर मुस्करा देता है; कहता है–इसका एक दोस्त था, जो जलसेना में भर्ती हो गया, और समुद्र की दुर्घटना में उसका जहाज़ डूब गया, और वो मर गया, और यह हताश होकर गलत लोगों की संगत में पड़ गया, और गारीबल नाम के एक शराबी के घर आने-जाने लगा। उसकी एक बेटी थी मेरी, जिससे

यह प्यार करने लगा, लेकिन मेरी को पैसा कमाने के लिए उसके बाप ने एक ऐसी ज़लील ज़िन्दगी में ढाल दिया था कि वो जवानी में ही मर गई, और मरते हुए उसका ही नाम लेकर पुकारती रही...

मुनसिफ़ लोग खीझ-से उठते हैं, कहते हैं–इन वाक़यात का मुकदमे से कोई ताल्लुक़ नहीं, खुदावंद करीम! हमें यह बताइए कि इसने कितने क़त्ल किए?

ईश्वर कहता है—शहर में जब दंगा हुआ, तो इसके हाथों पहला कत्ल हुआ था। इसने जान-बूझकर नहीं किया था, पर इसके हाथों हुआ था। फिर जब इसे जेल में डाल दिया गया और वहां इसे यातनाएं दी गईं, तो इसके मन में वो दुख ऐसा पकने लगा कि जेल से छूटने पर जब इसने एक लड़की से मुहब्बत की, और वो बेवफ़ा साबित हुई, तो इसने उस लड़की का क़त्ल कर दिया...

और इस तरह कार्ल चापेक की कहानी, हर घटना की गहराई में उतरती चली जाती है, और जब वो मुनसिफ़ अपना फैसला लिखने के लिए एक अलग कमरे में जाते हैं, तो कगलर ख़ुदा से पूछता है–खुदावंद! यह क्या हो रहा है? मैंने तो समझा था कि इस दूसरी दुनिया में तुम ख़ुद मुनसिफ़ होगे और ख़ुद फ़ैसला सुनाओगे। लेकिन यहां भी...

उस वक़्त ख़ुदा की मुस्कराहट गमग़ीन हो जाती है और वो कहता है–फैसला सिर्फ़ वो लोग दे सकते हैं, जो अधूरा सच जानते हैं। मैं तो पूरा सच जानता हूं। और पूरा सच जानने वाला इस तरह फैसला नहीं देता...

हमारी दुनिया में–हर मज़हब के नाम पर ख़ुदा जाने कितने फ़ैसले रोज़ सुनाए जाते हैं। इंसान को बुनियादी तौर पर एक गुनाहगार क़रार देने वाले फ़लसफे[1] हमारे चारों ओर बिखरे हुए हैं। और इन अधूरा सच जानने वालों ने सदियों से एक क़यामत[2] ला रखी है कि इंसान की आखें आंसुओं से भरी हुई हैं, उसके होंठ पश्चात्ताप के अक्षरों से कांपते हैं, और उसके हाथ में माफ़ीनामे के सिवा कुछ नहीं दिखाई देता...

अपनी दुनिया की इसी हक़ीक़त की रोशनी में एक बार मैंने तड़पकर लिखा था।

---

1. दर्शन, 2. तबाही।

मैं कोठरी दर कोठरी
रोज़ सूरज को जन्म देती हूं–
और रोज़ मेरा सूरज यतीम होता है...

लेकिन इस दर्द की जाने कितनी शिद्दत होगी कि नदी के दूसरे किनारे जब किसी मासूम आदमी को कोड़ों से पीटा जा रहा था, तो कहते हैं कि उस किनारे की ओर जाते हुए श्री रामकृष्ण की पीठ पर कोड़ों के निशान उभर आये थे...

और मैं सोचती हूं कि पर-पीड़ा को झेलने वाली यह एक ऐसी चेतना थी, जिसका दर्शन हमें श्री रामकृष्ण की पीठ पर उभर आए कोड़ों के निशान में होता है। और कह सकती हूं कि ठीक यही दर्शन हमें श्री रजनीश के चिन्तन में होता है।

मैं समझती हूं कि आज की रोज़मर्रा की जो लोगों की व्यथा है, जो कहीं तो मंदिरों में स्त्री के प्रवेश पर पाबंदी लगाने की सूरत में नज़र आती है और कहीं मुहब्बत करने के जुर्म में स्त्री को संगसार करने वाले क़ानून की सूरत में, कहीं किसी मासूम बच्चे को नाजायज़ कहकर पत्थरों से मार डालने की सूरत में नज़र आती है, और कहीं गैर-मज़हब वालों को ज़िन्दा जलाने की सूरत में। ये वहीं कोड़े हैं, जो श्री रजनीश ने, श्री रामकृष्ण की तरह अपनी पीठ पर झेले हैं। और इंसान को उसकी ज़ेहनी गुलामी से स्वतंत्र करने के लिए एक ऐसा चिन्तन दिया है, जो अधूरे सच की रोशनी में दिया हुआ कोई फ़ैसला नहीं है। यह पूर्ण सच की रोशनी में दिया हुआ एक संकेत है। महज़ संकेत। फैसले तो वो लोग देते हैं, जो पूर्ण सच को नहीं जानते।

इस संकेत को पाकर कोई अपने अनुभव से अपनी चेतना का कितना भर दर्शन पा सकता है, यह अपने-अपने सामर्थ्य की बात है। रजनीश ने तो प्रामेथियस की तरह देवताओं के घर से आग लाकर, इंसान को यह अग्नि-चिन्तन दे दिया है। जिससे इंसान ने अपनी चेतना के बुझे हुए चिराग़ को जलाना है। अगर कोई घर के चिराग़ से घर को जला ले, तो इसमें प्रामेथियस का दोष नहीं है।

मैं आज के प्रामेथियस की दी हुई इस आग को रजनीश-चेतना कहना चाहती हूं, जिससे देह के मंदिर में आत्मा का दीया जल सकता है।

(मई, 1988)

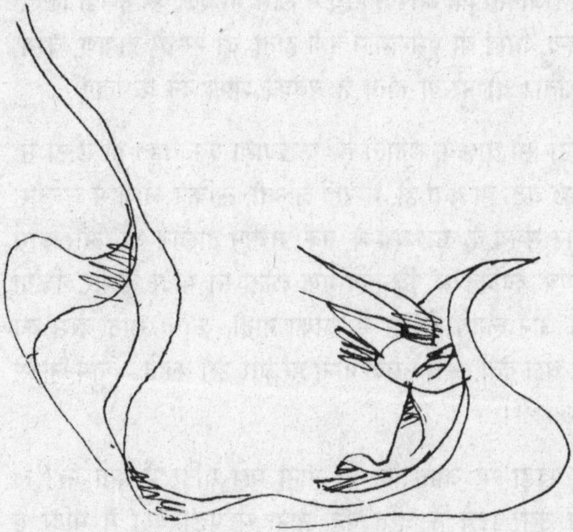

काया-विज्ञान और चेतना-विज्ञान

मेरे नौजवान दोस्तो! आप हमारे देश के बीमार लोगों को शफ़ा देने[1] का इरादा लिये हुए हैं, और वक़्त की नब्ज़ पर हाथ रखते हुए आज के जश्न को आप 'पल्स88' कह रहे हैं। इसलिए मैं अपने देश के हालात को सामने रखते हुए कहना चाहती हूं कि हमारे लोग जिस्मानी बीमारियों में भी मुब्तला[2] हैं– और ज़ेहनी बीमारियों में भी...

जिस समाज की व्यवस्था ने अनेक लोगों को भूख और ग़रीबी दी है, उसी समाज की व्यवस्था ने उन्हें तरह-तरह की ज़ेहनी बीमारियां भी दी हैं...

यह स्याह ताक़तों की एक बहुत बड़ी साज़िश है, इतनी कि उन्होंने इंन्सान को हिन्दू, सिक्ख और मुसलमान कहकर इन्सान की चीख़ का नामकरण कर दिया है... इन्सान को ब्राह्मण, वैश्य, क्षत्रिय और शूद्र कहकर इन्सान की चीख़ का जातीयकरण कर दिया है... और पंजाब, गुज़रात या आसाम कहकर उन्होंने इन्सान की चीख़ का प्रान्तीयकरण कर दिया है...

ये कई अलामतें हैं–जो कई तरह की सूरत में आपके सामने आएंगी, और

---

1. स्वस्थ करने, 2. ग्रस्त।

आप में बेहतर कोई नहीं जानता कि आपके हाथ में जिस भी दवा का नुस्खा लिखा जाता है, वो नुस्खा हिन्दू, मिख या मुसलमान नहीं होता–वो नुस्खा ब्राह्मण, वैश्य, क्षत्रिय या शुद्र नहीं होता। वो नुस्खा होता है सबको शफ़ा देने के लिए...

आपको एक छोटा–सा वाक़या सुनाती हूं– कुछवाड़ा एक बहुत ही छोटा-सा गांव है, शायद अब कुछ बड़ा हो गया हो, मैं नहीं जानती, लेकिन आज से चालीस साल पहले–वहां प्राचीन समय के कुछ पेड़ थे, एक प्राचीन तालाब था; और चारों ओर चट्टानें थीं–वहां एक व्यक्ति थे, जिन्होंने एक छोटा-सा मंदिर तामीर[1] किया और जब वो मंदिर में जाने लगते तो घर में उनका नाती, क़रीब सात बरस का कभी-कभी उनके पीछे चल देता, और उसके नाना हर बार उसे कहते— तुम जाओ खेलो, मेरे पीछे मत आओ।

बच्चा हैरान-सा खड़ा रह जाता कि मेरे नाना मुझे मंदिर में क्यों नहीं ले जाते? और एक दिन उस बच्चे ने जुर्रत की, नाना से पूछा–क्या मैं मंदिर में नहीं जा सकता? मैंने क्या कसूर किया है कि मैं मंदिर में नहीं जा सकता?

उस वक्त नाना ने कहा–तुम जा सकते हो, मन में आए तो वहां पूजा-अर्चना भी कर सकते हो–लेकिन तुम्हें अकेले जाना होगा, मेरे पीछे-पीछे आकर नहीं। किसी के पीछे-पीछे चलना बहुत बड़ा क़सूर होता है...

बच्चा उस वक्त नहीं समझ पाया, लेकिन आज वह लिखता है कि नाना की कही हुई बात कितने गहरे अर्थों से भरी हुई थी कि किसी मज़हब के, किसी एतक़ाद[2] के, किसी भी विधि या विधान के पीछे-पीछे नहीं चलना होता...

ऐसा संकल्प तो अंतर प्रेरणा से पाना होता है, और उस पर यकीन करने की अवस्था किसी के कहने से नहीं, अंतर अनुभव से पानी होती है...

यह छोटा-सा वाक़या बहुत गहरे अर्थों को लिये हुए हैं। अगर हर मज़हब का यह नज़रिया होता, तो किसी भी मज़हब के हाथ ख़ून से नहीं भीग सकते थे... सत्ता के ज़ोर से, तशद्दुद के ज़ोर[3] से, लोगों की भीड़ को अपने पीछे चलाने वाले–सही मायनों में अपने-अपने मज़हब से बेवफ़ाई करते हैं... और हमारा इतिहास बेवफ़ा लोगों की दास्तानों से भरा हुआ है...

---

1. बनाया, 2. आस्था, 3. ज़ोर-ज़बरदस्ती।

वो सात साल का बच्चा आज का रजनीश है– भगवान श्री रजनीश, जिसकी नज़र में–फूल-पत्तों से भरी हुई वादियों और चांद-सितारों से भरे हुए आसमान से बढ़कर दुनिया में कोई मंदिर नहीं...

कहते हैं, दक्षिण में नानू योगी हुए हैं–मैं समझती हूं कि वो वक़्त की एक बहुत बड़ी जुर्रत थे–उन्होंने जब देखा कि वहां अजावा जाति के लोगों को गले में कपड़ा तक पहनने की इजाज़त नहीं है–क्या मर्द क्या औरत– और उन्हें इस क़द्र ज़लील[1] किया जाता है कि अगर कोई अजावा जाति का इन्सान किसी ब्राह्मण के सामने से तीस फुट की दूरी से भी गुज़र जाए, तो उसे मुजरिम क़रार दिया जाता है–तो उन्होंने कई स्थानों पर ऐसे मंदिर तामीर किए, जहां किसी भी इन्सान के प्रवेश पर पाबंदी नहीं थी–और अल्वे स्थान के नाम पर एक अद्वैत आश्रम बनाया, जो आज भी उसी सूरत में क़ायम[2] है–और जहां बच्चों को हर तरह की तालीम दी जाती है–वहां एक ही स्थान पर हिन्दू बच्चे चाहें तो धूप-दीप जला कर पूजा कर सकते हैं, मुसलमान बच्चे चाहें तो वहां उसी स्थान पर नमाज़ अता कर सकते हैं, और क्रिश्चियन बच्चे चाहें तो मोमबत्ती जलाकर मां मरियम की सूरत को अपने अंतर में उतार सकते हैं...

अगर हम ग़ौर से देखें तो हर शफ़ाख़ाना भी एक ऐसा मंदिर होता है, जहां किसी के प्रवेश पर मनाही नहीं होती। किसी का प्रवेश भी जाति या मज़हब की बुनियाद पर नहीं होता। वहां हर अलामत[3] की एक-सी दवाई होती है–सब के लिए।

नानू योगी ने काला वम कोदम नाम के स्थान पर एक ऐसा मंदिर बनाया, जिसमें कोई मूर्ति नहीं, वहां सिर्फ़ एक आईना लगा हुआ है, जिसके सामने एकमन होकर इन्सान ने ख़ुद को पहचानना होता है...

हर मर्ज़ की अलामत को पहचान लेना भी ख़ुद को पहचान लेना है–आप लोग जब किसी भी मर्ज़ की शिनाख़्त करते हैं, तो एक तरह से एक आईना मरीज़ के सामने रखते हैं।

चाहती हूं आपके हाथ में लिया हुआ आईना इन्सान की फ़ितरी और ज़ेहनी बीमारियों को आईना बन जाए...

---

1. अपमानित, 2. स्थापित, 3. लक्षण।

हमारे एक चिन्तनशील व्यक्ति हुए हैं मीरदाद। वक़्त की बीमारियों का जिक्र करते हुए जब कुछ लोग उनसे मशविरा लेने के लिए गए, तो मीरदाद ने कहा– क्या आप हवा को तलब कर सकते हैं? वह हवा जो हमारे ही ख़्यालों के ज़हर से भरी हुई है...

जिस हवा में हम सांस लेते हैं; अगर वो हमारे ही ख़्यालों के ज़हर से भरी हुई होगी, एक-दूसरे के प्रति नफ़रत से, तो कौन-सी दवाई कारगर होगी?

ये ज़ेहनी अलामतें तो जिस्म में उतरेंगी। इसलिए आप से, आज की जवानी से, मैं उम्मीद करती हूं कि आप हमारे लोगों को ऐसी शफ़ा देने का अक़ीदा[1] सामने रखें– जिससे हमारे लोग बाहर से भी और भीतर से भी सेहतयाफ़्ता हो सकें।

काया विज्ञान में चेतना विज्ञान भी शामिल करना होगा। आपको ऐसा अक़ीदा हो, इसके लिए मैं आपको, अपने देश की जवानी को, अपने देश की हरियाली को, अपनी शुभकामनाएं देती हूं!

(मेडिकल साइंस के युवकों के एक सेमीनार में दी हुई तकरीर)

1. संकल्प।

न पानी कहीं, न चांद कहीं

दुनिया की कोई भी पुस्तक हो, हम सब उसके चिन्तन का दो बूंद पानी तो उससे ज़रूर लेते हैं, और इस तरह अपने मन-मस्तक की मटकी को भरते चले जाते हैं और फिर जब उस पानी में चांद की परछाई दिखती है, हमें पानी से मोह हो आता है।

चिउनो एक जैन संन्यासिन थी, जो बरसों-बरसों ज्ञान को अर्जित करती रही, उस पानी से भरी मटकी को उठाकर चलती रही, और उसमें चांद की परछाईं देखती रही...

और फिर जिस तरह गौतम एक वृक्ष के नीचे बरसों-बरसों बैठे रहे, और एक दिन अचानक अन्तर की रोशनी का रहस्य पा लिया, कुछ उसी तरह चिउनो की मटकी अचानक टूट गई, पानी बह गया, और उसने देखा–न पानी कहीं, न चांद कहीं। तो उसने सर उठाकर आसमान के चांद का सीधा दीदार पा लिया।

पुस्तकों से जो भी अर्जित किया जाता है, और सहेज लिया जाता है, वह किसी दूसरे का होता है, वह कभी अपना पता नहीं देता। अपना पता तो अपने अनुभव से पाना होता है...

इसी चिउनी की बात करते हुए श्री रजनीश हर पुस्तक को एक दीवार कहते हैं, जिसे खटखटाते हुए लोग हैरान से होते हैं कि उन्हें भीतर जाने का रास्ता क्यों नहीं मिलता। द्वार तो अपने अन्तर में होता है, जो खुला होता है। लेकिन हम द्वार की ओर नहीं जाते, हम बाहर दीवारों पर दस्तक देते हैं...

कह सकती हूं–रजनीश एक ऐसे वक्ता हैं, जो कह सकते हैं–"अरे यह मैं जो कुछ तुमसे कह रहा हूं, तुम्हारे मन-मस्तक को खाली करने के लिए कह रहा हूं। वह जो दूसरों के अनुभव से भरा हुआ है, उसे खाली कर दो। देखो, यह मत करना कि मैंने जो कहा, तुम उसे भी जमा कर लो, और तुम्हारा मस्तक और भारी हो जाए... !"

कह सकती हूं–यह रजनीश हैं, जो बन्धन और मुक्ति का मर्म जान पाए हैं, कह पाए हैं–"यह जितनी भी पुस्तकें हैं, जितने भी पीर और पैग़म्बर हैं, सब अंगुलियां हैं–जो मूल शक्ति की ओर किया जाने वाला संकेत है। संकेत पाकर तो आग़े जाना होता है, और अंगुलियों को पीछे छोड़ जाना होता है। लेकिन आप लोग तो अंगुलियां पकड़कर बैठ गए, और अंगुलियों को पूजने लगे..."

कहना चाहूंगी–मेरी यही यात्रा थी, जब मैंने लिखा, "परछाइयों को पकड़ने वालो! छाती में जलती हुई आग की परछाई नहीं होती। भीतर में जलती हुई आग तो एक जिज्ञासा है। परछाइयां तो छूट चुकीं, अंगुलियां भी छूट गईं और अब 'न पानी कहीं, न चांद कहीं' सी हालत है। अन्तर अनुभव का चांद में कब और कितना भर देख पाऊंगी, यह ,वक़्त जानता है, मैं नहीं जानती।"

(जुलाई 1989)

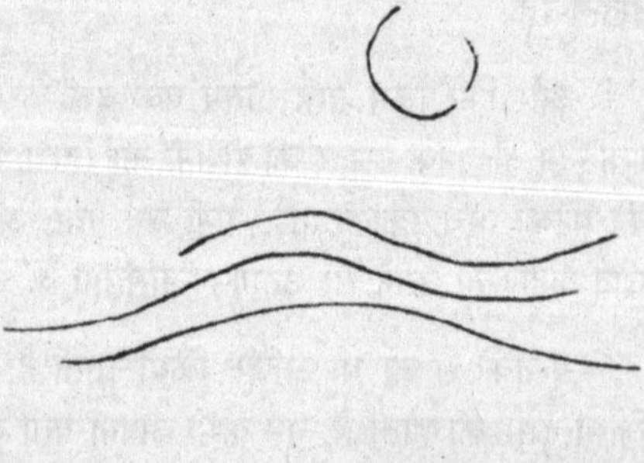

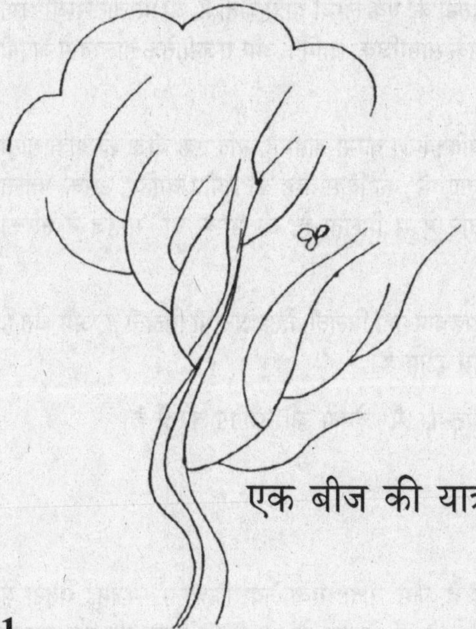

एक बीज की यात्रा

1.

'मैं' एक निराकार 'मैं' था...

यह 'मैं' का संकल्प था, जो पानी का रूप बना...

निराकार वह पहली कोख है, जिसमें 'मैं' आकारमय होता है...

निराकार की कोख जो संकल्प का बीज धारण करती है, उसकी गाथा हमारे मिथहास के ब्रह्मा से शुरू होती है, जो मानस-पुत्रों को जन्म देता है...

फिर मैथुनी-सृष्टि के समय यह बात उस ऋषि-चिंतन से शुरू होती है, जिसके अनुसार संकल्प का यह बीज मांस की एक कोख चुनता है...

सो संकल्प 'मैं' की पहली चेतना होता है... आगे यह चेतना मांस की कोख के स्थूल कणों से भी प्रभावित होती है, और सूक्ष्म कणों से भी...

और मां की कोख में से निकलकर जब यह 'मैं' आकारमय होता है, तो उसकी चेतना चारों ओर के वातावरण से प्रभावित होती है।

बीज की यह यात्रा चेतना की एक लम्बी यात्रा होती हैं, जो परिवार सम्बन्धियों की आर्थिकता से लेकर उसके सामाजिक, धार्मिक और राजनीतिक हालात़ में अपनी पहचान खोजती है।

चेतना ने 'मैं' का व्यक्तिकरण करना होता है, यदि एक बीज की यात्रा होती है, और, व्यक्तिकरण के लिए 'मैं' को किस तरह की ज़मीन चाहिए, उसका पहला मुक़ाम 'मैं' को उस पहचान में से मिलता है, जो उसके घर, समाज ने उसको दी होती है।

इस मुक़ाम पर सिर्फ़ पहचान नहीं मिलती, हिफ़ाज़त भी मिलती है, और चेतना को एक तृप्ति का अहसास होता है।

इस वक़्त मजमूई[1] चेतना, 'मैं' चेतना को तरंगित करती है।

2.

चौदह रत्न आज ऐसे खड़े हैं, जैसे चौदह सवालिया फ़िक़रे ... मज़मूई चेतना में क्रांति के बीज भी होते हैं, जो 'मैं-चेतना' के सामने हर क़दम पर एक सवाल खड़ा कर देते हैं...

यह एक मांस की कोख में से निकलकर एक प्रचलिता की कोख में पड़ने का समय होता है...

यह प्रचलिता खास वक़्तों, घटनाओं और खास इलाकों की देन होती है, इसलिए अलग तरह के वक़्तों, घटनाओं और इलाकों की देन से हमेशा टकराती है...

इस टकराव में से पैदा हुई 'मैं-चेतना' हां-मुखी भी होती है, न-मुखी भी।...

हां-मुखी चेतना के पास पहचान की शक्ति होती है, जो उसके पैरों को उसकी ज़मीन से हिलने नहीं देती। और न-मुखी चेतना के पास क्रांति की शक्ति है, जो उसके पैरों को नई ज़मीन ख़ोजने के लिए तैयार करती है।

---

1. सामूहिक, 2. प्रश्नचिन्ह।

व्यक्तिकरण दोनों का होता है, पर 'हां-मुखी मैं' का प्रचलिता की कोख में रह कर, और 'न-मुखी मैं' का प्रचलिता की कोख में से निकलकर...

हर प्रचलिता की कोख को किसी खास समय की ज़रूरतों ने तैयार किया होता है, और उसकी रक्षा के लिए एक परंपरा बना दी जाती है। सैकड़ों हिदायतें इस परंपरा के शक्ति-कण होती हैं, जिनमें पनपती मैं-चेतना इतनी कड़ी हो जाती है कि विकासमय नज़रिया उसका नज़रिया नहीं रहता। और इस कमी को पूरा करने के लिए उसका 'अहं' उसका रक्षा-कवच बन जाता है।

और यह 'अहं' किसी सवाल को सिर नहीं उठाने देता।

अहं-केंद्रित-शक्ति को बहते दरिया की भंवर-शक्ति कहा जा सकता है। भंवर, जो बहते पानी से ही शक्ति हासिल करता है, पर अपना बहाव रोक लेता है।

इस 'हां-मुखी-मैं' के व्यक्तिकरण को 'भवंरमय व्यक्तिकरण' कहा जा सकता है, जो अपनी शक्ति दरिया-शक्ति से ही लेता है, पर दरिया-शक्ति से भी कहीं अधिक शक्तिशाली हो जाती है...

लोक-चेतना से जुड़कर जिस 'मैं' का यह 'भंवरमय व्यक्तिकरण' होता है, फिर उसकी 'अहं-केंद्रित शक्ति' कई तबाहियों की सूरत में अपना इज़हार मांगती हैं।

यह लोक-चेतना से शक्ति लेकर लोक-चेतना से विमुख हो जाने का कर्म होता है।

3.

मैं रोज़ सूरज को जन्म देती हूं और रोज़ सूरज यतीम होता है... यतीम हुए सूरज का सवाल सिर्फ़ न-मुखी चेतना के आगे होता है, जिसके पैरों के पास किसी समाज, किसी मज़हब और किसी सियासत की ज़मीन नहीं होती...

उसने चिन्तन की ज़मीन खोजनी होती है... यह एक ऐसा समय होता है,

जब मन और मस्तिष्क की यात्रा करती हुई चेतना, आत्मा के द्वार पर पहुंच जाती है, और उसका अज़ल[1] का इश्क़ उसको अन्तर्कोणों पर ले जाता है।

यह अन्तर्कोण उसके चिंतन की ज़मीन बनते हैं–और यह 'इनर-डाईमैंशन्स' वह बुततराश होती है, जो 'मैं' के पत्थर में सोई हुई मूर्ति को जगाने के लिए, फ़ालतू पत्थर को कई तरह से छीलती और तराशती है...

यह बाह्यमुखी घटनाएं हर तरह की मुख़ालफ़त होती हैं। पर अगर विकासमय चेतना ने पत्थर में सोई हुई मूर्ति का दीदार पा लिया हो, तो यह उस मूर्ति को तोड़ नहीं सकती।...

इस समय मूर्ति के एतक़ाद में से ऐसे शक्ति-कण उठते हैं कि अंधेरों में खोए हुए रास्तों पर रोशनी छिटक जाती है।

यह अहसास भी उसी रोशनी में से आता है कि मूर्ति ने हर 'अतिरिक्त कुछ' से मुक्त होना है...

4.

गुलाबी मांस का सपना–

सदियों के ज्ञान से वीर्य की बूंद मांगता है... यह सदियों का ज्ञान 'मैं-केन्द्रित चेतना' के बीज में होता है, जिसको पहचान लेना एक बीज की यात्रा है।

इस पहचान का मुक़ाम तब आता है, जब 'मैं-केन्द्रित चेतना' 'परा-मैं-चेतना' हो जाती हैं। 'ट्रांसपर्सनल-कॉन्शियसनैन'।

और यह समय होता है जब 'बैठी रेखा' से उदासीन हो चुका 'मैं' खड़ी रेखा का दीदार पा लेता है।

हर संस्था की शक्ति 'बैठी रेखा' होती है— हॉरीज़ैन्टल। और रूहानी शक्ति खड़ी रेखा होती है– वर्टीकल।

---

1. अनादि।

लोक-चेतना इस समय भी होती है, पर उसका काया-कल्प उसको कायनाती[1] चेतना बना देता है...

यह काया-कल्प जिस रास्ते की कोख में से निकलकर होता है, उस रास्ते में दानव-शक्तियों के डंक भी होते हैं, और दैवी-शक्तियों के संकेत भी....

डंक बाह्यमुखी होते हैं, संकेत अन्तर्मुखी...

हर संकेत में बिजलई शक्ति होती है, और अन्तर जब बिजलई कणों से भर जाता है, तो हर डंक के अर्थ खो जाते हैं...

और वह समय होता है, जब चेतना का बीज ब्रह्माण्ड के पत्ते-पत्ते में खिल जाता है...

5.

पग घुंघरू बांध मीरा नाची रे...

दुनिया के फ़तवे और फ़र्मान जारी रहते हैं। पर 'आकारमय मैं' की बूंद में 'निराकार मैं' का सागर समा जाता है...

यह चेतना जब महाचेतना हो जाती है, तो 'मैं' मीरा हो जाता है। और मीरा के पैरों में पड़े हुए घुंघरू ब्रह्माण्ड का नाद बन जाते हैं...

(अक्तूबर, 1989)

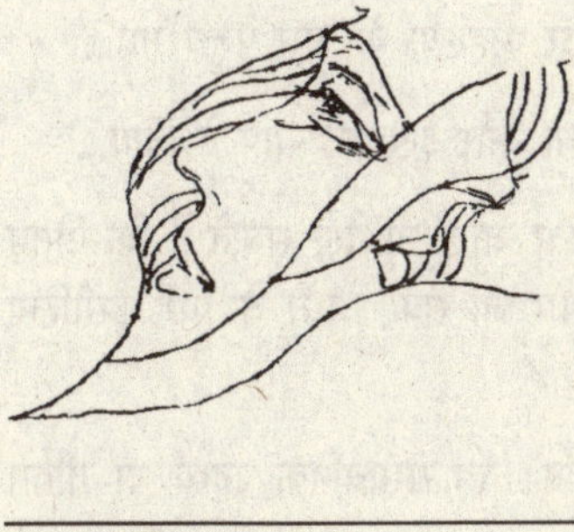

1. वैश्विक।

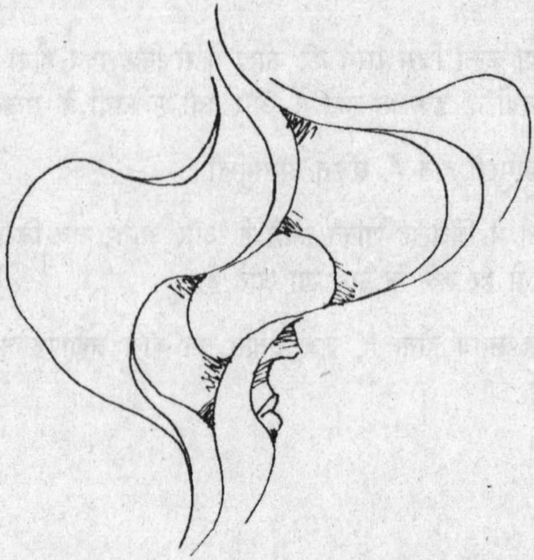

यह तन रब सच्चे का हुजरा[1]

ब्रह्मपुराण में एक गाथा कही जाती है कि सर्वांग सुन्दरी अहल्या को देखकर सभी देव-दानव विचलित हो उठे, किंतु गौतम ऋषि उसी तरह गंभीर रहे, इसलिए ब्रह्मा ने वह सुन्दरी गौतम ऋषि को दे दी...

एक बार जब गौतम तीर्थ-दर्शन के लिए गए तो राजा इन्द्र ने उन्हीं का रूप धारण कर लिया और आश्रम के भीतर अहल्या के पास पहुंच गए...

तभी गौतम आए और उन्होंने अहल्या और इन्द्र को शाप दे दिया...

इस प्रतीकात्मक गाथा में हम गहरे उतर जाएं, तो देख सकते हैं कि गौतम किरण-विज्ञान के पहले ज्ञाता थे, तम के पार जा सके, अंधेरे के पार, इसीलिए गौतम नाम हुआ...

अहल्या का अर्थ है, जो हिल न पाए। यह रासायनिक पदार्थ था–गौतम ऋषि की प्रयोगशाला में...

---

1. साधना-कक्ष।

इन्द्र सूर्यमण्डल के अन्तर की एक किरण का नाम है, वही किरण प्रयोगशाला में आई, तो खोज का काम आगे बढ़ा...

शाप देने का अर्थ है–कीलित कर देना, वही किरण कीलित हुई, तो पदार्थ के चमक उठने पर गौतम ने उसमें अपना ही रूप देखा...

भग का अर्थ है–योनि, वह नाड़ी, जो सात ग्रहों की किरणों को धरती पर लाती है, और जो गौतम ने कहा–इन्द्र, तुम हज़ार भग वाले हो जाओ, उसका अर्थ है! तुम हज़ार नाडियों वाले हो जाओ और ब्रह्मांड की शक्ति को धरती पर ले आओ।

और गौतम ऋषि ने अहल्या से कहा–तुम शिला बन जाओ, इसी तरह प्रयोगशाला में रहो, जब तक मेरी खोज पूरी नहीं होती। साथ ही वरदान दिया– जब तुम गोमती नदी में मिल जाओगी, अति सुन्दर हो जाओगी...

यह किसी बहती हुई नदी से मिलना–रासायनिक खोज का दुनिया में वितरण करने का संकेत है–विज्ञान का लोगों तक पहुंच जाना...

मैं इसी गाथा की रोशनी में–श्री रजनीश को इन्द्र कहना चाहती हूं, सूर्य की किरण, आत्मा की किरण, चेतना की किरण, जो हमारी स्थूल की दुनिया में आयी तो चिंतन प्रवाहित होने लगा...

'हुजरा' लफ़्ज उस ग़ार, गुफ़ा या कोठरी के लिए होता है, जहां बैठकर कोई बरसों-बरसों साधना करता है और फिर वह स्थान पूजनीय हो जाता है, लेकिन तन्त्र-विज्ञान उससे बहुत आगे है, वह बाहर की किसी गुफ़ा या ग़ार को नहीं, अपने तन को हुजरा बना लेने की एक ऐसी विधि है, जिससे यह मिट्टी की काया तरंगित होकर ईश्वर का हुजरा बन जाती है...

रजनीश जब कहते हैं–"तन्त्र विज्ञान है, दर्शन नहीं है, 'क्यों' इसकी चिन्ता नहीं है, यह 'कैसे' की फिक्र करता है, सत्य क्या है, इसे इसकी चिन्ता नहीं है, वरन् इसकी है कि सत्य को कैसे उपलब्ध हुआ जाए?" –तो एहसास होता है कि उन्होंने ठीक इस विधा की नाड़ी पर उंगली रख दी है, जिससे बाहर का कोई स्थान नहीं, यह मिट्टी की काया ईश्वर का हुजरा हो जाती है...

यह सत्य का वह स्वीकार है, जिससे तर्क और सिद्धांत बहुत पीछे छूट जाते

हैं, हर शास्त्रार्थ पीछे छूट जाता है, और एक तैयारी होने लगती है–अनुभव में उतर जाने की...

तन्त्र की आत्मा में उतर पाने का अनुभव ज़रूर कई ऋषियों को हुआ होगा, लेकिन अनुभव बोलना नहीं जानता, और रजनीश अकेले रजनीश हैं, जो अनुभव से तरंगित होकर अपनी वाणी को भी तरंगित कर पाए हैं, इसलिए कहना होगा कि उनके ग्रंथ में एक नहीं तीन पहलू इकट्ठे हुए हैं–

एक देवी–जो प्रश्न पूछ सके...
एक शिव–जो हर प्रश्न का उत्तर दे पाएं...
और एक रजनीश–जो हर उत्तर की आत्मा में उतर जाए...

शिव ने जो कुछ कहा था–वे बीज अक्षर हैं, सदियों से हमारे सामने थे और कह सकती हूं कि श्री रजनीश ने उन अक्षरों में प्राण-प्रतिष्ठा की है, ठीक उसी तरह जिस तरह इन्द्र ने, सूर्यमण्डल की किरण ने गौतम ऋषि के रासायनिक पदार्थ में प्राण-प्रतिष्ठा की थी...

उस विज्ञान के लिए भी तीन शक्तियों की आवश्यकता थी–

एक रासायनिक पदार्थ–अहल्या
किरण विज्ञान का एक ज्ञाता–गौतम
और सूर्यमण्डल के अन्तर की एक किरण–इन्द्र

हमारे पास देवी भी थी, शिव भी थे, इसलिए यह तन्त्र-विज्ञान सामने आया, लेकिन इस विज्ञान को एक रजनीश चाहिए था कि यह प्रवाहित हो सके...

कह सकती हूं कि इस ग्रंथ ने अहल्या को शाप-मुक्त किया है, मिट्टी की काया को शाप-मुक्त किया है...

हम इस ग्रंथ को पढ़ने वाले अगर स्वयं में केन्द्रित हो पाएं, अपने-अपने अनुभव में उतर जाएं, तो अहल्या के शाप-मुक्त होने का रहस्य जान पाएंगे...

(रजनीश जी की पुस्तक 'तंत्र-सूत्र' के लिए लिखी गई भूमिका)

वो है

'वो है' और 'वो था'– इसके ब्रीच का फ़ासला सिर्फ़ दुनिया वाले तय करते हैं, लेकिन मुहब्बत करने वाले यह फ़ासला तय करना नहीं जानते...

दिल की मिट्टी में जब किसी का नाम अंकुरित हो जाता है, जब उसकी पहचान पनप जाती है, तो पेड़ की शाखा कट जाने से भी पेड़ की जड़ सलामत रहती है। जहां चिंतन का बौर उसी तरह पड़ता है, अनुभव की पत्तियां उसी तरह पनपती हैं और ख़ामोशी की सुगंधि उसी तरह उठती है...

इसलिए कह सकती हूं कि जिसने भी रजनीश को पाया है, उसके लिए रजनीश कभी 'था' नहीं हो सकता...

वों है, उस हवा में है, जिसमें हम सांस लेते हैं...

रजनीश की आवाज़ हवा में बहती हुई सुनाई देती है–"किताबों में पड़े हुए अक्षर मर जाते हैं, इसलिए मैं किताबों की बात नहीं करता, मैं उन अक्षरों की बात करता हूं, जो आपने अंतर में उतार लिये... जो मैंने बीज की तरह आपके अंतर में बो दिए... अक्षर, जो अंतर में उतर जाते हैं, वो मरते नहीं और मैं उनमें धड़कता हूं... मैं तो बस गया आप में..."

'है' का मर्म जीसस ने जान लिया, तो कहा–"मांगो! तुम्हें मिल जाएगा। तलाश

करो! तुम पा लोगे। द्वार खटखटाओ! वो खुल जाएगा।" और 'है' का रहस्य मुस्करा दिया, जब रजनीश ने उसके अंतर में उतरकर कहा– "मांगों नहीं, तुम्हें मिल जाएगा, मुहब्बत मांगना नहीं जानती। तलाश करने जाओगे, तो कुछ नहीं पा सकोगे, तुम अपने से दूर निकल जाओगे। कोई द्वार मत खटखटाओ। द्वार तो किसी दूसरे का खटखटाया जाता है, और जिसे पाना है, वो दूसरा नहीं है, वो आपके अंतर में है, और अंतर का द्वार कभी बंद नहीं होता..."

बात वही है, लेकिन जीसस ने कुछ दूर खड़े होकर कह दी, और रजनीश ने बहुत पास होकर...

हम जब भी सांस लेते हैं, वो सांस उसी द्वार से गुज़रती है, जहां अंतर में वो ऊर्जा होती है, जिसका नाम ईश्वर भी हो सकता है, जीसस भी, कृष्णा भी, रजनीश भी, और कोई भी वो नाम, जिसे हम प्यार करते हैं..

और जिसको सांस ने छू लिया, वो 'था' नहीं हो सकता। वो 'है' और इस 'है' को वक्त कभी स्पर्श नहीं कर पाता, वो आंखें झुकाकर पास से गुज़र जाता है...

निराकार को आकारमय करने का रहस्य, ध्यान के केंद्रित होने में है। वो हो जाए, तो आकार को फिर से निराकार हो जाना होता है, जो शाश्वत है, और फिर ध्यान में हम जब चाहें उसे आकारमय कर सकते हैं...

दूर पीछे जहां तक नज़र जाती है, इन्सान की ज़ात परेशान-सी, कभी उस काल की ओर देखती नज़र आती है, जो 'था' हो चुका। नज़र नहीं आता। लेकिन उसे बताया गया कि वो उसके गुनाहों से भरा हुआ था... और फिर इन्सान की ज़ात हैरान-सी, उस तरफ़ देखती है, उस काल की ओर जो भविष्य के अंधेरे में है, जो कभी 'गा' होगा। उसे कहा गया कि वो 'गा' दूध की नदियों से भरा होगा। बहिश्त[1] की हूरों से भरा होगा... और इस तरह इन्सान की जात घबराकर देखती है कि उन दो अंधेरों के बीच जो 'है' की ज़मीन है, वो उसके लिए नहीं है...

और यह ऐतिहासिक वाक़या है कि रजनीश ने इन्सान की ज़ात को 'है' का स्वीकार दिया है...

---

1. स्वर्ग।

और इन्सान की आंखों में एक सपना झिलमिला गया है कि उसके पैरों तले 'है' की वो ज़मीन है, जहां वो सहज खिल सकता है... कोई बीज उस मिट्टी का अपमान नहीं करता, जिसकी छाती में उसे पनपना होता है, लेकिन स्याह ताकतों की एक साजिश हुई, और इन्सान की जात उसी मिट्टी का अपमान करने लगी, अपनी काया का, जिसमें उसकी आत्मा का बीज खिलना होता है...

आज दुनिया में जितना भी झूठ और तशद्दुद है, यह उसी मिट्टी का अपमान है, जिसमें चेतना के बीज खिल सकते थे, लेकिन सूख गए...

रजनीश इतिहास का बहुत बड़ा संकेत है...

आत्मा के बीज की ओर
प्रेम के पवन-पानी की ओर
समाधि के सूरज की ओर
और काया की,
मिट्टी के स्वीकार की ओर...
और संकेत कभी 'था' नहीं होता...

हमारी दुनिया जो है, और जो हो सकती है–इसके बीच का फ़ासला तय करने के लिए एक ही रास्ता है कि रूपांतरण बाहर से नहीं, भीतर से होना है...

बाहर के आदेश, कभी सहज नहीं होते, और जब तक सहज को स्वीकार नहीं मिलता, भीतर का रूपांतरण हो नहीं सकता...

बहुत सादा से लफ़्ज़ों में रजनीश इस रहस्य को छू लेते हैं–"भीतर से रोना भर जाए, तो आंख में आंसू आ जाते हैं, और आंख में आंसू आ जाएं तो भीतर से रोना भर जाएगा। ये एक ही चीज़ के दो छोर हैं। बाहर काया की अवस्था में हम बाधा डाल दें, तो भीतर की अवस्था में बाधा पड़ जाएगी।"

और इसी की गहराई में उतरते हुए वो कहते हैं–"कोई आपसे कितना भी कहे कि क्रोध करो, लेकिन आपकी आंखें सुर्ख न हों, आपके हाथ की मुट्ठियां भिंचने न पाएं। लेकिन आप क्रोध नहीं कर पाओगे। कोई कितना भी कहे कि आप क्रोध करो, लेकिन शरीर पर उसका कोई प्रभाव न हो, तो आप क्रोध नहीं

कर पाएंगे। और इस तरह–अगर कोई कहे, आप प्रेम करो, लेकिन आपकी आंखों से अमृत न बरसे, आपका दिल एक ख़ास तरह से न धड़क उठे, और आपके सांस एक खास तरह से न महक उठे, आप प्रेम करो, पर शरीर पर कुछ प्रकट मत होने दो, तो आप जान पाएंगे कि यह हो नहीं सकता...”

यह काया का स्वीकार है, जिसे अंतर के रूपांतरण के लिए साथ लेकर चलना होता है, और यही स्वीकार आपकी काया को इस तरह सम्मानित कर देता है कि फिर किसी की भी काया का अपमान कर पाने का कोई रास्ता नहीं बचता...

काया को यही सम्मान नहीं मिला तो अपमान के रास्ते बनते चले गए...।

सामने समाज का मार्ग आया, तो हर साधन को अर्जित करने वाला एक ऐसा वर्ग पैदा हुआ, जिसने बहुत बड़ी संख्या के लोगों की रोटी पर क़ाबिज़[1] होते हुए, हर काया के अपमान का रास्ता खोज लिया...

सामने धर्म का मार्ग आया, तो काया के अस्वीकार ने मासूम लोगों की मासूम-सी खुशियों पर तरह-तरह के फ़तवे लगाते हुए, हर काया के अपमान का रास्ता खोज लिया...

और सामने सत्ता का मार्ग आया, तो सत्ता ने लोगों के हाथ में तरह-तरह के हथियार देकर, उन्हें मौत की राह दिखाते हुए, उनकी काया के अपमान का रास्ता खोज लिया...

अपनी काया का दमन भयग्रस्त हुए बिना हो नहीं सकता, और दूसरे की काया का दमन भयग्रस्त किए बिना हो नहीं सकता, सिर्फ़ नाम अलग-अलग होते है–दमन के। इसके लिए दुनिया वालों ने सभ्याचार, पूजा-प्रार्थना और राष्ट्र-रक्षा जैसे ख़ूबसूरत नाम चुन लिये।

रजनीश एक अकेला नाम है, सदियों में अकेला नाम, जिसने दुनिया को भय-मुक्त होने का संदेश दिया, और जिसने जड़, को जगाकर चेतन हो जाने के लिए काया को भी वही स्वीकार दिया, जो अंतर ऊर्जा को युधिष्ठिर ने एक बार

---

1. कब्ज़ा करना।

यक्ष-प्रश्न के उत्तर में कहा था–"सूरज इन्सान के इख़लाक़[1] में सम्मानित होता है"... बहुत ख़ूबसूरत अल्फ़ाज़[2] हैं। और रज़नीश इसी सौंदर्य के रहस्य को पकड़ते हैं, कहते हैं–"इख़लाक़ सत्य में सम्मानित होता है, और सत्य प्रेम में सम्मानित होता है..."

कहना होगा कि प्रेम सहज में सम्मानित होता है, और रजनीश इसी सहज की ओर संकेत करते हुए कहते हैं–"सत्य अकेला होता है। मुशतर्का[3] नहीं होता। मुशतर्का तो झूठ होता है, एक मरा हुआ वज़न, जिसे लेकर चलते हुए कोई अपने को नहीं पा सकता प्रेम को नहीं पा सकता..."

अपने को पाने के लिए केवल सत्य है, जो अंतर से पाना होता है, अनुभव से पाना होता है, और सबने अकेले-अकेले पाना होता है...

और कह सकती हूं–रजनीश सत्य की तरह अकेले हैं, सदियों में अकेले...

कुछ लोग होते हैं–चिंतन, कला या विज्ञान के क्षेत्र में, जो प्रतिभाशाली होते हैं, और कभी-कभी यह दुनिया उन्हें सम्मानित करती है, लेकिन रजनीश अकेले हैं, बिल्कुल अकेले, जिनके होने से यह दुनिया सम्मानित हुई, यह देश सम्मानित हुआ...

रजनीश ने कहा है–"मुझे कभी 'था' कहकर याद नहीं करना, मैं हूं। और काया के भार से मुक्त होकर मेरा अस्तित्व आपको पहले से भी ज्यादा अनुभव होगा..."

मानना होगा कि, सत्य कभी 'था' नहीं होता...

(फ़रवरी, 1990)

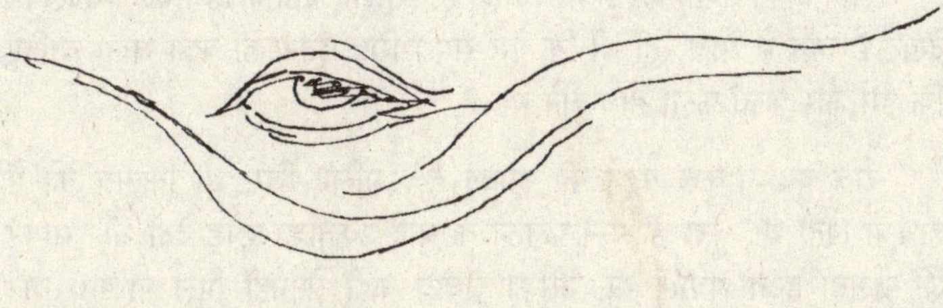

---

1. गुण, 2. वाक्य, 3. सामूहिक।

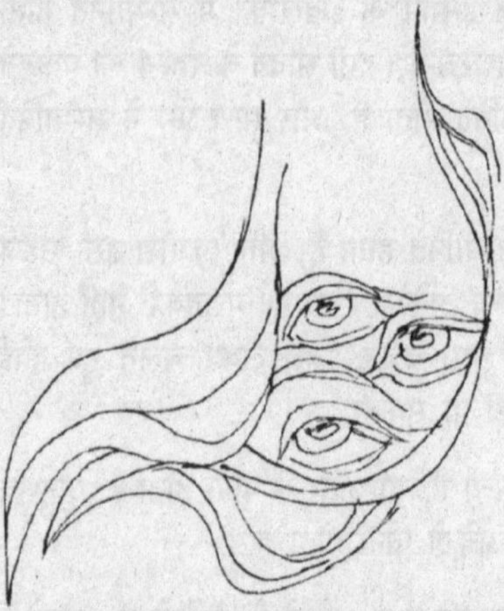

मज़हब, समाज और सियासत की आत्मा

बहुत दिनों से एक ज़ेहनी परेशानी थी कि चारों ओर तशद्दुद की सियासत क्यों है? और जिन दिनों रेडियो, टेलीविज़न पर चुनाव का नतीजा सुनाया जा रहा था, मैं सुन रही थी कि हर फ़िकरे में हार और जीत के दो अल्फ़ाज़ दुहराए जा रहे हैं...

मैं सोच रही थी की यह दो लफ़्ज़ एक टकराव से पैदा होते हैं, जो एक तीखी रक़ाबत[1] को जन्म देते हैं, और फिर वो तर्क खो जाता है, जिसकी बुनियाद पर सियासत की दूरअंदेशी खड़ी होती है..

लोग अपने सपनों की ताबीर[2] चाहते हैं, इसलिए सत्ता के हाथ बदल-बदलकर देखते हैं और मैं सोच रही थी कि ऐसे समय सिर्फ़ इतना ही कहा जाना चाहिए कि इस बार फलां-फलां हाथ चुने गए हैं...

रोज़ कुछ-न-कुछ पढ़ने की आदत है, इसलिए जिस भी किताब को मैं हाथ में लेती थी, कुछ ही पन्ने पलटने के बाद उकताकर छोड़ देती थी। सामने जो जलता हुआ सवाल था, उसका जवाब कहीं से नहीं मिल पा रहा था। उस वक़्त रजनीश का चिंतन सामने आया कि जिस दिन कोई सियासतदान

1. द्वेष, 2. साकार करना।

लोगों के पास वोट मांगने नहीं जाएगा, और जिस दिन लोग किसी चिंतनशील और कर्मशील व्यक्ति के पास वोट देने के लिए आएंगे, एक आरज़ू लेकर कि देश की खातिर आपको यह ज़िम्मेदारी लेनी होगी, उस दिन सियासत की आत्मा जाग उठेगी...

यह एक बहुत बड़ी संभावना थी, जिसकी ओर रजनीश संकेत कर रहे थे, और मैं सोच रही थी कि यह संभावना सिर्फ़ उस दिन सामने आ सकती है, जब सियासत 'सत्ता–ऑरिएंटेड' नहीं होगी, वो 'कार्य-ऑरिएंटेड' हो जाएगी, 'मक़सद ऑरिएंटेड' हो जाएगी...

और मन की इसी हालत में मैं रजनीश को पढ़ने लगी और मन को एक राहत मिलती गई, एक तसकीन मिलती गई। समाज का वो तसव्वुर[1] सामने आता गया, जो एक-एक इंसान के एक-एक बीज के खिले होने की जमा होता है, और एक-एक फूल की सुगंध मिलकर समाज की आत्मा बनता है...

और सिर्फ़ तभी यह मुमकिन हो सकता है कि हर तरह का तशद्दुद किसी दूसरे का नहीं, अपनी तौहीन[2] का प्रतीक हो जाता है...

और यह सिर्फ़ तभी मुमकिन हो सकता है कि सियासत को परा-जाति-कोण मिल सके–ट्रांस-पर्सनल डायमेंशन।

किसी-न-किसी गुरु-पीर के नाम पर और किसी-न-किसी देवी के नाम पर हमारे देश के अलग-अलग हिस्सों से वो आवाज़ें उठती ही रहती हैं, जो लोहे की तलवारों की तरह एक-दूसरी से टकराती हैं...

इतिहास की छाती में उन आवाज़ों के लगाए हुए ज़ख़्म कितने गहरें हैं, ये गिनती की सीमा में नहीं आते। लेकिन ये सब क्यों हैं?

रजनीश इसी 'क्यों' की नब्ज़ पर हाथ रखकर कह रहे थे– समाज कितनी ही संस्कृतियों में बंटा हुआ है, कितने ही मज़हबों में, कितनी ही क़ौमों में; लेकिन कोई भी तक़सीम सच नहीं है। यह तो इंसान भी भीतर से बंटा हुआ है, टुकड़ों में टूटा हुआ है। यह बाहर तो उसकी परछाइयां हैं...

---

1. परिकल्पना, 2. अपमान।

और जब रजनीश उस बीज की बात करने लगे, जो हर इंसान का पहला स्वरूप होता है और जिसमें से उसे उगना और खिलना होता है, तो मुझे एक पौराणिक गाथा याद हो आई– जब आदि-शक्ति ने सब देवी-देवता बना लिये, तो उन्हें धरती पर भेज दिया। देवता लोग धरती पर आकर उसके जंगलों और बीहड़ों में घूमते रहे, और फिर थककर आदि-शक्ति के पास लौट गए। कहने लगे– वहां न रहने की सुविधा है, न खाने की।

और यह गाथा एक ब्योरे में उतर जाती है कि उस समय आदि-शक्ति के नीचे धरती की ओर देखा, फिर इंसान की काया की ओर संकेत दिया और देवताओं से कहा– "जाओ, इंसान की काया में अपने-अपने रहने का स्थान खोज लो!

इस तरह सब देवता! धरती पर आ गए। जहां सूरज ने इंसान की आंखों में प्रवेश कर लिया, अग्नि देवता ने वाणी बनकर इंसान के मुख में अपना स्थान बना लिया, बृहस्पति ने इंसान के रोम-रोम में अपनी जगह बना ली और चांद ने इंसान के दिल में अपना स्थान खोज लिया...

इस प्रतीकात्मक कहानी में यह सभी देवता, बीज रूप में इंसान की काया में पड़े हैं, जहां इंसान के चिंतन का पानी मिलने पर उन्हें उगना और खिलना होता है। और वही जब नहीं मिलता, तो वे बीज रूप में मूर्च्छित–से पड़े रहते हैं...

रजनीश ने इस गाथा का कोई ज़िक्र नहीं किया, लेकिन बात इसी रहस्य की है–'तुम जब जन्म लेते हो, तो एक पेड़ की सूरत में जन्म नहीं लेते, और फिर तुम्हें स्वयं के चिन्तन में खिलना होता है। वही खिल पाना एक बीज की प्राप्ति है–वही ज़िंदगी का जश्न है...'

कह सकती हूं कि मज़हब की खूबसूरती को सिर्फ़ मुहब्बत की ख़ूबसूरती के अर्थों में समझा जा सकता है...

याद आया रजनीश ने कहीं कहा था–मुहब्बत जब आपकी समाधि की-सी अवस्था में से पैदा होती है, सिर्फ़ तभी उसे आखें नसीब होती हैं... नहीं तो उसकी आंखें नहीं होतीं। ऐसी मुहब्बत में जब दो अन्धे व्यक्ति मिलते हैं, तो वे चारों ओर मुसीबतें बिखेरते चलते हैं...

और मुझे अहसास हुआ कि यह चिंतन अक्षरों से आगे मुझे वहां ले गया है, जहां सिर्फ़ ख़ामोसी का फूल खिला हुआ है, और उसकी सुगंध कह रही है–

कोई मज़हब जब आपकी समाधि की-सी अवस्था में से पैदा होता है, सिर्फ़ तभी उसे आंखें नसीब होती हैं, नहीं तो...

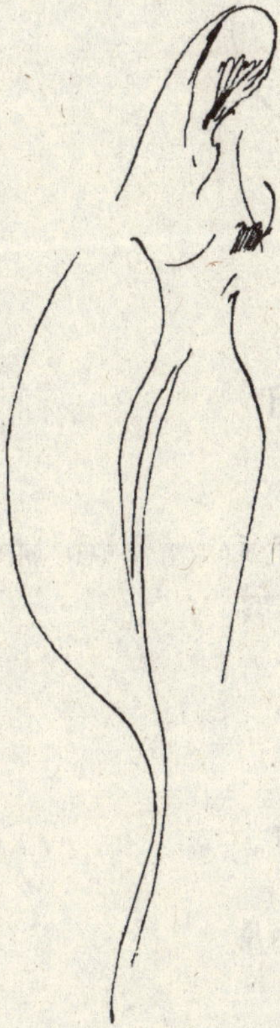

एक सपना-एक संकेत

कुछ देर हो गई, मैंने अपने को एक जलती हुई मोमबत्ती की सूरत में देखा; और जो अन्तर्वेदना हुई, वो एक नज़्म के अक्षरों में ढलती गई–

मैं एक गिरजे की मोमबत्ती हूं...
रोज़ छाती की आग को पैरों में जलाकर–
मैं गिरजे से बाहर जाती हूं...
जलती और बुझती हुई आंखों से गुज़र कर
मैं अक्षरों के हुस्न तक पहुंच जाती हूं...
पर अक्षरों का हुस्न तो काग़ज़ की अमानत है,
जब किसी काग़ज़ से बाहर आता है,
धरती का बदन छूता है,
तो धरती के खून में वो भीग जाता है...
ओ, मेरे आज के मसीहा! तू कहीं मिलता नहीं
और मैं टिमटिमाती-सी–
सिर्फ़ गोलियों और बंदूक़ों की आवाज़ सुनती–
उस गिरजे में लौट आती हूं,
जो अभी दुनिया के किसी देश में नहीं है...

यह तो जान लिया कि मैं एक जलता हुआ दीया हूं, एक जलती हुई मोमबत्ती हूं, जिसका रिश्ता किसी पाक मंदिर से है, किसी पाक गिरज़े से है, लेकिन जो हज़ारों मंदिर दिखते हैं, उनमें वो मंदिर कहीं नहीं, जिसका मैं दीया हूं, और वो गिरजा कहीं नहीं, जिसकी मैं मोमबत्ती हूं...

पैरों के नीचे से बरस गुज़रते गए, और अब जब श्री रजनीश आकारमय नहीं हैं, निराकार हो गए हैं, तो इस फरवरी के महीने दो तारीख की प्रभात थी जब देखा, पत्थर की एक बहुत लम्बी गुफ़ा है, कुछ ऐसे, जैसे वो मेरे भीतर से निकलकर बाहर आंखों के सामने बिछ गई है...

वो गुफ़ा कहीं दूर अलग से नहीं है, मेरी दोनों बांहों को छूती हुई उसकी दीवारें शुरू होती हैं, और इतना भर दिखता है कि उसकी दीवारें और छत की गोलाई बहुत ख़ूबसूरत पत्थरों से चिनी हुई हैं। पर नहीं जान पाती कि वो कितनी लम्बी है। उसके भीतर दूर तक सिर्फ़ एक अंधेरे का अहसास होता है...

इतने में सामने गुफ़ा के भीतर, बहुत दूर तक एक रोशनी दिखाई देती है–नृत्य-सा करते हुए रोशनी, जो कितनी ही लम्बाइयों और गोलाइयों में खेल रही है...

मैं उसे देखे जा रही हूं कि अचानक वो रोशनी सामने दिखाई देते हुए चांद-सी ठहर जाती है और फिर उसकी रोशनी में रजनीश का चेहरा इस तरह दिखाई देता है, जैसे वो मुस्कराते हुए सामने खड़े हों...

एक भीगी हुई मुस्कराहट उनके होंठों पर थी, जब मैं नींद से जाग गई और हैरान थी कि इस सपने का रहस्य क्या है...

यह अहसास ज़रूर हुआ कि वह ख़ामोशी कुछ कहती-सी लगती है...

उस वक़्त, चेतन अवस्था में, वो नज़्म याद आई, जो बहुत दिन हुए लिख़ी थी, और लगा, जैसे अचेतन मन से कुछ परछाइयां-सी उठती हैं...और फिर अन्तर से एक अहसास होने लगा कि शायद यह वही मंदिर है, वही गिरजा है, जो दुनिया में कहीं नहीं, लेकिन मेरे भीतर में है, और, मुझे पता देने के लिए वो बाहर एक गुफ़ा की सूरत में नज़र आया है और गुफ़ा में जो रोशनी दिखाई दी, वो मैं हूं–एक मोमबत्ती-सी जल रही, जिसकी लौ में, अन्तर्शक्ति से रजनीश दिखाई दिए...

साथ ही नज़्म की वो पंक्तियां सामने हो आईं, जिनमें गोलियों और बंदूकों की हक़ीकत से भरे हुए दुनिया के हालात में, मुझे किसी आज के मसीहा की तलाश थी, और मैं सोच रही हूं– मेरे इस सपने ने मुझे रजनीश की सूरत दिखाते हुए आज के मसीहा की ओर संकेत किया है...

कहना चाहती हूं–मैंने आज के मसीहा को देखा है, सचमुच देखा है! पर सोचती हूं–शायद ऐसी बात किसी से कहनी नहीं होती, कहने से कुछ नहीं होता... यह तो जिस किसी को भी जानना है, अपने अन्तर से जानना होता है... सिर्फ़ इतना कह सकती हूं–तलाश करो वो मिल जाएगा...

(मार्च, 1990)

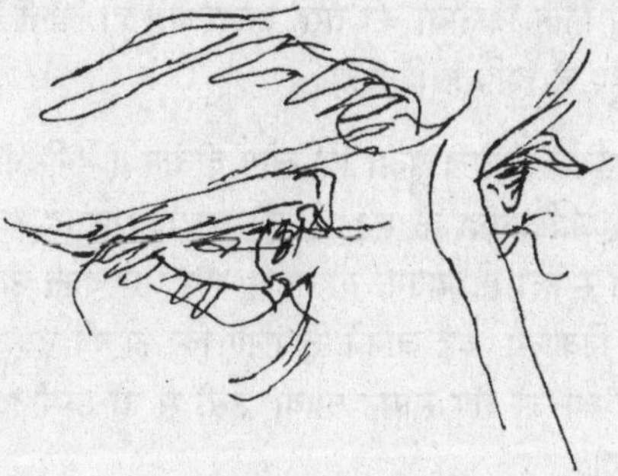

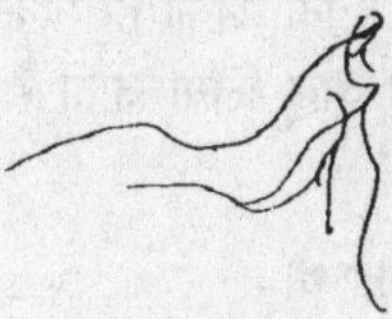

रजनीश-ग्रन्थ की नायिका

यह मेरे दिल की पाक किताब है–

मैं जहां से भी वाक् लूं–वहां तू है... मेरी एक नज़्म की यह अंतर्मुखी हैं–मन की उस अवस्था की बात करती हैं, मुहब्बत के उस आलम की, जिसमें कोई अक्षर-अक्षर हो गया है, और उसमें से कहीं से भी वाक् लिया जा सकता है....

यह 'वाक् लेना' किसी महाशक्ति से आदेश लेना है...सिख क़ौम में एक गहरे विश्वास के साथ गुरु ग्रन्थ साहब से वाक् लिया जाता है–ग्रन्थ की जिल्द को उठाकर, अन्दर से किसी भी दाईं तरफ़ के पृष्ठ के आखिरी शब्द की पंक्तियां एक संकेत मान ली जाती हैं। इलाही[1] शक्ति का आदेश मान ली जाती हैं...

ठीक यही परम्परा इस्लाम में है। मन की किसी मुश्किल में जब किसी परा-शक्ति की मदद लेनी होती है, तो फ़ाल[2] निकाली जाती है। कुरान के किसी भी पृष्ठ को सामने रखकर, जिस भी आयत पर नज़र पड़ती है, वो तक़दीर का एक इशारा समझ ली जाती है...

---

1. दिव्य, 2. वाक् निकालने जैसा तरीक़ा।

अकसर यह 'वाक् लेना' और 'फाल निकालना' पाक किताबों से ताल्लुक़ रखता है। लेकिन जब किसी शायर की क़लम रूहानियत[1] के मुक़ाम पर पहुंच जाती है, तो उसकी किताब भी पाक किताबों की तरह आदरणीय हो जाती है। फ़ारसी ज़बान के एक शायर हुए हैं हाफ़िज़ शिराज़ी।

उनके कलाम[2] को यह मर्तबा[3] हासिल हुआ कि लोग दीवान-ए-हाफ़िज़ से फ़ाल निकालने लगे। कहते हैं, नादिरशाह के मन में, एक इलाक़ा फ़तह करने से पहले, कुछ शंका थी कि वो सफल हो पाएगा या नहीं। और उस वक़्त उसने हाफ़िज़ के दीवान में से फ़ाल निकाला, यह जानने के लिए कि उसकी तक़दीर में क्या लिखा है। और हाफ़िज़ का जो शे'र सामने आया, उसी से वो उम्मीदवार हुआ कि उसे फतह नसीब होगी...

दुनिया की जो किताबें इस मुक़ाम पर पहुंच जाती हैं कि उनकी हर पंक्ति किसी अनन्त दिशा की रमज़ बन जाती है, तो उनमें से वाक् लिया जाता है। फ़ाल निकाली जाती है...

इसी परम्परा की रोशनी में मैंने कभी एक नज़्म कही थी–

यह मेरे दिल की पाक किताब है,
मैं जहां से भी वाक् लूं... वहीं तू है...

और आज अपनी इन पंक्तियों को बाह्यमुखी करते हुए मैं उस किताब की बात करना चाहती हूं, जिसका नाम रजनीश है। असल में रजनीश को एक किताब नहीं, एक ग्रन्थ कहना होगा। यह बहुत प्राचीन लफ़्ज़ है, जब पेड़ों के पत्तों पर कुछ लिख दिया जाता था—भोज-पत्रों पर, और फिर उन पत्रों को बांध लेने का नाम ग्रन्थ हुआ। और रजनीश ने जो करीब सात सौ पचास किताबें लिखी हैं, क़लम से नहीं आवाज़ से, पवन के काग़ज़ पर, उन्हीं सात सौ पचास किताबों को सात सौ पचास पृष्ठ मानकर मैं रजनीश की ग्रन्थ कह रही हूं...

और इस ग्रन्थ की नायिका है–महाचेतना...

देखो! इस ग्रन्थ को खोलकर इस वक़्त जो भी मेरे सामने आया है, वो महाचेतना की ओर संकेत कर रहा है– 'कम्युनिस्ट मैनीफेस्टो है, धरती के लोगों

---

1. आध्यात्मिक, 2. रचना, 3. दर्जा।

इकट्ठे हो जाओ! आपका जज़ीरों के सिवा कुछ भी तो नहीं खो पाएगा। और आपके सामने एक दुनिया होगी–जीतने के लिए...

और मैं अपने लोगों को इकट्ठा होने को नहीं कहता। जुड़ने के लिए नहीं कहता, " 'होने के लिए कहता हूं। और कहता हूं–आपका जज़ीरों के सिवा कुछ भी तो नहीं खो पाएगा। और मैं यह नहीं कहता कि आपको यह दुनिया जीतनी है। मैं नैपोलियन नहीं बनना चाहता, हिटलर नहीं बनना चाहता, स्टालिन नहीं बनना चाहता, माओ नहीं बनना चाहता और मैं अपने लोगों को 'जीतने' के लिए नहीं कहता। 'होने' के लिए कहता हूं, सिर्फ़ होने के लिए, कुछ 'बनने' के लिए नहीं।"

और इसी ग्रन्थ का कोई और सफ़ा पलटती हूं, तो वही संकेत सामने आता है–'जब होने की पहचान नहीं मिलती, तो लोग कुछ बनना चाहते हैं...'

इस 'होने' और 'बनने' को समझ लें, तो नायिका का दर्शन होगा...

इसके लिए कुछ नहीं करना है, सिर्फ़ ज़रा ध्यान में बैठना है। 'होने' और 'बनने' के अन्तर को देखना है। और इस ग्रन्थ की पंक्तियां उस अन्तर के ब्योरे में उतरती हैं–चेतना की सात परतों की बात करती हैं–सात शरीरों के जागरण की–

"हमारा पहला शरीर, स्थूल शरीर है, जिसके प्रति हम मुर्च्छित हैं।" यह पहला संकेत है—होने और बनने के अन्तर का। भीतर जो बनने की क्रिया चल रही है, वहीं बाहर हमारे स्थूल पर प्रतिबिम्बित हो रही है, और 'होना' मूर्च्छित-सा पड़ा है। 'बनने' में जो क्रोध, घृणा और अहंकार आया, वही बाहर प्रतिबिम्बित हुआ, और 'होना' क्या है उसकी पहचान खो गई। मूर्च्छित हो गई।

बीच में इतना कह दूं कि सदियों से इस काम, क्रोध और अहंकार की बात होती रही है, इनके दमन की, लेकिन यह आज तक बने हुए हैं। और मैं जिस ग्रन्थ की बात कर रही हूं, वो इसी की ओर संकेत करता है, जो दमन कर लिया, उसको तो हमेशा के लिए अपने में ले लिया, संभाल लिया, वो तो साथ चलेगा, और वक़्त आने पर एक लावे की तरह बाहर निकलेगा।" और यह संकेत

आगे बढ़ता है, "क्रोध का जन्म भाव-शरीर में होता है, अन्तर के शरीर में, यह पहला शरीर तो उसकी अभिव्यक्ति का साधन है। तुम चाहो तो पहले शरीर तक क्रोध को आने से रोक सकते हो। दमन में यही होता है। किसी को मारने के लिए उठा हुआ हाथ रोक सकते हो, अपने शरीर के होंठों से मुस्करा भी सकते हो, लेकिन भीतर दूसरे शरीर में, क्रोध भर जाएगा, और इसी तरह भीतर से भय उठेगा, तो उसका कम्पन बाहर के शरीर में उतरेगा। तुम रोक सकते हो। लेकिन भीतर वो इतना भर जाएगा कि उसके दबाव से भीतर का सूक्ष्म शरीर सिकुड़ जाएगा, इतना कि बाहर से उसका नाता टूट जाएगा।"

यह 'होने' और 'बनने' का अन्तर है। 'बनना' दमन की ओर ले जाता है, और दमन से बड़ा कोई बंधन नहीं। और 'होना' उस पहचान की ओर ले जाता है, जो इन सबसे मुक्त करती है...

बात तीसरे शरीर की ओर बढ़ती है, तो यह ग्रन्थ उसका संकेत देता है– "तीसरे शरीर की यात्रा और सूक्ष्म है। तीसरे शरीर में वो तरंगें हैं, जो सघन होकर दूसरे शरीर तक आती हैं। वहां उन तरंगों को समझना है। कोयला भी वही है, हीरा भी वही है, सिर्फ़ तरंगों के दबाव से फ़र्क़ पड़ गया। बहुत गहरे में सब एक हैं। अलग-अलग तरह की चोट से अलग-अलग तत्त्वों को बना दिया। मित्रता और शत्रुता की तरंगें एक हैं, चोट का फ़र्क़ है, इस तीसरे शरीर से आगे चौथे शरीर में, मानस शरीर में, जागने वाला इन्सान हर द्वन्द्व से मुक्त होने लगता है...।"

थोड़ा विज्ञान को देखें, तो हर काया यांग और चिन शक्तियों से निर्मित होती है। इसीलिए मर्द का पहला शरीर यांग-शक्ति होता है, और दूसरा चिन शक्ति। और स्त्री का पहला शरीर चिन शक्ति होता है और दुसरा यांग शक्ति। और यह सिलसिला हर इन्सान के अपने चार शरीरों तक चलता है। इसी को पहचान लेना अपने ही भीतर के अधूरे मर्द और अधूरी स्त्री को पहचान लेना है। और फिर अपने में पूर्ण मर्द और पूर्ण स्त्री हो जाने के बाद पांचवें शरीर तक जाने की एक यात्रा है...

और इसके आगे सिर्फ़ एक ऊर्जा है–जो महाचेतना की ऊर्जा है। और इसी को मैंने रजनीश की ग्रन्थ-नायिका कहा है।

यह यात्रा 'बनने' के संकल्प से नहीं होगी, 'होने' की पहचान से होगी। और इसीलिए मैंने रजनीश को एक ग्रन्थ कहा है, जिसका कोई भी पृष्ठ खोल लो, उसकी हर पंक्ति में 'होने' की पहचान मिलती है... और यही पहचान इस ग्रन्थ का नायिका-दर्शन है... महाचेतना का दर्शन...

(मार्च, 1990)

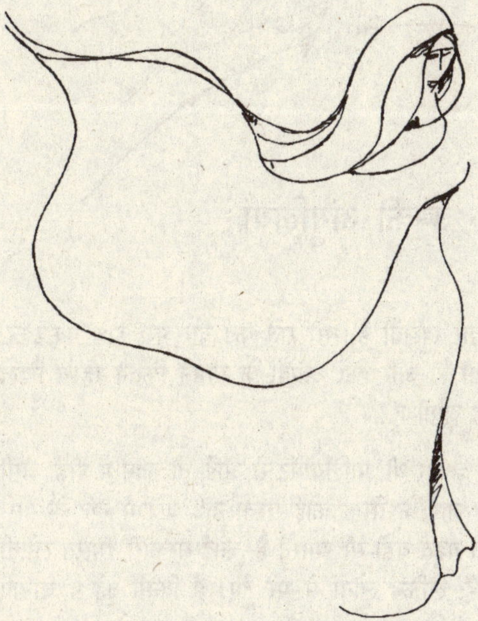

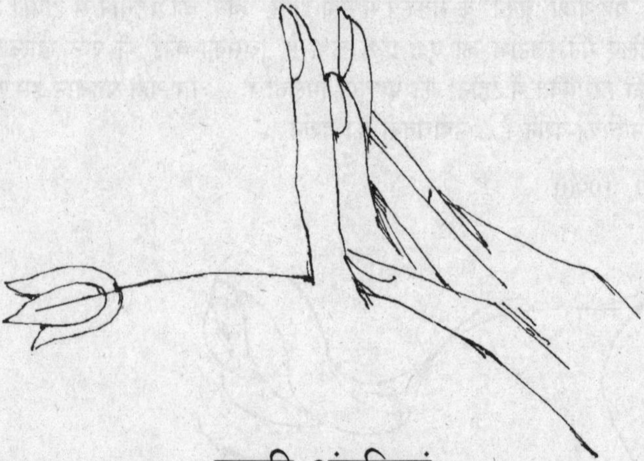

उनकी अंगुलियां

अन्तरमन की ओर जो द्वार खुलती है, मेरी रातें कई बार मेरा हाथ पकड़कर, मुझे उस द्वार पर ले जाती हैं, और फिर आंखों के सामने कितने रहस्य खिल उठते हैं कि मैं देखती रह जाती हूं...

कल तीस मार्च की दोपहर थी, पार्लियामेंट से आई, तो बदन में पीड़ा जैसी थकावट थी, इसलिए सो जाने के सिवा कोई रास्ता नहीं था। मैं नींद के ग़ार[1] में उतर गई तो देखा, एक बहुत बड़ी-सी इमारत है, कोई सरकारी इमारत लगती है, जहां बहुत से कमरे हैं, लेकिन लोगों से भरे हुए। मैं किसी को पहचानती नहीं, सिर्फ़ इतना जानती हूं कि कुछ काग़ज हैं, जो उस इमारत के किसी कमरे में दाख़िल करने हैं। इमरोज़ मेरे साथ हैं, कहते हैं, तुम इतनी भीड़ में कहां जाओगी, यहां बड़े कमरे में ठहरो, मैं ऊपर की मंज़िल पर कमरा खोज कर, यह काग़ज़ दे आता हूं...

वहां एक बड़े से कमरे में मैं खड़ी हूं। इर्द-गिर्द बहुत से लोग हैं, कुछ जा रहे, कुछ आ रहे, और उन अपरिचित चेहरों में अचानक सामने श्री रजनीश दिखते हैं, बिल्कुल पास, और बिल्कुल सामने, मैं नमस्कार करती हूं, वो मुझे पहचानते नहीं, पर कहते हैं–"मेरे साथ कुछ लोग थे, जाने कहां चले गए?"

---

1. गुफ़ा।

मन में एक बार आता है, अपना नाम उनसे कहूं, और कहूं कि मैंने आपके चिन्तन पर बहुत से मज़मून[1] लिखे हैं, आपकी दो किताबों का दीबाचा भी लिखा है, पर यह सब कह पाना मुझे बहुत छोटी बात लगती है, इसलिए कुछ नहीं कहती...

वो एक नज़र इधर-उधर देखते हैं, जैसे अपने लोगों को खोज रहे हों, फिर मेरी ओर देखते हैं, और हलका-सा मुस्करा देते हैं। उस वक़्त मैं कहती हूं– बहुत दिनों से मैं सोचती थी, कभी आपका हाथ स्पर्श करके देखूं—आपके हाथों की वाईब्रेशंस देखना चाहती हूं...

इतना-सा ही कहा था कि उन्होंने अपना दायां हाथ आगे बढ़ा दिया, और कहा–"लो, देख लो!" उस वक़्त मैंने अपनी अंगुलियों से उनके हाथ की एक-एक अंगुली को स्पर्श किया—पहले एक हाथ की अंगुलियों को, फिर दोनों हाथों की अंगुलियों को..

साथ ही मैं सोचे जा रही थी कि आज तक उनकी जितनी भी तस्वीरें देखी थीं, उनके हाथ बहुत सुन्दर और तराशे हुए दिखाई देते थे, पर आज उनके हाथों का रंग सांवला क्यों है?

मैं उनकी अंगुलियों से जैसे खेल रही थी कि अचानक उन्होंने कहा–"बहुत प्यास लगी है...।"

कहती हूं—"अभी इमरोज़ आने वाले हैं, बाहर मेरी गाड़ी खड़ी है, आप चलिए! कहीं पानी पीने के लिए...।"

लगता है, देरी होती जा रही है, इमरोज़ अभी तक नहीं आए। और साथ ही एक गुस्सा-सा आता है, यह सरकार के दफ़्तर कैसे हैं, जहां एक काग़ज़ देना भी इतना वक़्त लेता है...

इतने में देखती हूं– उस बड़े कमरे में एक तरफ एक बड़ी-सी बेंच है, लकड़ी की और श्री रजनीश वहां जाकर लेट जाते हैं। दिख रहा था, वो बहुत थके हुए हैं...

---

1. लेख।

इतने में मेरी पीठ की ओर से इमरोज़ आते हैं, और मेरे कंधे पर हाथ रखकर कहते हैं–बहुत देर लग गई फ़ाइलों में काग़ज़ दर्ज करवाते हुए, आओ चलें!

मैं इमरोज़ का हाथ पकड़कर, उस बेंच के पास जाती हूं, और इमरोज़ से कहती हूं–"देखो! यह रजनीश हैं। इन्हें बहुत प्यास लगी है...।"

देखती हूं–वो सो रहे हैं। मैं खड़ी रह जाती हूं और इमरोज़ से कहती हूं–"अब इनको जगा दूं कि नहीं?"

बस इतना भर दिखाई दिया, और देखा कि मैं अपनी जागती-सोई आंखों से बाहर की किसी दीवार को नहीं पहचान रही। अव वह बड़ा-सा कमरा कहीं नहीं था, वो लकड़ी का बेंच भी कहीं नहीं था, जहां रजनीश सोए हुए थे...मैं सपने की सीमा से बाहर आ चुकी थी– बाहर उस कमरे में, उस बिस्तर पर, जहां दोपहर को सो गई थी...

मेरी एक नज़्म की कुछ पंक्तियां, जाने कब से कमरे की हवा में ठहरी हुई थीं कि मेरे होंठों पर आहिस्ता-आहिस्ता सुलगने लगीं– "यह तेरे ख़्यालों की रात थी और मैं सातों बहिश्त तामीर करती रही–"

याद आया–अपनी यह नज़्म तो मैंने आज से करीब पैंतीस साल पहले लिखी थी, जब सपने में अपने महबूब का दीदार पाया था, और क्या यह नज़्म पैंतीस साल मेरे कमरे की हवा में खड़ी रही?

आज मन का आलम ज़रूर कुछ उसी तरह का होगा कि उस नज़्म की कितनी ही पंक्तियां मेरे होंठों पर हिलने लगीं–"यह रात जैसे रहमत का बादल बरसता रहा, और यह सपना तेरे वायदों को पूरा करता रहा...।"

साथ ही इस 'वायदा' लफ़्ज़ पर एक रुलाई जैसी हंसी आ गई, याद आने लगा—जब रजनीश थे, तो कितनी बार पूना से नीलम को फोन आया था–"वो आपको याद करते हैं, कहते हैं–अमृता से कहो, यह उसका अपना घर है, वो यहां आए...।" और जवाब में मैं आने का वायदा करती रही...

ये वायदे तो मेरे थे, उनके नहीं थे, फिर यह नज़्म जब कहती हैं, "यह सपना तेरे वायदों को पूरा करता रहा" तो क्या असल में वो मेरे वायदों की

बात करता है, जो मैंने किए, पर वो सब वायदे हवा में बिखर गए। क्या उन्हीं वायदों के कण, आज सपने में जुड़ गए? और मैं उनके नहीं, अपने किए हुए वायदों की ताबीर देखती रही?

और जो उन्होंने कहा था– "बहुत प्यास लगी है..." क्या यह प्यास भी उनकी नहीं मेरी थी? सचमुच प्यास तो मेरी थी मिलने की, फिर ये लफ़्ज़ उनके होठों पर कैसे आए?

सपने रहस्य खोलते भी हैं, और रहस्यमय बने भी रहते हैं। कुछ पकड़ में नहीं आता कि कब कुछ दीवारों पर लिखा-सा लगता है, और कब दीवारों की ओट में हो जाता है...

इतने में इमरोज़ मेरे कमरे में आए, मुझे चाय का प्याला दिया, और जब मैंने अपना सपना उनके सामने रखा तो वो हंस दिए कहने लगे–"यह तेरी हसरत थी, रजनीश से मिलने की, वही सपने में पूरी हुई...।"

वो ठीक कह रहे थे, पर सामने के कण बिखर चुके थे, वो सब कुछ जो आकस्मय हुआ था, फिर से निराकार हो गया। और उसी नज़्म की कुछ और पंक्तियां जैसे मेरे होंठों के काग़ज़ पर लिखी जा रही थीं– "बहुत ऊंची हैं दीवारें, रोशनी दिखती नहीं, रात सपने खेलती है, और कुछ कहती नहीं...।"

और फिर इमरोज़ की आवाज़ मेरी तस्कीन[1] बनती गई। उन्होंने श्री रजनीश की एक किताब से, एक पृष्ठ सामने किया और अपनी अंगुली से एक पंक्ति की ओर इशारा किया।

लिखा हुआ था– "सत्य का द्वार अपने भीतर खलता है, उसका और कोई द्वार होता ही नही..."

लगा–जिन अंगुलियों से मैं खेलती रही, वो अंगुलियां ज़रूर इसी द्वार का संकेत दे रही थीं... सत्य के द्वार का, जो अपने ही भीतर में खुलता है–

1. तसल्ली।

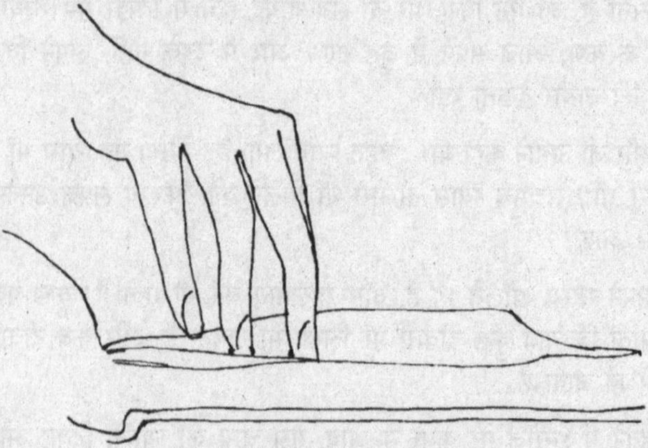

एक क़ीमती दस्तावेज़

हमारे मिथहास में कितनी ही गाथाएं हैं, कि कभी-कभी कोई देवता नए वेश में अपनी पूजा-अर्चना करने वाले का द्वार खटखटाता है, उसे कोई पहचान नहीं पाता। सिर्फ़ इतना ही नहीं, उसे अपमानित किया जाता है, और वो द्वार से लौट जाता है...

लेकिन अब यह मिथहास की गाथा नहीं, हमारे अपने काल की, हमारी आंखों देखी और कानों सुनी हक़ीक़त है कि हमारी दुनिया में जहां हर मजहब 'प्रेम' के लिए चीखता है, और जहां हर मुल्क के सियासतदान, अमन के इक़रारनामों पर दस्तख़त करते हैं, वहां प्रेम और अमन का देवता सचमुच आ गया, उसने हर मुल्क का द्वार खटखटाया, किसी ने उसे पहचाना नहीं, और वह हर मुल्क के द्वार से लौट गया...

जूलियट फ़ोरमैन ने बड़ी अहसासमन्द क़लम से हमारी दुनिया की इस त्रासदी को कलमबंद किया है, जब नवम्बर 1985 में हमारी रजनीश, हमारे ओशो अमरीका से निकाल दिए गए थे...

कह सकती हूं यह महज़ एक पीड़ा-गाथा नहीं है, इसमें गाथा की आत्मा मुस्कराती है। जूलियट फोरमैन उस हवाई यात्रा के एक पत्र रफ़िया के अहसास को कलमबंद करते हुए लिखती है, "उसे पहली बार उस हालत का अंदाजा हुआ, जब किसी का कोई देश नहीं होता, और वह किसी देश का नहीं होता" और

साथ ही उसके मन की उस अग्नि-रेखा को दिखाती हैं, जो सहज होकर एक मुस्कराहट में ढलती गई, और उसे एक बहुत बड़ी स्वतन्त्रता का अहसास हुआ कि अब किसी देश के बंधन में लिपटा हुआ नहीं है।

रात के अन्धेरे की छाती में एक लकीर खींचता हुआ जब वह हवाई जहाज़ एक फ़ासला काट रहा है, रजनीश सहज अवस्था में हैं, सो रहे है तो रफ़िया का एक और साथी देवराज खिडकी की ओर से निगाह पलटता हुआ रफ़िया की ओर देखता है, और इत्मीनान की सांस लेते हुए कहता है, "हथियार और तशद्दुद की दुनिया से दूर आकर और सियासत की हिप्पोक्रेसी से दूर आकर कितना अच्छा लग रहा है और साथ ही एक सोच में उतर जाता है–"लेकिन मैं अमेरिका के लिए उदास हूं, जिसने अपने हाथों अपने भविष्य का द्वार बन्द कर दिया..."

अभी थोड़े दिन हुए श्री के. एन. राव से मेरी मुलाकात हुई थी। वह ज्योतिष-विद्या के ज्ञाता हैं। और उनका चिन्तन भी उस विद्या में गहरे उतर जाता है, इसलिए रजनीश जी की जन्म कुण्डली पर व्याख्या करते हुए वह कहने लगे– "मैं समझता हूं कि रजनीश जी को जो अमेरिका से निकाला गया, उसके पीछे पादरी लोग इसका कारण रहे होंगे। वो रजनीश जी की तर्क-शक्ति से ज़रूर इतना घबरा उठे होंगे कि सोचते होंगे-अगर यह आदमी यहां रहेगा, तो क्रिश्चियनिटी नहीं रह पाएगी, मिट जाएगी..." ठीक इसी पहलू से जुलियट फ़ोरमैन 'चर्च और सत्ता' की त्रासदी को पकड़ पाई हैं...

रजनीश जी के अल्फ़ाज़ मेरे सामने हैं–हम सबके सामने हैं–जैसे इनसान की तक़दीर की दीवार पर लिखे हों, "तुम ग़ुलाम बनने के लिए पैदा हुए हो–यह हर मज़हब की चाल है, उसके दांव–पेच, और हर सियासतदान की आइडिआलोजीज़ उनका सिर्फ़ एक मकसद है। हर इन्सान को यह अहसास दे देना कि वह गुलाम बनने के लिए पैदा हुआ है, एक कल्पित खुदा की इबादत[1] के लिए, एक कल्पित ईश्वर की पूजा करने के लिए... और घुटनों के बल होकर प्रार्थना करने के लिए ... हर मज़हब के आगे इन्सान की बलि दी जाती रही– इसने तुम्हें रचना की शक्ति से महरूम कर दिया, वो तुम्हारे मददगार नहीं हुए कि तुम किसी भविष्य

---

1. आराधना।

को जन्म दे पाओ, तुम अपने ही महा इन्सान से गर्भित हो पाओ। लेकिन तुम एक महान फूल की तरह खिल सकते हो, तुम्हें खुशगवार माहौल मिल जाए, तो तुम सुगन्धित हो सकते हो···।"

इस पुस्तक में जब जूलियट फोरमैन उस घर के द्वार का जिक्र करती हैं, जिसे यूनान कहा जाता है, और रजनीश जब वह द्वार खटखटाते हैं, तो उस घर के लोग उन्हें पहचानते नहीं, और ठीक वही फ़तवा रजनीश जी पर लगाते हैं, जो उन्होंने अपने सुकरात पर लगाया था कि यह आदमी हमारे देश के नौजवानों को गुमराह कर देगा...

रजनीश जी करीट में ठहरे हुए थे, यूनान के उस द्वीप में, जहां कभी कजान-जाकिस जैसा चिन्तनशील पैदा हुआ था–और उसकी किताबों को यूनान ने ज़ब्तशुदा क़रार[1] दे दिया था... आज भी वही फ़तवे देने वालों की शृंखला है, जो कज़ान-जाकिस की कलम को जब्तशुदा क़रार देती है, जिसने सुकरात को ज़हर का प्याला दिया था, और आज जो रजनीश जी को देश से निकल जाने का हुक्म जारी करती है....

हर देश के पण्डित, मौलवी और पादरी उसी शृंखला से हैं, हर देश की सियासत उग्न शृंखला से है– तो एक बहुत बड़ा सवाल उठाता है कि हर मज़हब की इस श्रृंखला के होते हुए प्रेम को क्या होगा? हर देश की सियासत के होते हुए अमन का क्या होगा?

यहां मुझे हैनरी मिलर याद आते हैं, जिनकी एक किताब 10 मई, 1957 के दिन खिलाफ़े-तहज़ीब[2] कहकर ज़ब्तशुदा क़रार की गई, तो 27 फरवरी, 1951 की तारीख में हेनरी मिलर ने नार्विजीयन सुप्रीम कोर्ट के ट्रिब्यूनल को एक खत लिखा था, जिसके अल्फ़ाज अदबी[3] इतिहास की छाती में उतर गए, इतना कि आज उनका वो खत एक क़ीमती दस्तावेज की तरह संभाल लिया गया है। उसी खत के कुछ अल्फ़ाज हैं– "कहा गया है कि मैं फ़ितरी खुशी को नुमाया[4] करता हूं। इस इल्ज़ाम में तो मुझे उसी वक़्त मुज़रिम क़रार दिया जाना चाहिए था, जब मैं मां की कोख में बाहर आया था...मैं पूरी दुनिया को अपना घर मानता हूं। धरती के टुकड़ों पर अमेरिका, फ्रांस, जर्मनी, इस जैसे नामों की सिर्फ़ कुछ चिटें

---

1. प्रतिबंधित घोषित, 2. सभ्यता के विरुद्ध, 3. साहित्यिक, 4. उजागर।

लगा दी गई हैं, पर धरती एक है, मैं इन्सानी ज़ात के आगे जवाब-देह हूं, किसी खास देश या क़ौम के आगे नहीं। मैं आपको अपना फैसला बदलने के लिए नहीं कहता, मैं या मेरी किताबें कोई ऐसी अहमियत नहीं रखतीं, लेकिन ऐसी सजाएं देते हुए आप ज़िन्दगी से क्या पा लेंगे? क्या आपके लिए रोटी और शराब ज़ायकेदार हो जाएगी? क्या आपकी नींद गहरी हो जाएगी? क्या आप बेहतर इन्सान, बेहतर ख़ाविन्द[1], और बेहतर बाप बन सकेंगे? सवाल यह उठता है कि आपका क्या होगा, यह नहीं कि मेरे साथ क्या हो रहा है..."

हमारी पौराणिक गाथाएं सचमुच गहरे अर्थों में हैं–वह ठीक इसी नुक्त को लेकर चली हैं कि जो देवता किसी द्वार से लौट गया, उसका तो कुछ नहीं गया, लेकिन जिस द्वार के लोग उसे पहचान न पाए, उनका क्या होगा?

हमारे ओशो तो अपमानित हो नहीं सकते, वह उस बुद्ध की आत्मा हैं, जिसने कहा था– "मेर अनुमान तो तब होगा, जब मैं अपमान को स्वीकार करूंगा। जब मैं नहीं लूंगा, तो वह वापस लौट जाएगा, उसी के पास जिससे वह आया था। जैसे कोई वस्तु आपके लिए लाता है, अगर आप नहीं लेते, तो उसे वापस लेनी होती है, जो लाया था..." और मैं मानती हूं कि जिन देशों ने भी रजनीश जी को अपमान देना चाहा और रजनीश जी ने उनका अपमान स्वीकार नहीं किया, तो वह वापस उन्हीं के पाए लौट गया...

दुनिया के ये हालात जो जूलियट फोरमैन ने क़लमबन्द किए है, ये इतिहास के लिए चुनौती है। कुछ सोचने की, कि इतिहास उसी तरह ख़ून में भीगता चला जाएगा, जिस तरह सदियों से भी रहा है? कि वह अपने बदन को खून के छीटों से ख़ून के छीटों से बचाना चाहेगा?

इस लेखिका ने ब्योरे से लिखा है कि जब देश में देश के पत्रकार रजनीश जी के पास आए, यह सवाल लेकर कि पूरी दुनिया में जिस तरह लोग जी रहे हैं– गलियों में, फटे हाल, नशे में डूबे हुए, बेकारी से टूटे हुए, जहां मर्दों की जवानी खुदकशी करती है, औरतों की जवानी बाजार में बिकती है– इन हालात में जीने का रास्ता कैसे मिलेगा? जिन्दगी को मान्यताओं की दिशा कैसे मिलेगी? और जब उस देश से रजनीश जी पर फ़तवा दिया गया कि उनके यहां रहने

---

1. पति

से हमारे देश की जवानी गुमराह हो जाएगी, तो इस पुस्तक की लेखिका ने एक बहुत गहरा सवाल उठाया है कि जहां एक छोर लोगों की मुहब्बत का है, और दूसरा छोर पादरियों और सियासतदानों की नफ़रत का है, तो यह पादरी और सियासतदान लोगों के नुमाइंदे कैसे हुए?

यहां मुझे फिर हैनरी मिलर याद आता है, जिसने अपने ख़त में कुछ इसी तरह के सवाल का जवाब दिया था–"वो जो अदालत के कठघरे में खड़ा है, उसका फैसला उसके समय के लोग नहीं कर रहे, उसका फैसला तो कोई मरे हुए पुरखे कर रहे हैं।"

ज़िन्दा लोगों का फैसला जब मरे हुए लोग करेंगे, तो दुनिया यही होगी, जो है। और जिसके बदन में उसका खून कभी खौफ़ से सूखने लगता है और कभी नफरत से जलने लगता है...

मैं समझती हूं, जूलियट फोरमैन की यह पुस्तक ऐसे कितने ही सवालों को लिये हुए है, जिसका जवाब समय को देना होगा!

और जहां तक लिखने की शैली का सवाल है, कह सकती हूं कि वो इतनी पुख्ता है कि जो वाक़यात उन्होंने दर्ज किए हैं, वो पढ़ने वाले की रगों में धड़कने लगते हैं।

(रजनीश् जी पर जूलियट फ़ोरमैन की किताब पर लिखा गया मज़मून)

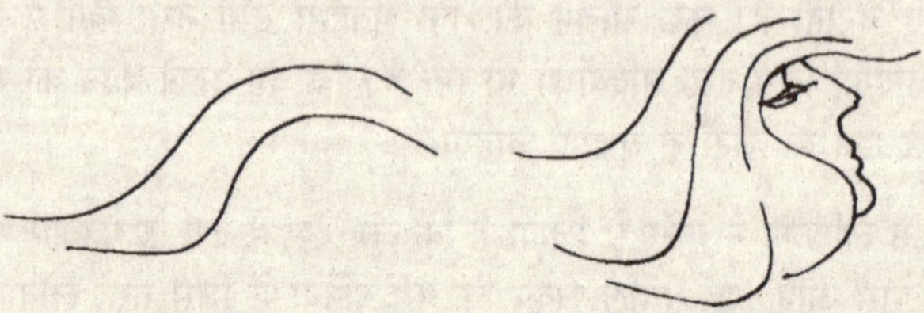

सितारों के संकेत

1987 में अचानक रजनीश आश्रम पूना से मुझे नीलम का ख़त आया था कि मैं रजनीश जी की एक पुस्तक की भूमिका लिख दूं...

मैं रजनीश जी से कभी मिली नहीं थी, लेकिन उनके चिन्तन की गहराई को कुछ पाया हुआ था, इसलिए ख़त का जवाब दिया कि रजनीश जी का चिन्तन जिस गहराई में उतरता है, वहां किसी दूसरे के लिए, कहने को कुछ, भी नहीं बचता...

तब नीलम जी का फोन आया कि उन्होंने मेरी वो किताब पढ़ी है, जिसमें मैंने इतिहास से एक मुलाक़ात की है, और इतिहास की जुबान से मैंने रजनीश जी के उस चिन्तन को कहा है, जो एक ही शरीर में–स्थूल, सूक्ष्म, अति सूक्ष्म, मानस शरीर, आत्मिक शरीर, ब्रह्म-शरीर और निर्माण इन सात शरीरों की व्याख्या है। और नीलम जी का कहना था कि जिस तरह मैंने रजनीश जी के चिन्तन को सहजता से पेश किया है, वो पढ़ने वाले को अन्तर से छू जाता है। इसलिए मैं उनकी एक पुस्तक की भूमिका लिख दूं।

पुस्तक थी 'संभोग से समाधि की ओर'। यह कई साल पहले छप चुकी थी,

लेकिन अब उसका नया संस्करण प्रेस में देना था। यह पुस्तक मैंने पढ़ी हुई थी, लेकिन फिर से उसकी गहराई में उतरी और पुस्तक का दीबाचा लिखा, 'मन मिर्ज़ा तन साहिबां।'

यह पुस्तक जब नई सूरत में सामने आई, जिसमें मेरे लिखे हुए चन्द अल्फ़ाज़ थे, तो रजनीश जी ने पुस्तक के पहले पृष्ठ पर अपनी कलम से मेरे लिए एक पंक्ति लिखी, और पुस्तक मुझे भेज दी। उनके लिखे हुए अक्षरों को मैंने माथे से छू लिया और पुस्तक अलमारी में रख ली..."

बाद में जब उनकी एक और पुस्तक आई, 'सत्यं शिवं सुन्दरम' तो रजनीश जी ने कुछ एक पंक्तियां लिखकर मुझे भेजे और नीलम जी ने उस पुस्तक पर कुछ लिखने को कहा। उन दिनों में 'ट्रिब्यून' में एक कालम लिखती थी 'मोमैंट्स वाईब्रेट'। इसलिए उसी कालम में एक मज़मून लिवा, उस किताब पर। और इम तरह यह सिलसिला आगे बढ़ा। फिर कुछ और मज़मून लिखे–'रजनीश-चेतना', 'अक्षरे की अन्तर्ध्वनि', 'न पानी कहीं, न चांद कहीं'।

1989 में राष्ट्रीय एकता के पहल से, रेडियो के नेशनल प्रोग्राम में मैंने एक फ़ीचर पेश किया था 'मिट्टी का धर्म,' जिसमें कोशिश की थी कि हमारे देश में जहां जहां भी हमारे लोग, समाज और मज़हब की राहो-रस्म[1] में कुछ ऊपर उठ गए हैं, उनका जिक्र[2] कुछ तफ़सील में लोगों के सामने लाया जाए। और आज हमारा देश जिन कारणों से टूट रहा है, उस वेबुनियाद क़ारणों का तस्करा किया जाए कि हमारे लोग जेहनी गुलामी से कुछ मुक्त हो पाएं। बहुत से हवाले मेरे सामने थे, लेकिन मैं नहीं चाहती थी कि वह सब ब्योरा मेरी आवाज़ में हो। उसकी तस्दीक़[3] सामने लाने के लिए ज़रूरी था कि अगर मैं दक्षिण भारत के नामू योगी का हवाला देती हूं, उनके अद्वैत आश्रम का जहां एक ही स्थान पर हिन्दू पूजा–अर्चना कर सकते हैं मुसलमान नमाज़ अता कर सकते हैं, और ईसाई लोग उसी स्थान पर मोमबत्ती जलाकर मां, मरियम के तसव्वुर को पा सकते हैं, तो इसके लिए अद्वैत-आश्रम की देखभाल करने वालों की आवाज़ में, मेरी बात की तस्दीक होनी चाहिए।

इस प्रोग्राम की पेशकश में सरकारी अमले के जो लोग एक निष्टा लिये

---

1. रीति-रिवाज, 2. वर्णन, 3. प्रामाणिकता।

हुए थे, उन्होंने पूरी तरह से मेरी मदद की, और ज़रूरत पड़ी तो केरल से सम्बंधित स्थानों की केरल में रिकार्डिंग करवा दी, महाराष्ट्र से सम्बंधित लोगों की वहां से, राजस्थान से सम्बंधित स्थानों की वहां से। और जब मैं उनके साथ एडिटिंग के लिए बैठी हुई थी, तो वो नहीं, कुछ दूसरे लोग थे, जो घबराए कि मेरी आवाज में जो रजनीश जी के चिन्तन का हवाला था, वह शायद पेश नहीं करने दिया जाएगा। पता चला कि श्री रजनीश जी के चिन्तन को प्रसारित नहीं किया जाता...

वह जो एक खतरा हवा में था, वो मेरी पेशकश में दख़ल-अंदाज़ नहीं हुआ, और पूरी पेशकश उसी तरह हुई जिस तरह मैं चाहती थी...

इसके बाद जब डायरेक्टर-जनरल ने मुझे अपने कमरे में बुलाया, चाय पेश की, तो उन्होंने प्रोग्राम की तारीफ के अलावा कोई सवाल नहीं उठाया। सवाल मैंने उठाया कि श्री रजनीश के चिन्तन को प्रसारित करने पर यह पाबन्दी क्यों है?

डायरेक्टर-जनरल मुस्करा दिए, किसी बहस में नहीं उतरे, सिर्फ़ इतना कहा– "अगर आप रजनीश जी का इन्टरव्यू करें, हम प्रसारित करेंगे, आप बहुत लम्बा इन्टरव्यू कीजिए, हम सारी सहूलियतें देंगे, सिर्फ आधा घण्टा नहीं, दो-तीन घण्टे कीजिए, हम आधा घण्टा प्रसारित करेंगे और बाक़ी आर्काइज़ में रख लेगें।"

उसके बाद मैने पूना में इत्तलाअ़[1] दे दी कि मैं पूना आऊंगी, और रजनीश जी से एक लम्बी बातचीत होगी...

इस पेशकश का वहां भी स्वागत हुआ, और मैं रजनीश जी की किताबों में डूब गई। जानती थी कि इतने बड़े आलिम[2] से कोई सवाल कर पाना आसान नहीं है, लेकिन कुछ सवाल-से क़ागज़ों पर उतारे। 'सवाल से' कह रही हूं कि जिन अर्थों में सवाल लफ्ज़ आता है, उन अर्थों में वो नहीं थे, मैं कोई सवाल कैसे करती, जब मन में ही कोई सवाल नहीं था। तो कुछ उनकी आवाज़ में सुन पाने के लिए, अलग-अलग पहलुओं से, मेरे चन्द अल्फ़ाज थे कि बात चलती रहे...

क़ुदरत के रहस्य पकड़ में नहीं आते। जब सब हो गया, तो पूना से नीलम

---

1. सूचना, 2. विद्वान।

जी का फ़ोन आया–आप ज़रूर आइए, हम लोग एयरपोर्ट पर लेने आएंगे, आपकी उनसे मुलाक़ात तो ज़रूर होगी, लेकिन, रेकर्डिंग नहीं हो पाएगी, क्योंकि वो बोल नहीं पा रहे...

मेरे क़ागज़ मेरे हाथ में पकड़े रह गए। फ़ोन पर इतना ही कहा–इस तरह आने से क्या होगा। वो जब भी बोल पाएं, मुझे पता देना, उसी वक़्त आ जाऊंगी...

और वो वक़्त नहीं आया। रजनीश जी की सेहत गिरती गई, और नया साल आते ही वो संभावना नहीं रही...

इधर से बात आगे बढ़ी थी, और पिछले दिनों रेडियो के अलावा, टेलीविज़न के डायरेक्टर-जनरल ने भी मंज़ूरी दे दी थी कि मैं जब पूना जाऊं, तो उन्हें इत्तलाअ दे दूं, उनके पूना स्टेशन के कैमरामैन वहां आएंगे, और सारी बातचीत को रिकार्ड कर लेंगे, जो टेलीकास्ट होगी...

यह सब नहीं हुआ, वक़्त ने किसी को यह मौका नहीं दिया...

यहां सारी तफ़सील इसलिए दे रही हूं कि जो नुक़्ते मैंने काग़ज़ पर दर्ज किए थे, रजनीश जी से बात करने के लिए, उनमें एक मेरी जिज्ञासा को नुक़्ता था कि उन्होंने अपनी एक किताब 'ग्लिम्सिज़ ऑफ़ ए गोल्डन चाईल्डहुड' में जहां अपने बचपन के कई वाक़यात दिए हैं, वहां एक वाक़या अपनी जन्मकुंडली का भी दर्ज किया है, और उनके अल्फ़ाज़ में जिस कुण्डली में दर्ज हुई हर बात अक्षर-अक्षर सच हुई है, मैंने उसी जन्मकुंडली को देखना चाहती हूं...

किताब में बहुत तफ़सील से उसकी बात है, लेकिन लग्न तक भी कहीं दर्ज नहीं किया गया है...

और फिर जब उनसे कुछ पूछ सकने का रास्ता ही नहीं रहा, तो 1990 में 31 मार्च के दिन जब श्री के.एन.राव से मेरी मुलाकात हुई, तो ज्योतिष-विद्या के उस विद्वान से बातें करते हुए, अचानक श्री रजनीश जी की बात चली, तो उन्होंने कहा कि उनके पास रजनीश जी की जन्मकुंडली है...

मेरी जिज्ञासा को जैसे एक किनारा नज़र आया...

मेरी जिज्ञासा यह नहीं थी कि मैं रजनीश जी के कुछ उन पहलुओं को भी देख पाऊं, जो किताबों में नहीं हैं, मेरे लिए, जो उनका कहा हुआ, किताबों में दर्ज है, वही सब कुछ है। मेरी जिज्ञासा एक दूसरे पहलू से थी कि सितारों के संकेत कितना भर कुछ पकड़ पाते हैं, और कितना भर उनसे छूट जाता है...

और साथ ही जिज्ञासा का एक और पहलू था कि रजनीश जी के मुताबिक़ वाराणसी के जिस विद्वान पण्डित ने बच्चे की जन्मपत्री बनाने से इनकार कर दिया था, उसने कहा था कि अगर यह बच्चा सात साल की उम्र के बाद भी ज़िन्दा रहा तो बुद्ध होगा, और फिर वे अपने हाथ से उसकी जन्मकुंडली बनाएंगे। मैं वही देखना चाहती थी कि कुण्डली में क्या संकेत था कि बच्चा या तो सात साल से ज़्यादा नहीं रह पाएगा, अगर ज़िन्दा रहा तो बुद्ध होगा...

और जब श्री.के.एन.राव ने कहा कि उनके पास रजनीश जी की जन्मकुण्डली है, तो मेरी जिज्ञासा जाग उठी। मैंने उनसे दरखास्त की कि वो रजनीश जी की जन्मकुंडली के आधार पर एक व्याख्या करें।

उस वक़्त उन्होंने कहा–एक विवाद उठ सकता है कि वो जन्मकुंडली सही है या नहीं। वह तीन बार 'एस्ट्रॉलोजी मैगजीन' में छपी थी, एक बार जुलाई 1981 में मैगजीन के 546वें सफे पर, दूसरी बार जून 1983 में 482वें सफे पर, और तीसरी बार 1984 में अप्रैल महीने में 327वें सफ़े पर।

और साथ ही उन्होंने कहा कि उसी के मुताबिक उन्होंने तीन-चार लोगों के सामने कहा था कि 1990 का साल रजनीश जी पर बहुत भारी पड़ेगा। 1990 पार नहीं होगा। और यह बात सही साबित हुई है इसलिए वो मानते हैं कि वह सही कुण्डली है। साथ ही रजनीश जी की ज़िन्दगी के हालात, और उनके प्रवचन जिस तरह चलते रहे, उनके मुताबिक भी वह कुण्डली को सही मानते हैं।

उन्होंने बताया कि जिन लोगों के सामने उन्होंने, 1990 के बारे में कहा था, उनमें एक कृष्णकान्त जी हैं, जो आजकल आन्ध्रप्रदेश के गवर्नर हैं... और श्री राव ने मेरी जिज्ञासा को देखते हुए 14 अप्रैल के दिन, दोपहर एक

बजे के करीब, रजनीश जी की कुण्डली का विवेचन किया और अपनी आवाज़ में, सब रिकार्ड करके, उसका कैसेट मुझे दे दिया।

उनके मुताबिक रजनीश जी का लग्न वृषभ है। कर्क में उच्च का बृहस्पति है, पंचम में केतु, सप्तम में सूर्य, और बाकी सब ग्रह अष्टम मे...

श्री राव ने हर ग्रह के अंश स्पष्ट किए–बृहस्पति 29.43 केतु 8.25, सूर्य 25.36, चन्द्र 22.13, शनि 2834 मंगल 8.7, शुक्र 19.10 और वक्रीबुद्ध 13.9...

जन्म का दिन–11 दिसम्बर, 1931 और सायंकाल 5.13 स्थान–कुचवाड़ा और विंशोत्तरी दशा के मुताबिक, उनके जन्म समय शुक्र की, भोग दशा 6 साल 8 महीने और 3 दिन बाकी थी।

श्री राव के सामने जब भी कोई जन्मकुण्डली रखता है, कुछ भी बताने से पहले वो काग़ज पर कुछ सवाल लिखते हैं। अगर उन 10 सवालों में से 8 या 9 को उत्तर सही हो, तो कुण्डली को ठीक मानते हैं, वरना नहीं। वो रजनीश जी की कुण्डली को क्यों सही मानते हैं, इसी के ब्योरे में उतरने के लिए उन्होंने बिंशोत्तरी दशा का हिसाब बताया...

"रजनीश जी का जन्म 11 दिसम्बर, 1931 को हुआ, उस वक़्त शुक्र की महादशा के 6 बरस 8 महीने और 3 दिन बाकी थे। इसलिए शुक्र की महादशा 14 अगस्त, 1938 तक चली। और फिर सूरज की महादशा शुरू हुई, जो 6 साल के बाद 14 अगस्त, 1944 को ख़त्म हुई, और फिर चन्द्र की महादशा शुरू हुई..."

आगे कुछ कहने से पहले श्री राव यहां रुक गए। कहने लगे– "आध्यात्मिक और लौकिक कारण देना चाहता हूं, जिनसे पता चले कि यह कुण्डली सही है। इसलिए कहा होगा, कि चन्द्र की महादशा में शायद शुक्र का अन्तर रहा होगा, या केतु का, केतु का कह सकता हूं, क्योंकि वो उनके पंचम में है, शनि दृष्ट है, इसलिए यहां जीवन में कोई परिवर्तन आकर, एक नये प्रकार की आध्यात्मिक रुचि आनी चाहिए..."

यह हिसाब मैंने बाद में लगाया कि चन्द्र की महादशा में केतु अन्तर 14

नवम्बर, 1951 से लेकर 14 जून, 1952 तक आया था, जब रजनीश जी की उमर 20 साल की रही होगी...

उस वक़्त मुझे याद आया कि रजनीश जी की किताब में कहीं वह तारीख लिखी हुई, जब उन्हें 'एनलाइटण्डमैंट' हुई थी, और जब मैंने वह तारीख खोज ली '21 मार्च, 1953' तो हिसाब लगाया कि तब चन्द्र की महादशा में शुक्र अन्तर था, इसलिए अहसास हुआ कि श्री राव ठीक कह रहे हैं। शुक्र अन्तर में जो 'एनलाइटण्डमैंट' हुई उसकी शुरुआत उससे कुछ पहले केतु– अन्तर में ही हो सकती है। केतु और शनि ने जो रास्ता उनके सामने बिछा दिया, उसी पर शुक्र अन्तर में सब घटित हो सकता है।

चन्द्र महादशा के शुक्र–अन्तर में जो घटित हुआ, और जिसकी इब्तदा केतु–अन्तर में हुई, उस केतु की श्री राव ने और व्याख्या की–"केतु को सर्प कहा गया है, ज्योतिष में। सर्प के दो-तीन अर्थ होते हैं, एक तो जहरीला सांप और दूसरा वह जो अन्तर में सुषुप्त शक्ति है, कुण्डलिनी शक्ति। इड़ा-पिंगला, सुषुम्ना से संचालित वह शक्ति जब ऊपर से निकलती है, जाग्रत होकर, तो सीधा आज्ञा-चक्र के पास पहुंच जाती है। वहां इड़ा-पिंगला, सुषुम्ना तीनों मिलते हैं। इन तीनों के मिलन को ही त्रिवेणी का संगम कहा जाता है, जहां भगवान शंकर का निवास है। इसी के ऊपर शंकर का सहस्रार है। यह रहस्य कम लोग जानते हैं कि भ्रूमध्य पर, आज्ञा-चक्र पर, हम लोग पूजा करते समय टीका क्यों लगाते हैं। टीके का रहस्य यही है कि वो शक्ति जाग्रत हो, और हमें भूत, वर्तमान और भविष्य की घटनाएं दिखने लगें..."

श्री राव यह कहते-कहते एक वज्द[1] में आ गए, और कहने लगे, "वहां आज्ञा चक्र में वह शक्ति स्थिर हो जाती है। आदमी द्वन्द से मुक्त हो जाता है। उस समय वो भोग में डूबे या न डूबे, उसे कोई फ़र्क़ नहीं पड़ता। इस अवस्था का आदि शंकराचार्य ने 'भजो गोविन्द' में बहुत सुन्दर वर्णन किया है– भोग-रतोवा, योग-रतोवा, संग-रतोवा, संग विहीन..."

और इसका अर्थ करते हुए वह कहने लगे..."चाहे भोग में डूबे रहो, चाहे योग में डूबे रहो, चाहे संग में रहो, चाहे निस्संग रहो, जिसके चित्त में वह परब्रह्म

---

1. आत्मविभोर

रम गया, वह उसी को जगत में देखता है...इसलिए मैं बहुत कहता हूं कि जब केतु का अन्तर आया होगा, रजनीश जी की ज़िन्दगी में, तब उनकी यह अवस्था आने लगी होगी..."

चन्द्रमा की बात करते हुए श्री राव कहने लगे–"रजनीश जी का चन्द्रमा बैठा है अष्टम स्थान में। चतुर्थ स्थान, अष्टम स्थान और द्वादश स्थान तीन ज़रूर देख लेने चाहिए, हरेक जन्म-कुण्डली में, अन्तर अनुभव को जानने के लिए, गुप्त अनुभव को, सब-कॉन्सैन्स या सुपर-कॉन्सैन्स के अनुभव को। यहां तो रजनीश जी की कुण्डली में, इतने ग्रह अष्टम में बैठे हैं, चन्द्र, मंगल, शनि, शुक्र और बुध, इसलिए इन्हें बहुत अलौकिक वो अनुभव, जिन्हें हम अकल्ट कहते हैं, वो सब हुए होंगे, यह बिल्कुल सम्भव है... अष्टम में बैठा हुआ शनि अपनी दशम दृष्टि से केतु को देख रहा है, इसमें पंचम और अष्टम का संबंध बन गया। यह संकेत है, पूर्व जन्म के किसी पुण्य के उदय होने का। और पूर्व-जन्म के पुण्य के उदय होने के बाद 1953 में मैं मानता हूं कि जब केतु की अन्तर दशा क़रीब-क़रीब समाप्त हो चुकी होगी, उन्हें कोई अलौकिक अनुभव हुए होंगे..."

मैं अपने ज़ेहन में रजनीश जी की कुण्डली को देखे जा रही थी कि श्री राव उस समय की बात कहने लगे, जब 1954 में मंगल की महादशा शुरू हुई। कहने लगे–"देखो, मंगल अष्टम में बैठा द्वितीय स्थान को देख रहा है, शनि भी देख रहा है, शुक्र भी देख रहा है, चन्द्र भी देख रहा है, बुध भी देख रहा है। मंगल उग्रता का प्रतीक है, और द्वितीय स्थान वाणी का स्थान है। इसलिए 1954 से लेकर 1961 तक का जो समय था, मंगल की महादशा का, उस समय मंगल का प्रभाव लिये उनकी वाणी में उग्रता आई, और लोगों की धारणाओं पर, लोगों की मान्यताओं पर एक चोट पड़ने लगी। इससे उनकी चर्चा तो बहुत हुई लेकिन अपवाद भी होने लगे..."

श्री राव कुछ ब्योरे से गीता के कुछ प्रवचनों पर और गांधी जी की अहिंसा पर रजनीश जी ने जो कुछ कहा था, उसे मंगल के प्रभाव में लेते हुए कहने लगे–"उसके बाद राहु की महादशा आई 1961 में। राहु एकादश स्थान पर बैठा है, ऊपर मंगल से भी दृष्ट है, और बृहस्पति से भी..."

मैंने अपने ज़ेहन में रखी हुई कुण्डली की ओर देखा, हां मंगल उसे चौथी दृष्टि से देख रहा है, और बृहस्पति नवम दृष्टि से।...

श्री राव कहने लगे–"एकादश में बैठा हुआ राहु धन तो देगा ही, ऊपर से बृहस्पति से दृष्ट है, इसलिए राहु की महादशा में उनके पास अपार धनराशि आती चली गई। मंगल की दृष्टि से उग्रता भी बढ़ती गई और बृहस्पति की दृष्टि से धनराशि भी बढ़ती गई।...

"इसी समय उन्होंने लता-साधना का प्रयोग किया जो, सम्भोग के समय भगवान की आराधना करने की साधना होती है... मैं ज़ाती अनुभव से उसे नहीं जानता ... लेकिन जब मैं शिलौंग में था, मेरा तबादला वहां हुआ था, तो मैं कामाख्या के मन्दिर में जाता था, मां के मन्दिर में, वहां मैंने वे साधक देखे, जो लता-साधना में थे, और उनके चेहरे जगमगाते हुए देखे। इसलिए कह सकता हूं कि इस साधना के लिए पात्रता की ज़मीन होनी चाहिए, जो रजनीश जी ने अपने शिष्यों में नहीं पाई, फिर भी उन्हें लता-साधना की ओर रुचित किया..."

उस समय मुझे वह सब याद आया, जो मैंने रजनीश जी की पुस्तक 'संभोग से समाधि की ओर' में लिखा था, "श्री रजनीश हमारे युग की एक बहुत बड़ी प्राप्ति हैं, जिन्होंने सूरज की किरण को लोगों के अन्तर की ओर मोड़ दिया, और सहज मन उस संभोग की बात कह पाए, जो एक बीज और एक किरण का संभोग होता है, और जिसमें खिले हुए फूल की सुगंधि इन्सान को समाधि की ओर ले जाती है..." लेकिन मैंने श्री राव से कुछ नहीं कहा।

वह कहने लगे–"फिर 1979 में बृहस्पति की महादशा शुरू हुई। बृहस्पति की अन्तरदशा ख़त्म हुई 1981 में। शनि की अन्तरदशा ख़त्म हुई 1984 में। बुध की 1986 में, केतु की 1987 में। और फिर शुक्र की अन्तरदशा शुरू हुई, जो 1990 में 26 फ़रवरी तक की थी और बीच में, बृहस्पति की महादशा में शुक्र के अन्तर में उनका निधन हुआ...

"उनका बृहस्पति उच्च का है एकादशेश भी है, लेकिन वृषभ लग्न के अनुसार वह अष्टमेश भी है। उधर शुक्र लग्नेश है, अष्टम में पड़ा है, और साथ षष्ठेश भी है। इसलिए जब अष्टमेश की दशा में षष्ठेश की अन्तस्दशा आनी थी, तो ऐसा होना ही था...

उस समय मैंने श्री राव से पूछा कि वाराणसी के पण्डितों ने इनकी जन्म-कुण्डली बनाने से इनक़ार कर दिया था, कहा था कि अगर यह बच्चा सात

साल तक ज़िन्दा रह पाया, तो वे कुण्डली बनाएंगे। क्या उसका कारण अष्टम में इतने ग्रहों का होना है?

वह कहने लगे–"ज़ाहिर है कि जिस शुक्र की महादशा में उनका जन्म हुआ, वही शुक्र लग्नेश होकर अष्टम में पड़ा है। साथ ही वह षष्ठेश भी है। ऊपर से शनि और मंगल के साथ है। इसलिए कुछ बालारिष्ट-योग तो बनता ही है। और बालारिष्ट-योग के लिए बच्चे के चन्द्रमा को देखा जाता है। वह चन्द्रमा भी अष्टम में है। लेकिन उस योग को काटने वाले शुक्र और बुध भी वहां हैं, जो आयु की वृद्धि करते हैं। शनि भी, बचपन में मार दे, तो मार दे, बाद में आयु की वृद्धि करता है। इसलिए कोई भयंकर बालारिष्ट नहीं है, क्योंकि बृहस्पति अष्टेश होकर, तृतीय में उच्च का होकर बैठा है, कर्क में। लेकिन शुक्र की महादशा के जो 6 बरस 8 महीने और 3 दिन बाक़ी थे, उसी के आधार पर उन पण्डितों ने सात बरस आयु के खतरे के लिए होंगे..."

और सप्तम में सूरज की स्थिति को देखते हुए श्री राव कहने लगे–"लग्न में या सप्तम में सूरज होता है, तो वह विवाह नहीं होने देता। अगर विवाह हो जाए, तो उसे टिकने नहीं देता। उन्होंने विवाह नहीं किया, हम सब जानते हैं। लेकिन उनकी ज़िन्दगी में संभोग न आया है, यह मैं नहीं मानता। अष्टम स्थान संभोग का भी होता है, और वहां पांच ग्रह पड़े हैं। मैं संभोग को पाप या पुण्य नहीं मानता, लेकिन पाच ग्रहों का कंबीनेशन धारण केबीनेशन नहीं है...

"बुध स्वयं ही बुद्धि का कारक होता है, और वह उनकी कुण्डली में पंचमेश होकर बुद्धि का नायक हो गया है। ऊपर से ज़ोरों का धन योग है–एक तो राहु के एकादश में होने से, ऊपर से बृहस्पति से दृष्ट होने से, और जिस पंचम को हम विशिष्ट धन स्थान मानते हैं, वहां पड़े हुए केतु से भी दृष्ट होने से। यह अपार धनराशि के स्पष्ट संकेत बनते हैं... इसलिए मैं मानता हूं कि बुद्धि के नायक ने उनको लता-साधना की रुचि प्रदान की। जटिल मनुष्य की जटिलता को दूर करने का उन्होंने एक उपाय सोचा था, लेकिन अष्टम स्थान हर तरह के स्कैण्डल का भी होता है। उसमें लोक-निंदा होनी ही होती है। बहुत प्रचलित निंदा। उसमें कोई सचाई रही हो, या न रही हो, यह दूसरी बात है..."

रजनीश जी को ज़हर दिए जाने की सम्भावना कहां से दिखाई देती है, मेरे इस सवाल के जवाब में श्री राव ने कहा–पंचम स्थान संतान का होता है, इसलिए

गुरु के लिए वह स्थान शिष्य का होता है। मेरे स्वर्गीय गुरु स्वामी परमानन्द सरस्वती का सिंह लग्न था। उनका बृहस्पति स्वग्रही होकर अष्टम में बैठा हुआ था, मीन में। एकादश में शनि था, मिथुन में, जिसकी दशम दृष्टि अष्टम में बैठे बृहस्पति पर पड़ रही थी। सिंह लग्न का पंचमेश बृहस्पति होता है। तो पंचमेश अष्टम में चला गया, जिस पर शनि की दृष्टि पड़ रही थी। 1978 में जब कलकत्ता से मेरा तबादला हुआ, तो दिल्ली आने के वक़्त मैंने अपने गुरु भाइयों से कहा कि आप लोग सावधान रहना, गुरु जी के कोई शिष्य उन पर कोई लांछन लगाकर उनको ज़हर भी दे सकते हैं...

1980 का जनवरी महीना था, या 1979 का दिसम्बर रहा होगा, जब गुरु जी के एक शिष्य ने एक गुरु बहन के माध्यम से उनको ज़हर दे दिया। वो एक ख़ूबसूरत महिला थी। गुरुजी ने योग बल से ज़हर तो झेल लिया, लेकिन सात महीने अन्न नहीं खाया, तुलसी का एक पत्ता डालकर मिश्री का जल पीते रहे। भगवत् पाठ सुनते रहे, और आठ महीने बाद शरीर छोड़ दिया...

"जन्म-कुण्डली में जो ग्रह होते हैं, उनका प्रभाव शरीर पर तो पड़ता ही है। आत्मा से उनका कोई सम्बन्ध नहीं होता। जो आत्मा की साधना में हैं, वह ग्रहों के बन्धन में नहीं रहते। लेकिन कितनी भी बड़ी आत्मा हो, ग्रहों का प्रभाव शरीर पर तो पड़ेगा ही। मैं जब भी किसी बड़े महात्मा की कुण्डली देखता हूं, और देखता हूं कि अच्छा समय नहीं जा रहा, तो पाता हूं कि उन दिनों उनके पास अच्छे शिष्य नहीं आते। कोई दुष्ट शिष्य उन्हें ज़रूर घेर लेते हैं। रजनीश जी को उनके किसी शिष्य ने धोखा दिया हो, यह तो कुण्डली में दिखता ही है– पंचमेश का वक्री होकर अष्टम में बैठ जाना, वह उग्र ग्रहों के साथ सितारों का स्पष्ट संकेत है, शिष्य से धोखा खाने का..."

उस वक्त मैंने श्री राव से सितारों का वह रहस्य पूछा, जिसके बल पर वाराणसी के पण्डित ने कहा था कि अगर यह बच्चा सात साल तक जिन्दा रहा, तो बुद्ध होगा...

वह कहने लगे–"संन्यास योग के कुछ लक्षण होते हैं। रजनीश जी के अष्टम में जो पांच ग्रह बैठे है, चन्द्र, शनि, मंगल, शुक्र और वक्री बुध, उनमें से एक ग्रह भी अस्त नहीं है। उनके सप्तम में सूरज है 25 अंश का, और सबसे पास पड़ता है मंगल, जो 8 अंश का है, वह 13 डिग्री दूर है, इसलिए अस्त नहीं

है। इसी तरह बाकी ग्रह हैं, जिनमें से कोई भी अस्त नहीं है। और उनमें दशमेश भी है। ज्योतिष का सिद्धान्त है कि जब दशमेश के साथ तीन ग्रह बैठ जाएं, तो संन्यास योग बन जाता है... यह पूरा संन्यास-योग है, रजनीश जी की कुण्डली में। लेकिन यह कहां हुआ? अष्टम स्थान में। और जिन महात्माओं की कुण्डली में यह संन्यास योग हुआ–रामकृष्ण परमहंस की कुण्डली में, आनन्दमयी मां की कुण्डली में, मेरे गुरु परमानन्द सरस्वती की कुण्डली में, वो शुभ स्थानों पर हुआ। लेकिन रजनीश जी का अष्टम स्थान पर हुआ। साथ ही बुद्धि स्थान पर केतु बैठा है, जो शनि से दृष्ट है। अगर यह केतु बृहस्पति से दृष्ट होता तो बात और होती, लेकिन यह शनि से दृष्ट है..."

मैं कह नहीं सकती, कैसे हुआ, लेकिन यह हुआ। मुझे अहसास हुआ कि रजनीश वहीं हैं, बिल्कुल पास में हैं, और कह रहे हैं–"अष्टम स्थान वह स्थान होता है, जो धरती के गर्भ में होता है। उसे बाहर से समझ लेना नहीं हो सकता। मेरा परम्परागत संन्यास नहीं था, वह क्रांतिमय है..."

श्री राव ने बाहर की घटनाओं को लेते हुए कहा–"रजनीश जी पर जो मुश्किलें आईं, उन्हें अमेरिका में नहीं रहने दिया गया, अदालत की जो कार्रवाई हुई, और जितने भी देशों ने उन पर पाबंदियां लगा दीं, और अमेरिका में उन्हें जो ज़हर दिया गया, वह सब अष्टमेश की महादशा षष्ठेश की अन्तरदशा आने पर हुआ..."

श्री राव जिन बारीकियों में उतर रहे थे, और हर महादशा की अन्तरदशा के अनुसार घटनाओं का तालमेल बैठ रहा था, उनसे ज़ाहिर था कि उनके पास रजनीश जी की जो कुण्डली है, वह बिल्कुल सही है। उसी के आधार पर उन्होंने कहा–"हमारे देश में एक बहुत बड़ा नुकसान हुआ कि जिनके पास यह विद्या थी, उन्होंने उसे इस तरह पकड़ लिया कि अपने मूर्ख बच्चे को तो दी, पर किसी सुपात्र के हाथ में देने पर राजी नहीं हुए, इससे यह विद्या लुप्त होती चली गई। फिर भी जो बचा है, उसके आधार पर कह रहा हूं कि रजनीश जी की आयु 62 से अधिक नहीं हो सकती थी। उनकी कुण्डली को देखिए, तृतीयेश और अष्टमेश का परिवर्तन योग पड़ा है। तृतीय स्थान का स्वामी चन्द्र अष्टम में है, और अष्टम स्थान का स्वामी बृहस्पति तृतीय में है। जब यह योग पड़ता है, तो आयु 62 से अधिक नहीं हो सकती...

रजनीश जी का जन्म 1931 का है, इसलिए आयु का हिसाब देखने के लिए मैंने महादशा और अन्तरदशा को भी देखा, और जब अष्टमेश की महादशा में षष्ठेश की अन्तरदशा को देखा, जो 26 फरवरी, 1990 तक थी, तो मैंने कहा था कि 1990 पार नहीं होगा..."

इसके बाद श्री राव ने जैमिनी दशाओं की बात की, और कहा–"हमारे देश में अगर बीस हज़ार ज्योतिषी मान लिए जाएं, तो कह सकता हूं कि 19 हज़ार 50 ज्योतिषी केवल विंशोत्तरी के आधार पर चलते हैं। लेकिन जैमिनी दशाओं में सूक्ष्मता जो नज़र आती है, वह सिर्फ़ वहीं है, उनके हिसाब से कारक बनाकर बिल्कुल सही भविष्यवाणी की जा सकती है...

"जैमिनी के हिसाब से रजनीश जी का आत्मकारक बनता है बृहस्पति। लग्न को छोड़कर आत्मकारक को देखिए। जो 19 अंश का कर्क में होने के कारण नतांश में चला गया मीन में...

"आत्मकारक को 'की प्लेनिट' कहते हैं जैमिनी ज्योतिष में। वह आत्मकारक जिस नवांश में जाता है, उसे कहते हैं कारकांश। तो यह कारकांश बन गया मीन। जिसकी कुण्डली में भी कारकांश मीन होगा, वो जीवन में किसी-न-किसी समय अध्यात्म में डूबेगा ही। इसलिए कहता हूं कि रजनीश जी सम्पूर्ण रूप में आध्यात्मिक थे। यह बात बिल्कुल पक्की है। इसमें संदेह नहीं है। उनका आत्मकारक मीन के नवांश में है; और मीन के नवांश में आत्मकारक के होने की प्रशंसा जैमिनी में मिलती है, और मैंने उसे बिल्कुल सत्य पाया है। वह ऊपर से जो भी दिखते हों, भीतर से संपूर्ण रूप में आध्यात्मिक थे।"

मैं देखे जा रही थी कि श्री राव किस तरह क़दम-क़दम गहराई में उतरते हैं। कहने लगे– "एक तो यह कारण स्पष्ट हुआ उनके सम्पूर्ण आध्यात्मिक होने का। दूसरा मैं पहले कह चुका हूं कि जिसका दशमेश तीन ग्रहों के साथ बैठता है, वह संन्यास योग देता है। और रजनीश जी का दशमेश चार ग्रहों के साथ बैठा हुआ है। यह उनके दो संन्यास योग पक्के हुए, और तीसरा है चन्द्रमा। चन्द्रमा मन का कारक होता है, इसलिए मन को जीत लेने से संन्यास योग आता ही है। रजनीश जी की कुण्डली में उनका चन्द्रमा मंगल और शनि की कैंची में आ गया है, और उन उत्तेजित ग्रहों ने उसे पूरी तरह भस्म कर दिया। मन नहीं रहा। इसलिए पूर्ण संन्यास योग हुआ उनका।"

श्री राव ने संन्यास योग के लक्षण बताते हुए यह भी कहा–"चन्द्रमा जिनकी कुण्डली के नवांश में हो, या द्रेश्काण में हो, या चन्द्रमा मंगल की राशि में हो और उस पर शनि की दृष्टि हो, या वो शनि की राशि में हो और मंगल से दृष्ट हो, तो ज़िन्दगी में संन्यास आएगा ही... मंगल और शनि का प्रभाव ज़रूरी माना गया है चन्द्र पर। इसलिए यह तीन योग हुए, जो रजनीश जी की कुण्डली में हैं, उनके पूर्ण तौर पर आध्यात्मिक होने के...

रूहानी इश्क की इब्तदा[1] से लेकर रूहानी इश्क की इन्तहा[2] तक जो रास्ते में कितने ही मुक़ाम आते हैं, उनमें से गुज़रते हुए जब मार्फ़त[3] का मुक़ाम आता है, तो कोई गा उठता है– 'अलफ़ अल्लाह बम्बे की बूटी मुर्शिद मन में लाई हूं' और जब बेनियाज़ी[4] का मुक़ाम आता है, तो 'पग घुंघरू बांध मीरा नाची रे' लेकिन फ़कर फ़ना से पहले जब हैरत का मुक़ाम आता हैं, तो वो ख़ामोशी का आलम[5] बन जाता है, वहां बुद्ध मौन हो जाते हैं। फिर यह क्या था कि रजनीश जी ने यह सब मुक़ाम देखे, फिर भी वाणी पर ऐसा अधिकार पाया, जो अचंभित करने वाला है। मैंने यही सवाल जब श्री राव के सामने रखा, तो वह कहने लगे– "रजनीश जी की अद्भुत कुण्डली है। एक अद्भुत प्रतिभाशाली की कुण्डली। अद्भुत इसलिए कह रहा हूं कि इसमें तीन स्थान प्रबल हो उठे हैं एक तो–पंचमेश के साथ कई ग्रहों के बैठने से अष्टम में। वह स्थान अन्तर-मन का होता है, अचेतन मन का, अकल्ट का, अध्ययन का, चिन्तन का। और उस स्थान पर बैठे हुए पांच ग्रह पूर्ण दृष्टि से द्वितीय स्थान को देख रहे हैं, वाणी के स्थान को। इसलिए बुद्धि की प्रखरता के कारण वह कहीं उलझे नहीं, सब सुलझाकर कहा और तीसरी बात– जब पंचम स्थान पर उग्र ग्रहों की दृष्टि हो जाए, तो बुद्धि में एक तेज आता है। उनके पंचम में केतु है, जिस पर शनि की दशम दृष्टि है। और उस स्थान का स्वामी अष्टम में, बहुत गहरे में उतर जाने के स्थान पर, और वहां बैठे सभी ग्रह वाणी शक्ति के स्थान को देख रहे हैं। इस तरह यह तीन स्थानों का संगम हुआ। और ऐसा इन्टलैक्ट सामने आया, जिसके सामने तीस-चालीस इन्टलैक्चुअल भी बैठा दो, तो वो पार न पा सकें। इसलिए रजनीश जी को युग-पुरुष कहना होगा..."

---

1. आरंभ, 2. अंत, 3. मिलन, 4. विरह, 5. अवस्था।

ज़ाहिर है कि रजनीश जी की तर्क-शक्ति का जायज़ा ले सकना बहुत मुश्किल है। इस मुश्किल को कुछ आसान करने के लिए श्री राव ने घटनाओं का सहारा लिया, कहने लगे–"मैं समझता हूं कि इन्हें जो अमेरिका से निकाला गया, उसके पीछे पादरी लोग इसका कारण रहे होंगे। वो इनकी तर्क-शक्ति से ज़रूर इतने घबरा उठे होंगे कि सोचते होंगे–अगर यह आदमी यहां रहेगा, तो क्रिश्चियनिटी रह नहीं पाएगी। मिट जाएगी..."

और श्री राव एक मिनट रुककर कहने लगे–"इतना जीनियस कोई हो नहीं सकता... पिछले दिनों 'अकल्ट' मैंगज़ीन में उनके तीन-चार मज़मून छपे। सम्पादक ने वो छपने से पहले मुझे दिखाए थे। मैं यह तो जान गया कि रजनीश जी को ज्योतिष-विद्या नहीं आती, लेकिन हैरान हुआ कि ज्योतिष से आगे जो परा-विद्या है, उसके बल पर उस विज्ञान को वो इस तरह पा गए हैं, जिस तरह कोई ज्योतिषी भी नहीं पा सकता। यह सब उनकी अद्‌भुत प्रतिभा है..." और श्री राव एक नज़र ख़ला[1] में देखते हुए कहने लगे–"जैमिनी के हिसाब से उनका कारक शुक्र है, जो अष्टम में पड़ा है। पंचमेश भी अष्टम में है, इसलिए शिष्यों से धोखा मिलने का यह सीधा संकेत है... उनके ख़िलाफ़ एक-न-एक साज़िश बनती रही होगी, और इस संकेत से लगता है कि उनकी मृत्यु भी स्वाभाविक नहीं रही होगी... मैं किसी विवाद को उठाना नहीं चाहता, पर मानता हूं कि स्वाभाविक मृत्यु नहीं थी। और कह सकता हूं कि जब वह अमेरिका में थे, रेगन के समय, तो वहां उन्हें ज़हर का दिया जाना बहुत संभव है, और वह भी उन्हीं के किसी शिष्य के माध्यम से...

"देखिए, पंचम में बैठे हुए केतु पर शनि की दृष्टि होने से, अष्टम स्थान के शनि की दृष्टि होने से, गुप्त स्थान के शनि की दृष्टि होने से इन्हें किसी प्रकार का ज़हर दिया गया हो, तो यह बिल्कुल संभव है। केतु के बारे में तो कहा गया है कि अगर किसी प्रकार की बीमारी भी हो, तो उसकी शिनाख्त नहीं हो सकती...

"उस समय बृहस्पति की महादशा में ज़रूर केतु-अन्तर रहा होगा, उनकी मृत्यु असल में वहां से शुरू होती है..."

---

1. शून्य।

मैंने जैमिनी-शास्त्र का अध्ययन नहीं किया, इसलिए श्री राव ने बताया–"जैमिनी में राशियों की दशा चलती है, ग्रहों की नहीं। इसलिए स्पष्ट कर दूं कि जैमिनी के मुताबिक 1931 से 1938 वृषभ की दशा चली, राशि दशा। 1938 से 1946 तक मेष की दशा चली। फिर 1946 से 1954 तक जब मीन की दशा चली तो उस समय यह प्रसिद्ध हो चुके होंगे, या हो रहे होंगे...

"मैं घटनाक्रम तो नहीं जानता, वह तो किताबों में देखना होगा। लेकिन ज्योतिष के अनुसार, राशि-दशा के अनुसार फिर जो समय आया 1954 से 1956 तक का, तो कोई विशाल परिवर्तन आया होगा। इन दो सालों में विदेशों से सम्पर्क भी हुए होंगे... उसके बाद 1957 से लेकर 1964 तक उन्हें ज़िन्दगी के कई तरह के तजुर्बे हुए होंगे। इसी समय उनकी लता-साधना की ओर रुचि हुई होगी। उसके बाद 1964 से 1965 तक का दो साल का समय धन की वृद्धि का है, और 1965 से 1967 तक का समय बहुत-सी यात्राओं का और प्रवचन देने का है, जिस समय इनके बहुत से शिष्य इनके पास संन्यास लेने को आए होंगे...

"1967 से 1975 तक के समय में बहुत-सा धन आना चाहिए, बहुत से आश्रम बनने चाहिए। यह समय अन्तरदेशीय प्रसिद्धि की है। और 1975 से 1984 तक का समय विचित्र समय है, जिस समय विदेशी शिष्य बहुत हो जाने चाहिए। प्रचार और प्रसारण बहुत बढ़ जाना चाहिए...

"और फिर आया–1984 से 1990 तक का समय–जब कई प्रकार के विवाद और समस्याएं खड़ी हो जानी चाहिए। यह समय शत्रुओं के बढ़ने का है, शिष्यों के धोखा देने का, और बहुत से देशों से निर्वासित किए जाने का... जैमिनी के हिसाब से इनकी आत्मकारक बृहस्पति है और वह कर्क में है। इसलिए कर्क की महादशा में, कन्या की अन्तरदशा में, मृत्यु-योग बनता है..."

और श्री राव 'इनके जाने के बाद' कहकर कुछ ख़ामोश हो गए। फिर कहने लगे–"जो महात्मा यश छोड़कर जाते हैं, उनका सम्बन्ध बृहस्पति से भी होता है, स्थान से भी। रजनीश जी का दशम स्थान खाली पड़ा है, और दशमेश अष्टम में है। इसलिए बहुत देर तक नाम चल पाना दिखाई नहीं देता..."

श्री राव के ज्ञान में आस्था लिये हुए मैं ख़ामोश थी। कहने को सिर्फ़ इतना

ही था कि 'अष्टम की गत अष्टम जाने' और जो मन में आया, वो सब कहने के लिए नहीं था कि जिसने इतनी बड़ी क्रांति चाही हो कि क्राइस्ट रहें और क्रिश्चियनिटी न हो, बुद्ध रहें और बौद्ध-मत न हो। महावीर रहें और जैन-मत न हो, उसकी वह क्रांति समय के किस गर्भ में है–यह तो शायद समय भी नहीं कह पाएगा...

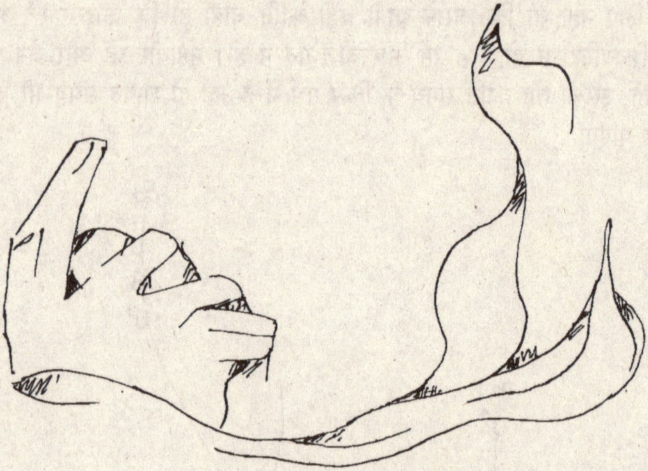

चेतना की क्रांति

पत्थर–पत्थर है...

वो ग़लत हाथों में आ जाए, तो किसी का ज़ख्म बन जाता है... किसी माइकल ऐंजलो के हाथ में आ जाए, तो हुनर का शाहकार बन जाता है... किसी का चिन्तन उसे छू ले, तो वह शिलालेख बन जाता है... वो किसी गौतम का स्पर्श पा ले, तो वज्रासन बन जाता है और किसी की आत्मा उसके कण-कण को सुन ले, तो वो ग़ारे-हिरा[1] बन जाता है...

इसी तरह–अक्षर, अक्षर है...

उसे किसी की नफ़रत छू जाए, तो वह एक गाली बन जाता है, वो आदि बिन्दु के कम्पन को छू ले, तो कास्मिक ध्वनि बन जाता है और वो किसी की आत्मा को छू ले, तो वेद की ऋचा बन जाता है, गीता का श्लोक बन जाता है, कुरान की आयत[2] बन जाता है, गुरु-ग्रंथ की वाणी बन जाता है...

और इसी तरह मज़हब एक बहुत बड़ी सम्भावना का नाम है।

---

1. हिरा की गुफ़ा, 2. कुरान का एक पैरा।

वह सम्भावना किसी के संग हो ले, तो एक राह बनती है– कास्मिक चेतना की बहती हुई धारा तक पहुंच जाने की...

और हर मज़हब की जो भी राहो-रस्म है, वो एक तैयारी है, जल में से चेतना को जगाने की...

चेतना की पहचान 'मैं' के माध्यम से पानी होती है और मज़हब उस 'मैं' को एक ज़मीन देता है, खड़े होने की... उसे अपने नाम की पनाह देता है...

और इन्सान की 'मैं' को तैयार करता है–क़दम-क़दम तैयार करता है, कास्मिक चेतना की महाधारा तक पहुंच जाने के लिए...

लेकिन यहां एक बहुत बड़ी घटना की सम्भावना होते-होते रुक जाती है... मज़हब में कोई क़मी नहीं आती, क़मी आती है, तो इन्सान में, और मज़हब लफ़्ज़ की तशरीह[1] करने वालों में। मज़हब ने तो तैयारी कर दी कि चेतना 'मैं' के माध्यम से प्रवाहित होगी, लेकिन....

यहां एक नुक़्ते को पकड़ना होगा कि चेतना 'मैं' में केन्द्रित होने के लिए नहीं होती, वो 'मैं' में से प्रवाहित होने के लिए होती है। और जब बहती हुई धारा को कहीं से रोक लिया जाता है, थाम लिया जाता है, तो वो पानी एक ज़ोर पकड़ता है, उस वक़्त इन्सान को बड़ी ताक़त का अहसास होता है, लेकिन यह ताक़त चेतना की नहीं, अहंकार की हो जाती है, पानी को ज़ेर[2] करने की, कुदरत पर फ़तहयाब होने की, लेकिन जिस तरह बहती हुई नदी में एक भंवर बन जाए, तो ज़िन्दगी की शक्ति मौत की शक्ति में बदल जाती है, ठीक उसी तरह, अहंकार की ताक़त-नफ़रत, तशद्दुद, और क़त्लो-ख़ून में बदल जाती है...

क़त्ल या ख़ुदकुशी– (ख़ुदकुशी को शहादत[3] भी कह सकते हैं) एक ही तर्क लिये हुए हैं। यह ज़िन्दगी के बहते हुए पानी को रोक लेने की कोशिश है। उस भंवर की सूरत, जो पानी से पैदा हुआ, लेकिन उसके पैदा होने से चेतना का बहता हुआ पानी रुक गया...

दुनिया का इतिहास हर मज़हब के नाम पर खून में भीगा हुआ है, और

---

1. व्याख्या, 2. क़ाबू, 3. शहीद होना।

हम इल्ज़ाम देते हैं मज़हब को, इसलिए कि कोई इल्ज़ाम हम अपने पर लेना नहीं चाहते, हम जो मज़हब को अपने अन्तर में उतार नहीं पाते। मज़हब तो अन्तर की क्रांति है, स्थूल से सूक्ष्म हो जाने की, और हम इसे बाहर से पहनते हैं। सिर्फ़ पहनते नहीं, ज़ोर-जब्र से दूसरों को भी पहनाते हैं। मज़हब कन्वरशन नहीं है, यह ट्रान्सफ़रमेशन है। यह 'मैं' पर रुकने का नाम नहीं है, यह 'मैं' पर से गुज़र जाने का नाम है। यह सागर से मिलने के लिए बहता हुआ पानी है, पानी का भंवर नहीं है।

मज़हब और सियासत की तकदीर एक सी होती है, क्योंकि यह दो बड़ी ताक़तें हैं। एक आत्मा को शक्ति देने के लिए, दूसरी काया को। लेकिन दोनों तरफ़ सवाल व्यक्ति का है– 'मैं' का।

सत्ता को भी एक सियासतदान के 'मैं' में प्रवाहित होना होता है, वहां रुकना नहीं होता। रुक जाए, तो वही भंवर बनता है, और इतिहास का दामन ख़ून में भीग जाता है...

रजनीश जी के पास कोई आया, कुछ घबराकर बैठा रहा, कुछ कहने की हिम्मत नहीं हो रही थी। फिर उनकी नज़र से हिम्मत बंधी, कहने लगा–"मैं संन्यास लेना चाहता हूं, लेकिन एक मुश्किल है, मैं रिश्वत लेता हूं, आदत हो चुकी है, छूटती नहीं, फिर संन्यास कैसे होगा?"

रजनीश कहने लगे–"कोई मुश्किल नहीं, तुम रिश्वत भी लेते रहो और संन्यास भी ले लो। संन्यास ले लोगे, तो भीतर से चेतना अंकुरित हो जाएगी। और जब चेतना फलित होगी, तो रिश्वत छूट जाएगी। तुम्हें छोड़नी नहीं पड़ेगी, वो खुद ही छूट जाएगी..."

उसी रोशनी में कहना चाहती हूं कि आपका जो भी मज़हब है, उसकी आत्मा को पा लो! फिर जो भी ग़लत है, किसी दूसरे से जितनी भी नफ़रत है, वो अपने आप छूट जाएगी, छोड़नी नहीं पड़ेगी, छूट जाएगी, और फिर राम भी अपना हो जाएगा, कृष्ण भी अपना हो जाएगा, मुहम्मद और ऩानक भी अपने हो जाएंगे...

और दुनिया के निज़ाम[1] के लिए आपने सियासत का जो भी रास्ता लिया

---

1. व्यवस्था।

है, उसकी चेतना को पा लो, फिर जो भी ग़लत है, किसी को ज़ेर करने की जितनी हवस[1] है, वो अपने आप छूट जाएगी, फिर दूसरे बदन पर लगा हुआ ज़ख्म अपने बदन से रिसने लगेगा, दूसरे की पीड़ा अपनी हो जाएगी...

मसले बहुत बड़े हैं, लेकिन उन्हें तय कर पाने का सिर्फ़ एक नुक्ता है, बहुत छोटा-सा कि मज़हब और सियासत में–व्यक्ति को–परा-व्यक्ति कोण पा लेनी होगी–ट्रान्सपर्सनल डाइमैन्शन...

यह दो ताकतें भंवरमय भी हो सकती हैं–चेतनमय भी...

अगर एक पत्थर में किसी का ज़ख्म बनने की सम्भावना से लेकर हुनर का शाहकार[2] बनने की, शिलालेख बनने की, वज्रासन बनने की और ग़ारे हिरा बनने तक की सम्भावनाएं हैं, तो मज़हब और सियासत जैसी शक्तियों में कितनी सम्भावनाएं हो सकती हैं, यह लफ़्ज़ों की पकड़ में नहीं आ सकता...

देन रूदियार पश्चिम के वो आलिम हैं, जिन्होंने शायरी, मौसीक़ी[3], रूहानी फलसफ़े[4] और सितारों के अक्षर पर एक वसीह[5] मुतालआ[6] किया है। 'एस्ट्रालोजी ऑफ़ ट्रान्सफ़ॉरमेशन' में वह चेतना की गहराइयों में उतरते हुए कहते हैं, "बहुत से लोग मजमुई चेतना की पकड़ में रहते हैं। तहज़ीब के जिस माहौल में वो जन्म लेते हैं, और इल्म-याफ़ता[7] होते हैं, उनके प्रतीक कहीं गहरे में उनके भीतर उतर जाते हैं। लेकिन अन्तर-रूपान्तरण के काल में कुछ एक लोग सामने आते हैं, जो विरासत में पाई हुई मजमुई चेतना पर हावी हो जाते हैं... हमारी पश्चिम की तहज़ीब ख़ासकर पांच सौ साल से मंज़ूरशुदा मान ली गई है, और उसे हर तरह से लागू किया जाता है सामाजिक और सम्यक संस्थाओं की सुरत में भी। वो दो तरह से सामने आती है– एक, मस्तक की ताक़त के माध्यम से कुदरत की शक्तियों पर जीत हासिल करने की सूरत में और दूसरे, मानसिक और आत्मिक उलझाव की सूरत में। यह दो पहलू इन्सान की ज़िन्दगी और चेतना में तरह-तरह से उतरते हैं। और यह एक बदनसीबी है कि मस्तक के बल पर जो जीत हासिल की गई, वो अब पूरी दुनिया की तबाहकुन[9] सूरत में सामने आ रही है। अन्तर-चेतना की तेज़ मुख़ालफ़त के रूप में जो नज़रिया मंजुरशुदा हुआ, वो अब

---

1. कामना, 2. कला का नमूना, 3. संगीत, 4. दर्शन, 5. विस्तृत, 6. अध्ययन, 7. शिक्षित, 8. सभ्यता, 9. विनाशकारी।

ऊपर की सतह पर दिखाई देने लगा है, और इसी से चेतना की क्रांति का जन्म हुआ है..."

मानना होगा कि पूर्व और पश्चिम में सिर्फ़ इतना फ़र्क है कि पश्चिम में मस्तक के बल से जीत हासिल करने का पहलू ऊपर की सतह पर है, और मानसिक-आत्मिक उलझाव का पहलू नीचे की सतह पर। और पूर्व में इसके उलट–मानसिक-आत्मिक उलझाव का पहलू ऊपर की सतह पर है। और मस्तक के बल से हर चीज़ पर हासिल करने का पहलू दूसरी सतह पर। और यहां देन रूदियार ने जिस क्रांति का ज़िक्र किया है, चेतना की क्रांति का, वो एक प्यास की सूरत में तो बहुत से होठों पर दिखाई देने लगी है, लेकिन बात तो पानी की है, जो प्यास के होंठों को नसीब होना चाहिए। हम इस प्यास को मानकर चले हैं, इसलिए पानी की बात करनी होगी...

पानी है, लेकिन सदियां गुज़र जाती हैं, इस प्यास का व्यापार करने वाले पानी का पता पाने नहीं देते।

और यह भी हकीकत है कि वक़्त-वक़्त पर बुद्ध आते हैं, कृष्ण और क्राइस्ट आते हैं, पानी का पता देते हैं, लेकिन लोगों की प्यास को बेचने वाले मिट्टी और गर्द के ऐसे गुब्बार पैदा करते हैं कि पानी की ओर जाते हुए सब रास्ते खो जाते हैं...

बुद्ध जैसे क़ुदरत के महान् संकेत, जो वक़्त-वक़्त पर आते हैं, उन्हीं में से एक रजनीश हैं, जिन्होंने पानी की ओर संकेत भी किया है, साथ ही उस मिट्टी और गर्द की ओर भी, जिनके होने से रास्ता खो जाता है...

एक मिसाल देती हूं कि विश्वास एक बहुत ख़ूबसूरत मन की अवस्था है, लेकिन लोगों की प्यास को बेचने वालों ने इसे मिट्टी और गर्द के हवाले कर दिया। लोगों के साथ शर्त बांध दी कि रास्ते की बात करने से पहले तुम्हें विश्वास करना होगा...

उड़ती हुई धूल की बुनियाद पर विश्वास का नींव-पत्थर रखा नहीं जा सकता, उसे गिरना होता है, लोगों के कंधों पर गिरना होता है, इसलिए जब लोग अपने घायल कंधों को संभालने लगते हैं, आगे चल नहीं पाते, तो रास्ते में ही रह जाने का दोष उन्हें मिलता है...

रजनीश जी ने रास्ते की धूल की और संकेत करते हुए कहा, "अरे, विश्वास तो अनुभव से आगे का मुकाम है, तब जब उसके पैरों तले अनुभव की ज़मीन आ जाती है! उससे पहले तो यह रास्ता हर तरह की शंका से शुरू होगा, हर तरह के प्रश्न से। यहां जिज्ञासा को प्रश्न का अधिकार नहीं होगा, शंका का अधिकार नहीं होगा, वहां जिज्ञासा का सच मिट जाएगा। और उस हालत में कोई जवाब अपना नहीं होगा। जवाब तभी अपना होता है, जब वह अपने अनुभव से पाया जाता है। भीतर जब अनुभव का फूल खिल उठेगा, तो विश्वास एक सुगन्धि की तरह उठेगा..."

विश्वास की लाठियों के बल पर चलने वाले सदियों से गिरते रहे हैं, गिरते रहेंगे। और मैं समझती हूं कि रजनीश ने जो इसकी ओर संकेत किया, और संस्कारित हो चुके लोगों के ऐसे कितने ही मसले सामने रखकर जो कहा, वो चेतना की एक बहुत बड़ी क्रांति है....

रजनीश जी के अल्फ़ाज़ में, "संन्यास सबसे बड़ा विद्रोह है, संसार से, समाज से, सभ्यता से..."

देन रूदियार जो 'रीपोलराइज़ेशन'[1] के सिद्धान्त की बात करते हैं, वो रजनीश जी की आवाज़ में, कर्म बनकर उतरी है, "यह विद्रोह मूल्यों का मूल्यान्तरण है।"

और संन्यास की आत्मा में उतरते हुए वो कहते हैं, "यह स्वयं से, स्वयं में, और स्वयं के द्वारा एक क्रांति है।"

कह सकती हूं कि जहां संन्यास और क्रांति की अन्तरधारा मिलती है, वहां रजनीश जी के चिन्तन की पहचान मिलती हैं...

और दूसरा पहलू सत्ता के बल से क़ुदरत की शक्तियों पर क़ाबिज़ होने का, जो देन रूदियार के अल्फ़ाज में पांच सौ साल से मंज़ुरशुदा मान लिया गया है, और जिसका फल अब पूरी दुनिया की तबाहकुन सूरत में सामने आ रहा हैं, रजनीश जी ठीक उसी नब्ज़ पर हाथ रख कर कहते हैं, "जिस भयानक अतीत को हम 'इतिहास' कहते हैं, वो पंडितों, पुरोहितों और राजनीतिज्ञों द्वारा पैदा किया गया है। अगर उन्हीं लोगों का और अनुसरण किया गया, तो वो

---

1. Re-polarisation (पुनःध्रुवीकरण)।

इस ग्रह को सम्पूर्ण विनाश में ले जाने वाले हैं। वे ही तो समस्या हैं, वे समाधान के हिस्से नहीं हैं..."

चेतना की इतनी बड़ी क्रांति शायद कभी इस तरह सामने नहीं आई, जिस तरह वो रजनीश जी की वाणी में सामने आई है...

और देन रूदियार जिन दो शक्तियों के तवाज़न[1] की बात करते हैं–यांग शक्ति के और चिन शक्ति के संतुलन की, उस संतुलन का रहस्य भी शायद इस तरह कभी नहीं पाया गया।

यहां रजनीश जी के अक्षरों की गहराई में उतरना होगा कि "संन्यास संसार से इनकार करने का नाम नहीं है, उसे स्वीकार करने का नाम है..."

इनकार का धागा ठीक वहां भी जुड़ता है, यहां देन रूदियार क़ुदरत की शक्तियों के दमन की बात करते हैं...

क़ुदरत की जिन शक्तियों के हम मित्र नहीं हुए, वो किस विनाश की सूरत में एक दिन सामने आएगी, उसके आसार आज पूरी दुनिया में नज़र आ रहे हैं और दूसरी तरफ़ क़ुदरत के सौन्दर्य की ओर पीठ करने वाला संन्यास क्यों नहीं ईश्वरीय सौन्दर्य को देख पाता, उसका इतिहास भी हमारे सामने है।

बात तो मन की अवस्था को पाने की है, जो किसी भी तरह के दमन और त्याग से नहीं पाई जा सकती। वो तो पानी की उस बूंद की तरह पाई जा सकती है, जो कमल के पत्ते को स्वीकार करती है, उस पर खेलती है, और फिर भी अलिप्त बनी रहती है...

कोई पत्थर क्यों किसी का ज़ख्म बनता है, और कब वज्रासन या ग़ारे-हिरा बन जाता है, इस रहस्य को पाने के लिए चेतना की क्रांति में उतरना होगा।

रजनीश जी एक बहुत बड़ा संकेत हैं– सिर्फ़ दूर एक मंज़िल की ओर नहीं, उस रास्ते की ओर भी, जो रास्ता चेतना की क्रांति की ओर जाता है...

---

1. संतुलन।

भीनी चदरिया

हाफ़िज शीराज़ी के एक फ़ारसी शे'र का तरजुमा करें, तो कुछ इस तरह होगा– "साक़ी, जाम को गर्दिश में ला और मुझे दे! इबतदाए इश्क़ तो आसान नज़र आया, लेकिन इन्तहा बहुत मुश्किल हुई..."

दुनिया की शे'रो-शायरी में कुछ ऐसे अशआ़र भी होते हैं, जो एक नज़र देखने के लिए नहीं होते, न उनके पास एक घड़ी ठहरकर गुज़र जाना होता है, वहां तो पूरे वजूद को लेकर गहराई में उतर जाना होता है...

हाफ़िज़ का यह शे'र एक बहुत लम्बी यात्रा को लिये हुए है, जिसके एक छोर पर खड़े हो जाएं, तो इश्क आसान नज़र आता है, और दूसरे छोर तक पहुंचते-पहुंचते सब कुछ एक मुश्किल में ढल जाता है...

जब हम दुनिया में होते हैं, और दुनिया हममें होती है, तो कभी-कभी एक छोर हाथ में आ जाता है, दुनिया के जलवे[1] का, यह अपनी-अपनी तलब[2] की बात है। और फिर जब हम दुनिया में होते हैं, लेकिन दुनिया हममें नहीं होती,

---

1. आलोक, 2. इच्छा।

तो इस दूसरे छोर पर हैरत का मुक़ाम आता है, एक ऐसे जलवे को पा लेने की हैरत का मुक़ाम, जो अक्षरों में नहीं ढलता...

यह यात्रा जो तलब से शुरू हुई, किसी बुत के हुस्न पर उतरी, तो आग का जो शोला नुमायां हुआ, उसका नाम इश्क़ हुआ...

फिर होंठों की प्यास अंतर में उतर गई, आत्मा की प्यास बन गई, तो मारफ़त का ज़ायका नसीब हुआ...

इसी यात्रा में क़दम आगे उठा, तो अंग-अंग बौराने लगा, और यही बेनियाज़ी[1] वो मुक़ाम लाई, जिसे तौहीद कहते हैं। यकताई का आलम, जहां सब एक हुआ...

और फिर हैरत का मुक़ाम आया, नूरे-हैरत का, दीदारे-ख़ुदा[2] का...

हाफ़िज़ के शे'र में जो इनतहा[3] बहुत मुश्किल हुई, वो मुश्किल इसी हैरत की दी हुई है, जहां हरफ़ छूट गए...

बहुत मुश्किल है आंखों से एक जलवे को पा लेना, और होठों से ख़ामोश हो जाना...

हाफ़िज़ एक शायर हैं, उनके होंठ हरफ़ों से खेलते हैं, वह किसी भी मुक़ाम से गुज़रें उस मुक़ाम का जलवा उनके हरफ़ों में उतरता है, लेकिन जब वह मुक़ाम आया, इश्क़ की इन्तहा का, नूरे हैरत का, तो वह वहां ख़ामोश खड़े हैं, इसलिए बहुत मुश्किल हुई...

और आगे वह जानते हैं कि फ़क़्र फ़ना[4] होगा, जहां किसी जलवे को ख़ामोश हैरत से देखने वाला भी नहीं बचेगा। जहां देखने वाले में और दिखने वाले में कोई अन्तर नहीं होगा...

महात्मा बुद्ध ठीक इसी मुक़ाम को अरहत कहते हैं और श्री रजनीश इसी अरहत की अवस्था को समाधि की वह अवस्था कहते हैं, जहां सब शांत है, ख़ामोश है, एक ऐसा पानी, जो तरंगित नहीं होता...

---

1. बेपरवाही, 2. ईश्वर-दर्शन, 3. तीव्रता, 4. निर्वाण।

जहां बीज टूट गया, और पत्तों की हरियाली में मिट गया...

और श्री रजनीश फिर महात्मा बुद्ध के बोधिसत्व की बात करते हैं, जहां समाधि खिल उठती हैं, पत्तों की हरियाली एक फूल में सुगंधित हो उठती है...

और वहां शांत और शीतल ख़ामोशी का पानी तरंगित होने लगता है, छलकने लगता है–

आकार मिट चुका और
निराकार नाचने लगा...

श्री रजनीश ज़ैन्न संन्यासी काकुआं की ओर संकेत करते हैं, जो मिटने से लेकर फिर से होने की बात करता है। यह तरंगित होने की एक ऐसी अवस्था है, जहां किसी ने ख़ुदा नाम की शराब पी ली, और फिर हाथों में शराब का प्याला लिये, उसके क़तरे बांट रहा है, उनको, जिनको उसकी तलब लगी है...

हाफ़िज़ शीराज़ी उसी मारफ़त की शराब पिये हुए ख़ुदा से कहते हैं–

साक़ी, जाम को गर्दिश में ला!

यह अरहत से आगे वही बोधिसत्व की अवस्था है, जहां 'मैं' का बीज टूट चुका, समाधि की हरियाली में मिट चुका, और अब समाधि की हरियाली एक फूल में खिली है...

हाफ़िज़ का कलाम और रजनीश का कथन काया के स्वीकार को लेकर चलते हैं...

जिस काया ने तलब दी थी, वही तो इब्तदा[1] का नुक़्ता था, उसे छोड़ना कैसा! जिस सीप ने मोती दिया, उस सीप का त्याग कैसा!

जिस बीज को एक-एक फूल बनकर खिलने का इश्क़ हुआ, उसे तो मिट्टी की ओट में जीना है...

दुनिया में एक ऐसी गरद[2] है, नफ़रत के कणों से भरी हुई, जो किसी भी

---

1. आरंभ, 2. धूल।

इन्सान के मस्तक पर बाहर से नहीं पड़ती, वह भीतर में भरे हुए हवस और अहंकार से उठती है, और वह किसी के हाथ से झाड़े नहीं झड़ती। लेकिन जब भीतर से तलब का बादल उठ आया, इब्तदाए इश्क़ हो गया, तो अंतर की यात्रा उस मुक़ाम पर पहुंचती है, जहां बेख़ुदी का आलम कण-कण बरसता है और जब अन्तर धुल गया, तो गर्द मिट गई..

गर्द मिट जाए, तो कबीर के मन का आलम सामने आता है–

राम रंग रस भीनी चदरिया।

गर्द मिट जाए तो हाफ़िज़ शीराज़ी का कलाम सामने आता है–साक़ी, जाम को गर्दिश में ला! और साथ ही उनकी आवाज़ आती है–अगर तेरा पीर कहे कि मुसल्ला शराब में रंगीन कर ले, तो कर ले, मुर्शिद बेख़बर नहीं है।

हाफ़िज़ के कलाम की तशरीह करने वाले कहते हैं–ये अगरचे[1] ख़िलाफ़े मज़हब दिखता है, लेकिन यह तो मारफ़त की शराब है–

यही हैरत का मुक़ाम है, बेख़ुदी का आलम है, और जब यकताई को पा लिया, सब एक हो गया, तो मज़हब की राहो-रस्म छुट गई...

इसी तरह गर्द मिट जाए, तो ज़ैन्न संन्यासी का दर्शन होता है, जिसने अल्लाह के नूर को पी लिया...

और उसके हाथ में शराब का वह प्याला दिखाई देता है, जिसके क़तरे वह प्यासे होंठों को बांट रहा है, उन्हें, जिन्हें ख़ुदा की तलब लगी है...

और यहां रजनीश का हाथ एक संकेत में उठा हुआ कहता है, देखो, आकार मिट चुका, और निराकार नाच रहा है...

अजीत सिंह 'हैरत' फ़ारसी के एक आलिम हैं। एक दिन हाफ़िज़ शीराज़ी का दीवान उन्हीं के हाथ में था और जब हाफ़िज़ शीराज़ी का कलाम उनकी आवाज़ में उतरता रहा, मुझे लगा, रजनीश कहीं पास खड़े हैं। वह कभी ज़ैन्न संन्यासी की ओर संकेत करते हैं, कभी हाफ़िज़ शीराज़ी की ओर, और मेरी आंखों में कभी एक चेहरा पिघल जाता है, कभी दूसरा...

---

1. यद्यपि।

और मुझे एहसास हुआ कि रजनीश जी की आवाज़ पवन की तरह बहती हुई, मेरे कानों में सरकती है–"कई बार ऐसा होता है कि कृष्ण के किसी वाक्य की व्याख्या बाइबल में मिलती है, और बाइबल के किसी वाक्य की व्याख्या गीता में होती है। क़ुरान की किसी आयत की व्याख्या वेद में मिलती है, और कभी वेद के किसी सूत्र की व्याख्या कोई यहूदी फ़क़ीर करता है। कभी बुद्ध का वचन चीन में समझा जाता है, और कभी चीन में लाओत्से का कहा हुआ वचन भारत का कोई कबीर समझता है..."

कह सकती हूं कि मुझे बरसों का एक अनुभव है–मैं जब भी नानक को समझना चाहती हूं, तो देखती हूं कि रजनीश वहां खड़े हैं, मुझे संकेत से वहां ले जाते हैं, जहां नानक के दीदार की झलक मिलती है...मैं कृष्ण को समझना चाहती हूं, तो पाती हूं कि सामने रजनीश हैं, और फिर वह मुस्कराते से कृष्ण की ओट में हो जाते हैं...

जानती थी कि वह बुद्ध के मौन में भी छिपते हैं, मीरा की पायल में भी बोलते हैं, लेकिन आज, जब हाफ़िज़ शीराज़ी ने साक़ी से शराब मांगी, तो एक नया-सा अनुभव हुआ कि रजनीश मेरी तलब के होंठों पर क़तरा-क़तरा बरस रहे हैं...

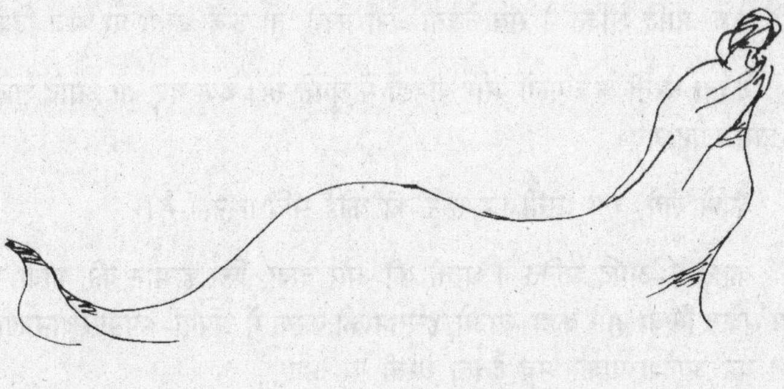

एक बीज की गाथा

हमारे मिथहास की एक गाथा है–

जब आदि शक्ति ने सब देवता बना लिये, तो उन्हें धरती पर भेज दिया।

देवता धरती के जंगलों और बीहड़ों में घूमते रहे। थक गए, तो आदि शक्ति के पास लौट गए।

कहने लगे–वहां धरती पर रहने की कोई सुविधा नहीं है।

कहते हैं–आदि शक्ति ने धरती की ओर देखा, फिर इन्सान की काया की ओर संकेत किया और कहा–जाओ, इन्सान की काया में अपना-अपना स्थान खोज लो! यह आदेश पाकर सब देवता धरती पर आए...

सूरज देवता ने इन्सान की आंखों में प्रवेश पा लिया। वायु देवता ने उसके प्राणों में...

अग्नि देवता ने वाणी बनकर इन्सान के मुख में अपनी जगह खोज ली। बृहस्पति देवता ने इन्सान की काया के रोम-रोम में और चन्द्र देवता ने इन्सान के दिल में अपना स्थान खोज लिया।

इन्सान का चिन्तन इन देवताओं को जाग्रत करता है और जब चिन्तन खो जाता है, तो ये देवता मूर्च्छित से पड़े रहते हैं...

कह सकती हूं कि रजनीश जी का अक्षर-अक्षर इन देवताओं को जगाने के लिए है और इन देवताओं की देखने वाली आंख को जगाने के लिए...

जहां–दो वक़्त मिलते हैं–

जहां–मीरा का नाच और बुद्ध का मौन मिलता है...

जहां–लौकिकता और अलौकिकता के दो स्वीकार मिलते हैं...

वहां–श्री रजनीश के चिन्तन की पहचान मिलती है।

अनुभव एक है–असीम का, अनन्त का,
पर एक रास्ता तर्क का है–
जहां वह क़दम-क़दम साथ चलता है
और एक रास्ता वह है–
जहां तर्क एक ओर खड़ा देखता रह जाता है...

बात तो अनुभव की है–

एक अलौकिकता को प्राणों से पी लेने की और रजनीश अब उसकी बात करते हैं, तो उनके अक्षरों की सीमा में असीम ढलने लगता है...

जहां–दो वक़्त मिलते हैं–

जहां–एक बिन्दु का कम्पन्न एक ध्वनि में मिलता है...

जहां–आकाशगंगा और पातालगंगा के दो स्वीकार मिलते हैं...

वहां–श्री रजनीश के चिन्तन की पहचान मिलती है।

अन्तरनाद-सी चेतना तो पातालगंगा से उठेगी, आकाशगंगा तो महाचेतना है...

उन्हीं का स्वीकार जब रजनीश जी की आवाज़ में उतरता है, तो किसी के भीतर पड़ा हुआ चेतना का बीज अंकुरित होने लगता है....

वो सूरज की किरन को लोगों के अन्तर की ओर ले जाते हैं और सहज मन से उस सम्भोग की बात करते हैं–

जो एक बीज और एक किरन का सम्भोग होता है और जिसमें से खिले हुए फूल की सुगन्धि इन्सान को समाधि की ओर ले जाती है। मुक्ति की ओर ले जाती है, मोक्ष की ओर ले जाती है...

जहां–दो वक़्त मिलते हैं–

जहां–धर्म और विज्ञान मिलते हैं...

जहां–ज़िन्दगी और संन्यास के दो स्वीकार मिलते हैं...

वहां–श्री रजनीश के चिन्तन की पहचान मिलती है।

कोई बीज उस मिट्टी का अपमान नहीं करता, जिसकी छाती में उसे पनपना होता है, लेकिन इन्सान की ज़ात उसी मिट्टी का अपमान करने लगी, अपनी काया का, जिसमें आत्मा का बीज खिलना होता है...

रजनीश जी इतिहास का एक बहुत बड़ा संकेत है–

आत्मा के बीज की ओर
प्रेम के पवन-पानी की ओर
समाधि के सूरज की ओर
और काया की मिट्टी के स्वीकार की ओर।

जहां–दो वक़्त मिलते हैं–

जहां–आकार और निराकार मिलते हैं...

जहां–काया और आत्मा के दो स्वीकार मिलते हैं...

वहां–श्री रजनीश के चिन्तन की पहचान मिलती है।

उन्हीं के अक्षर हैं–
'मूर्तिकार ने तो आकार दे दिया पत्थर को
प्राण तो पूजा करने वाला देगा

प्यार करने वाला देगा
और जैसे ही मूर्ति को प्राण मिल गए
आकार में निराकार मिल गया
तो मूर्ति एक द्वार बन गई–
द्वार, जो निराकार की ओर खुलता है...'

यही अक्षर हमारे अन्तर में उतर जाएं
अनुभव में उतर जाएं
तो दिखाई देगा कि रजनीश एक द्वार हैं–
द्वार जो निराकार की ओर खुलता है...

उन्हीं के अक्षर हैं–

'त्याग से सब कुछ नकारात्मक हो जाता है
और प्राप्ति से सब कुछ सकारात्मक हो जाता है
हिंसा का त्याग, अहिंसा की
ओर नहीं ले जाता
प्रेम एक प्राप्ति बन जाए–
तो हिंसा अपने आप छूट जाती है...
'अंधेरे का दमन नहीं करना होता
वहां तो बस एक दीया जलाना होता है
वह भीतर का रूपान्तरण है
भीतर आनन्द होगा, तो बाहर प्रेम फलित हो जाएगा
अहिंसा तो एक सुगन्धि है
भीतर में खिले हुए फूल की
इसलिए समाज को बदलना है,
तो व्यक्ति को बदलना होगा...'

'शास्त्रों से जो अर्जित किया है
वह ज्ञान नहीं होता–
वह एक संग्रह होता है,
उधर लिया हुआ ज्ञान भीतर का अनुभव होगा–

जो अपना होगा, भीतर की क्रांति होगा...'
ज्ञात की सीढ़ियां अज्ञात तक नहीं ले जातीं...

कह सकती हूं कि रजनीश एक शास्त्र नहीं हैं, उनका एक अक्षर संकेत है–अपने-अपने भीतर की ओर जाने का–

जहां–अज्ञात का द्वार खुलता है–

जहा–चेतना की मूर्च्छा टूटती है...

जहां–प्रेम का बीज अंकुरित होता है...

यही अहसास था, जो एक दिन मेरी नज़्म में ढल गया–

अन्तर नाद-सी हुई चेतना
मुख से कछु ना बोले
एक बूंद पानी की जैसे
कमल पात पर डोले...

माटी का यह घूंघट खोलो
ओ, मेरे तन की बहुरिया!
अन्तर की इस नदिया से तू
भर ले मन की गगरिया
बिन्दू की एक माया होकर
काया के संग हो ले!

सागर से जो बादल बनता
फिर सागर में मिलता है
यह उस बीज की गाथा है
जो इस मिट्टी में खिलता है
वही रहस्य अलौकिकता का
लौकिक हो कर खोले...

अन्तर नाद-सी हुई चेतना...

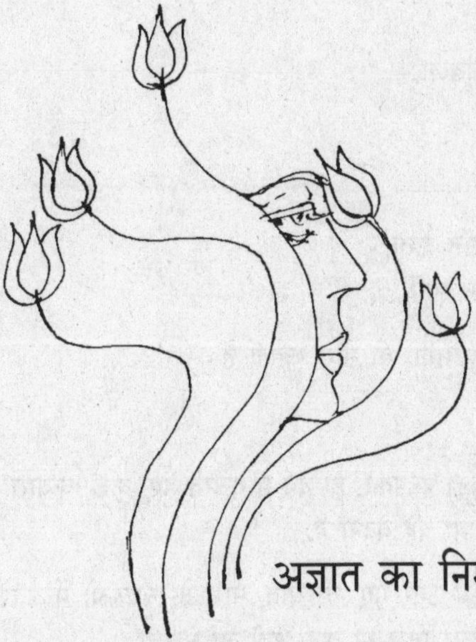

अज्ञात का निमन्त्रण

तुम मिले, तो लगा–अज्ञात का निमन्त्रण मिला...

कोई बात की जा सकती है, तो निमन्त्रण की, अज्ञात में तो उतरना होता है। प्रेम, ईश्वर की तरह अज्ञात का नाम है, उसकी बात जितनी भर किसी संकेत में उतरती है, वह सुल्तान बाहू की 'हू' है...

सुल्तान बाहू कोशिश करता है, चम्पा की उस कली की बात कहने के लिए, जो मन की मिट्टी में पनपती है, इतना भर कहता भी है कि 'नफ़ी असबात का पानी मिला'– यानी 'हां' का पानी भी मिला, नहीं का भी, लेकिन यह संकेत अज्ञात की ओर नहीं, निमन्त्रण की ओर है, जिसे पाकर कोई अज्ञात की यात्रा पर चल देता है... यह एक बीज के खिलने की यात्रा है, जहां 'हां' का पानी मिला, तो क़दमों में कुछ बल आ गया, 'नहीं' का पानी मिला तो क़दम ठिठक गए...

लेकिन जब बीज खिल गया, एक सुगन्धि अपने अंतर में खेलने लगी, तो कुछ कहना चाहकर भी वह कह नहीं पाता। और जब सुगन्धि से बौरा जाता है, तो उसके होंठों से सिर्फ़ 'हू' निकलती है, जो कण-कण में तरंगित हो जाती है...

यात्रा के अर्थ को मीरा की आवाज़ में भी पहचाना जा सकता है, जब वह कहती हैं–

लाख चौरासी रो चूड़लो,
पीयरो मैं कई बार

और साथ ही कहती हैं–

जन्म जन्म किया पति केता,
ओ तो पति देही के संगी...

और जिसे पाना था, नहीं पाया, तो मीरा कहती हैं–

मैं कंवारी यूं रही...

वही जो जन्म-जन्म का चूड़ा पहनकर, हर देह से गुज़रते हुए, कुछ 'कंवारा' रह जाता है, वह विरह है... यात्रा की वेदना है...

मीरा के पैर जब अज्ञात में उतर गए, तो बात, नाच के घुंघरुओं में उतर गई। पर नाच के घुंघरुओं से कुछ पूछा या कहा नहीं जा सकता...

मैं नहीं जानती थी कि ज्ञात की सीमा कहां है? और जो कुछ सीमा से आगे है वह क्या है? सिर्फ़ इतना भर जान पाई कि जो सीमा से आगे हैं, वहां से कोई संकेत मिलते हैं, जो मैं पकड़ नहीं पाती...

बहुत छोटी थी, बच्ची-सी, कि जब सांझ होने को होती, सूरज मेरी आंखों से ओझल हो रहा होता, तो मैं रोने लगती। मां का पल्लू खींचती, बिलखती और पूछती कि बोलो सूरज कहां गया? वह मुस्कराती, कहती–अभी खाना खाओ, सो जाओ, जब उठेगी तो सुरज आ जाएगा?– और मैं कहती– लेकिन वह गया क्यों?

लगता था–सामने एक अंधेरा बिछ गया है, जाने कितना गहरा, जिसमें मैं वो जाऊंगी...

रात ऐसे लगती थी कि अंधेरे का एक बहता हुआ दरिया है, मैं इस पार खड़ी हूं, और सूरज कहीं दरिया के उस पार चला गया है–जाने कहां, और मैं यहीं खड़ी रह जाऊंगी, कभी उस पार जाना नहीं होगा...

और याद आता है– जब बचपन विदा हो रहा था, लगा, मेरा 'मैं' मेरे हाथों से छूट रही थी...

उस नादान-सी उम्र में, किसी अज्ञात का यह आग्रह क्यों था, मैं कभी नहीं जान पाई...

उन दिनों एक नज़्म में अपने को व्यक्त किया था, किनारे से सम्बोधित होते हुए–

तूने मुझे अपने से क्यों लिपटाया हुआ है
मैंने तो भर बहते दरिया में जाना है
कोई था, मेरा, जो मुझसे खो गया है
शायद–उससे, यह किनारा छूट गया है...

लगता था–मैं किनारे पर बैठी समय की रेत छान रही हूं, पर जो खो गया है, वह मिलता नहीं...

वह क्या था, जो खो गया था, मैं उसे कोई नाम नहीं दे पा रही थी...

बड़ी हुई, साहिर से मुलाकात हुई, तो लगा–मैं लोहे के एक टुकड़े की तरह उस चकमक पत्थर की ओर खिंची जा रही हूं...

यह वक़्त भीतर से टूटने का था। एक टुकड़ा 'मैं' चकमक पत्थर की ओर बढ़ता रहा, और एक टुकड़ा 'मैं' दरो-दीवार के साए में बैठा रहा...

सिर्फ़ मेरी नज़्में थीं, जो काग़ज़ों पर उतरती रहीं, और काग़ज़ हवाओं में बिखरते रहे...

अज्ञात की यात्रा मीलों-मीलों उस वीरानी की यात्रा होती है, जिसमें विरह के जंगली फूल तो खिलते हैं, और कुछ नहीं पनपता...

यह तलब क्या है, यह प्यास क्या है, इसका अनुमान फ़ारसी के एक शे'र से लगाया जा सकता है कि रेगिस्तान में जो लोग चमकती हुई रेत में पानी का भुलावा नहीं खाते, वह दानिशमंद[1] होंगे, पर उनकी प्यास में ज़रूर क़मी होगी...

---

1. बुद्धिमान।

तब और कुछ नहीं, पर इतना जान पाई थी कि मेरी प्यास में कमी नहीं थी...

बरसों के रेगिस्तान में जब एक दिन इमरोज़ मिले, तो लगा–अज्ञात का निमन्त्रण मिला है, और जब निमन्त्रण मिल गया, तो लगा–अब अज्ञात की और जाना ही होगा...

यह कौन-सी रात है,
जो मुझे दावत देने आई है और सितारों के चावल फटक कर,
यह देग़ किसने रांधी है...
आज यह चांद की सुराही कौन लाया है...
कि इस चांदनी को पीकर...
आसमान बौरा गया है...

ज़िंदगी में ऐसा निमन्त्रण पा जाना एक बहुत बड़ी घटना होती है। फिर ज्ञात की सीमा कब छूट गई, कैसे छूट गई, मैं नहीं जानती। कुछ भी पकड़ में नहीं आता। सिर्फ़ इतना जाना कि पैरों में एक छटपटाहट थी, अज्ञात की राह पर चल देने की...

जाने ख़ुदा, वह कौन-सी रात होती है, जो किसी सपने का मस्तक चूम लेती है। और फिर ख़्यालों के पैरों में एक पायल-सी बजने लगती है...

और यही मीरा के घुंघरू हैं, जिनसे कुछ कहा और पूछा नहीं जा सकता...

और अब रजनीश जी को पढ़ते हुए एक जगह उनकी एक पंक्ति पर मैं इस तरह रुक गई, लगा–किसी वेद के सूत्र की तरह यह पंक्ति आदि-काल में एक रहस्य को लिये हुए है– 'प्रेम का अर्थ है–दो व्यक्तियों के बीच असंभव घट जाना।'

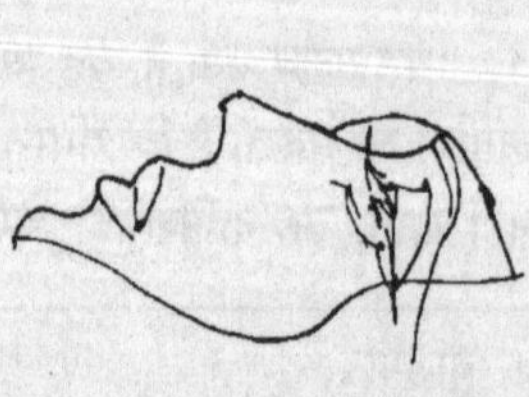

प्रेम और प्रार्थना का एक आंसू

दोस्तो, साहित्य को एक काया मानकर कहना चाहती हूं कि जब किसी के आने से उस काया का अंग-अंग खिलने लगा, तो आने वाले का नाम कहानीकार हुआ। और जब किसी के आने से उस काया की सांस बौराने लगे, तो आने वाले का नाम कवि हुआ। और जब किसी के आने से उस काया के प्राण दीपक-से जलने लगे, तो उस आने वाले का नाम ऋषि हुआ। और जब इन सबसे तरंगित उस काया की आंखों में प्रेम और प्रार्थना का एक आंसू भर आया, तो उस आंसू का नाम रजनीश हुआ–ओशो।

कहानी एक बहुत बड़ी कला है। जो अपने लोगों की वेदना को आकारमय करती है। एक-एक कण यथार्थ से लेती है और फिर कला के तल पर एक नए यथार्थ की जमीन पर उस कण-कण को संजोती है। कुछ इस तरह कि उन किरदारों के साए पाठक के संग-संग चलने लगते हैं। कविता के अहसास की शिद्दत एक दूसरा कोण है, जहां एक टुकड़ा पाताल और एक टुकड़ा आकाश उसके अक्षरों में उतर आते हैं। और यही चेतना जब प्राणों में खिलती है, तो अक्षर-अक्षर ऋषि-वाक् बनता चला जाता है।

रजनीश-रचना में हज़ार-हज़ार कहानियां लिपटी हुई हैं। जिनके कण आसपास

की ज़िंदगी से भी लिये गए हैं और सदियों की छाती में रखी हुई गाथाओं से भी। और रजनीश जब उन्हें यथार्थ के नए तल पर ले आते हैं, तो वे कहानियां समय और स्थान की सीमा से मुक्त हो जाती हैं।

एक मिसाल देती हूं कि सिकंदर जब हिंदुस्तान आया, तो उसे एक दरवेश का दीदार हुआ। बहुत प्रभावित हुआ, तो कहने लगा, जो मांगोगे दे दूंगा। कुछ भी मांग लो। दरवेश ने एक नज़र सिकंदर को देखा फिर मुस्करा दिया। कहने लगा, मुझे क्या दोगे? अभी तो ख़ुद लेने की फ़िक्र में हो, एक बहुत बड़ा सिंहासन और बहुत बड़ा राज-पाट ज़िंदगी से मांग रहे हो। अभी तो तुम्हारी झोली ख़ाली है, मुझे क्या दोगे? सिकंदर ने फिर भी तक़ाज़ा किया, तो उस दरवेश ने कहा, अच्छा, दे दो। इस जाड़े में धूप की ज़रूरत है, वह दे दो। तुम मेरे और सूरज के बीच खड़े हो, ज़रा हटकर खड़े हो जाओ, तो मुझे धूप मिल जाएगी।

और रजनीश जी यह कहानी एक नए धरातल पर खड़ी कर देते हैं। कहते हैं, तुम कभी भी किसी के और सूरज के बीच मत आना। और उनकी आवाज़ सदियों की ओर संकेत करती हुई, आज के हालात की ओर देखती है और रजनीश एक सूफ़ियाना अंदाज़ में हंस देते हैं–"देखो, तुम जो अपने को बड़ी जाति का मानते हो, तुम दूसरी जाति वालों के सामने से हट जाओ। ज़िंदगी की धूप उन पर बरसना चाहती है, तुम बीच में क्यों खड़े हो? देखो, तुम जो अपने को पंडित मानते हो, अपने शास्त्र लेकर लोगों के सामने क्यों खड़े हो? परमात्मा की करुणा उन पर बरसना चाहती है, तुम बीच में क्यों आते हो? देखो, तुम जो अपने को नेता मानते हो, राजनीति के मंच पर शस्त्र लेकर क्यों खड़े हो? कुदरत का सौंदर्य, लोगों की बस्तियों पर बरसना चाहता है, तुम बीच में क्यों खड़े हो? ज़रा एक तरफ़ हो जाओ, तो उनका घर-आंगन खिल जाएगा।" ऐसी हज़ार-हज़ार कहानियां हैं जिन्हें कहते हुए रजनीश उन्हें नई ज़मीन देते हैं। और साथ ही उनकी रेखा ऋषि-चिंतन की ओर ले जाते हैं, जिससे वे कहानियां हर काल के मन-मस्तक में धड़कने लगती हैं।

यह रेखा, जो कहानी से लेकर अंतरचेतना तक खिंचती चली जाती है, इसके एक छोर पर खड़े होकर, 'मैं कहता आंखन देखी' की-सी अवस्था होती है, और दूसरे छोर पर 'न कानों सुना, न आंखों देखा' की। और यह फ़ासला रजनीश जी को कहानीकार बनाता है और फिर उससे आगे ले जाता है।

अर्जित ज्ञान से एक राख-सी झड़ती है, हम सब उसे सम्हाल लेते हैं। उसकी पूजा-अर्चना भी करते हैं, पर यात्रा तो अंगार की करनी है, जिसके लिए अपने अनुभव में उतरना है। और उसी अनुभव में उतरने की तैयारी में रजनीश हमारे सामने एक बिंदु रखते हैं, अपने अनुभव का और उसकी बात करते हुए उन सबका नाम बीच-बीच में ले लेते हैं, जिनके अनुभव को वे अपने अनुभव के बल पर पहचान पाए। इसलिए उनके बिंदु का नाम कभी कृष्ण हो जाता है, कभी बुद्ध, महावीर, कभी मीरा और राबिया, कभी क्राइस्ट, मोहम्मद और नानक। और उसी बिंदु में कबीर छलकता है, तो वे कहते हैं– "कबीर एक आग है, उसे पीना है। इसके अंगार से अपने दीये को जलाना है। तुम्हारे अंतर में दीप जल जाए, तो समझना, कबीर को समझ लिया। तुम्हारे अंतर में दीप जल जाए, तो समझना, कबीर को समझ लिया। तुम्हारे अंतर में बांसुरी बजने लगे, तो समझना, कबीर को समझ लिया। तुम्हारे अंतर के आसमान पर इंद्रधनुष दिखने लगे, तो समझना, कबीर को समझ लिया। कबीर तो बहती हुई वायु हैं, परमात्मा की सुगंधि से भरी हुई।" और इस वायु में रजनीश जब सांस लेने की बात करते हैं, तो हमारी चेतना में एक कंपन-सा होता है, और हमारी सांस बौराने लगती है। यह सब कविता नहीं है, यह बहती हुई पवन है, कविता की सुगंधि से भरी हुई।

एक वाक़या है इसी काल का। हमारे इसी काल का, किसी दूसरे वक़्त का नहीं। एक छोटे-से गांव में एक जैन मंदिर है। और अब वहां वर्षों से ताला पड़ा है। मुक़दमा अदालत में है और फैसला नहीं हो पा रहा कि मंदिर की पूजा के हक़दार दिगंबर कहे जाएं या श्वेतांबर कहे जाएं। कभी दोनों वहां एक ही स्थान पर, एक ही मूर्ति की पूजा करते थे। और रजनीश इस वाक़ये को सुनाते हैं– "समय बांध दिया गया था, दोपहर बारह बजे तक दिगंबर पूजा करेंगे और उसके बाद श्वेतांबर। महावीर की मूर्ति दोनों के लिए एक है। बस, इतना-सा फ़र्क़ कि दिगंबर बंद आंखों वाले महावीर की पूजा करते हैं और श्वेतांबर खुली आंखों वाले महावीर की। दिगंबर मानते हैं कि तीर्थंकर ध्यान की अवस्था में हैं, अंतर्मुखी। और श्वेतांबर मानते हैं कि यह तो साधक की अवस्था है, आंखें बंद करने की ज़रूरत उसकी है। महावीर तो सिद्ध हो चुके, जिससे आंखें खुल गई। इसलिए पूजा के समय पत्थर की मूर्ति की आंखें तो खोली नहीं जा सक़तीं, ऊपर से चश्मे की तरह उस मूर्ति को आंखें पहना दी जाती थी। लेकिन एक बार दिगंबर लोग

अपने समय से अधिक समय लेने लगे, तो इससे झगड़ा खड़ा हुआ। और आज तक ताला पड़ा हुआ है।"

ऐसी कितनी ही घटनाएं हमारे देश में अक्सर होती हैं और प्रणपति की शोभा में ब्राह्मणों का गणेश आगे चलेगा और चमारों के गणेश को पीछे रहना होगा। चमारों के गणेश की क्या हैसियत कि वह शोभा-यात्रा में आगे चले?

ऐसी घटनाओं को सुनाते हुए रजनीश प्रेम और प्रार्थना की उस अवस्था में पहुंच जाते हैं, जहां उनकी आवाज़ ओस की बूंदों से भीगी हुई पवन में मिल जाती है– "अरे, तुम भगवान को पा लेते, तो उसे हर जगह पहचान लेते। अगर मस्जिद में जाते, तो वहां भी पहचान लेते। वहां कोई मूर्ति नहीं है और भगवान वहां निराकार है। कृष्ण के मंदिर में जाते, तो वहां पहचान लेते कि वहां आकारमय होकर वो बांसुरी बजा रहे हैं। अगर महावीर के मंदिर में जाते, तो पहचान लेते कि वहां वो ध्यान की अवस्था में हैं।"

इसीलिए साहित्य को एक काया मानकर कहती हूं कि कहानी के रस में भीगकर, कविता की दीवानगी में बौराकर और ऋषि-चेतना की आग में एक लपट की तरह जलते हुए जब साहित्य की आंखों में प्रेम और प्रार्थना का एक आंसू भर आया, तो उस आंसू का नाम रजनीश हुआ–ओशो हुआ।

साहित्य शब्दों से खेलता है, उसके अर्थों की गहराई में भी उतरता है, लेकिन जब किसी के शब्द अर्थों के पार चले जाते हैं, तो उसकी काया हैरत की एक ख़ामोशी में लिपट जाती है और वही ख़ामोशी पूरी कायनात के प्रेम में उतरती है और प्रार्थना में ढल जाती है। उसी प्रेम और प्रार्थना की आंखों में जब एक आंसू छलक आया, तो सागर की सीप में वह स्वाति बूंद-सा उतर गया। स्वाति बूंद जो सीप की छाती में मोती बन जाती है...

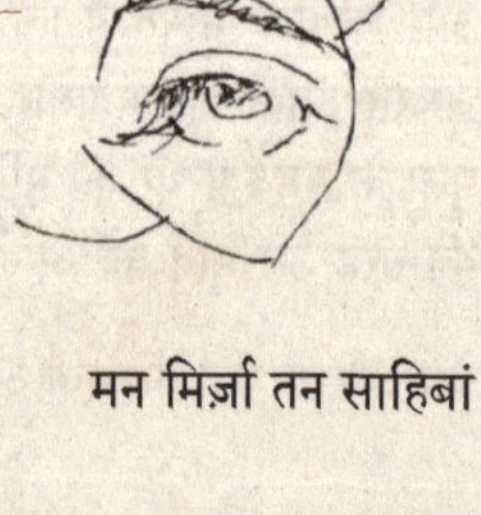

ओशो-गाथा

ओशो-गाथा सदियों की छाती में बहती रहेगी। हम कितना भी कुछ कहें, कितना भी सुनें, यह कहने और सुनने की सीमा में नहीं आएगी, पर अनुभव की ख़ामोशी होगी, जो अक्षरों के अंतराल में धड़कती हुई हर काल की रगों में चलती रहेगी।

हमारे मिथक इस रहस्य को कुछ पकड़ पाए, कहते हैं–"आसमान के सितारे हाथों में ख़ाली मटकियां लिये रोज़ आकाश-गंगा तक जाते हैं और भरी हुई मटकियां लिए लौटते हैं, तो कुछ-एक क़तरे उन मटकियों से छलक जाते हैं। और वही क़तरे जब पृथ्वी पर गिरते हैं और जो लोग उनका स्पर्श पा लेते हैं, उनमें एक चेतना जाग्रत हो जाती है।"

मैं इसी मिथक की रोशनी में कह सकती हूं कि ओशो जब कायामय हुए, तो आकाश-गंगा का पानी कायामय हुआ। और जब सितारों ने अपनी-अपनी मटकियां भर लीं, तो कुछ-एक क़तरे थे, जो उन मटकियों से छलक गए और वही ओशो की आवाज़ के अक्षर हुए। और जिसने भी उन अक्षरों का स्पर्श पा लिया, वह अपने अंतर के अनुभव में उतर गया।

अंतर का अनुभव सिर्फ़ एक ही भाषा जानता है–ख़ामोशी की। मैं कितना

भी कहूं, वह मेरी उस ख़ामोशी से छूकर गुज़र जाता है, और ख़ामोशी के कण मेरी क़लम में नहीं उतरते। बस, इतना भर होता है कि जब भी ओशो की बात करती हूं लगता है कि ख़ामोशी की ओर एक संकेत भर हो पाया है, इससे अधिक कुछ नहीं हुआ।

कीर्ति जी ने जब इस वर्ष की स्मारिका का संपादन करने के लिए कहा, तो मेरी क़लम भी मेरी तरह हलके से मुस्कुरा दी। आहिस्ता से कहने लगी– "कीर्ति जी, आप मुझे अक्षर परीक्षा में क्यों डालते हो? क्या अनुभव का अग्नि-स्नान काफ़ी नहीं है? अग्नि-स्नान की ख़ामोशी को मैं अक्षर नहीं दे सकती, मेरे बस में नहीं है।"

कीर्ति जी की आवाज़ प्यार में भीगी हुई थी। और प्यार की दस्तक को लौटाया नहीं जा सकता। कहा–"अच्छी बात है, अक्षरों की मदद से मैं अपनी ख़ामोशी की कुछ बात कर दूंगी, आगे भी करती हूं, इस बार भी कर दूंगी।"

और अब, जब कुछ कहने के लिए हाथ में क़लम ली है, तो सामने कायनात का एक मंज़र[1] खेलने लगा है। कह रहा है–"जब सूरज सामने नहीं होता, तो उसका पता पाने के लिए चांद की ओर देखना होता है। बात तो सूरज की होती है, पर चांद उसका अनुवाद करता है। और उस वक़्त हम जितना भर सुन पाते हैं, वह अनुवाद के माध्यम से सुनते हैं।"

यह जो हमारा धरती ग्रह है, इसके पास एक ही चांद है, पर मंगल ग्रह के पास दो चांद हैं। बृहस्पति ग्रह बहुत ख़ुशनसीब है कि उसके पास सोलह चांद हैं, और शनि ग्रह जो इंसान को स्थूल की ओर से पकड़-थामकर सूक्ष्म की ओर ले जाता है, उसके पास छोटे-बड़े बीस चांद हैं... और इसे सोचते हुए मैं हंस दी, मन से कहा–किस ग्रह के पास कितने चांद हैं, इसकी गणना प्राचीन काल में हमारे ऋषियों ने की थी, लेकिन अब लोगों की याद में नहीं थी। अब, जब हमारे साइंसदान अपने यान लेकर आसमान में गए हैं, इन ग्रहों के पास से गुज़रे हैं, तो ठीक वही गणना सामने ले आए हैं। लेकिन अभी वक़्त नहीं आया कि यह गणना कर पाए कि ओशो ग्रह के पास कितने चांद हैं, या होंगे।

मैं समझती हूं– ओशो को प्यार करने वाले जितना भर भी ओशो को पहचान

---

1. दृश्य।

पाए हैं, वह सभी ओशो ग्रह के छोटे-बड़े चांद हैं। और उनमें से जिन लोगों ने भी इस स्मारिका के लिए कुछ लिखा है, उनके अक्षर एक सूरज-गाथा हैं, जो ये चांद रात-भर कहते रहेंगे।

ओशो-ग्रह के जितने भी चांद हैं, मैं उनका स्वागत करती हूं। और अपने-अपने अनुभव को जितना भर उन्होंने कहा है, मैं उसे सूरज गाथा का अनुवाद कहकर इस स्मारिका में शामिल कर रही हूं।

ये आज के संवेदनशील व्यक्ति भी हैं, कभी भी, जो कुछ-एक किरणों की बात अक्षरों में ढाल पाए हैं। और कुछ चित्रकार भी हैं, जिनकी लकीरों और गोलाइयों में रोशनी के कुछ-एक कण परछाइयों की तरह उभरे हैं।

सूरज विज्ञान को ज़रा सामने रख लें, तो हम देख सकते हैं कि ब्रह्मांड की जो शक्तियां उठती, फैलती, टूटती और जुड़ती हुई, जिस एक धुरी के गिर्द सघन होती हैं, केवल वह धुरी अचल है, बाकी कुछ भी अचल नहीं है। शक्तियों के सभी कण परिवर्तनशील होते हैं, वे सघन भी होते हैं, बिखरे भी हैं। और कह सकती हूं कि इस स्मारिका में जो ओशो के अक्षर हैं, वे अचल धुरी हैं और उस धुरी के गिर्द जितने भी और अक्षर जुड़े हैं, शक्ति-कणों की तरह, वे सब उस धुरी की कशिश में सघन हो पाए हैं।

यह कशिश क्या है? जिसे अनुभव तो किरण जा सकता है, पर जिसे कह पाना अपने बस में नहीं होता। इसलिए कुछ उसी की बात कहने के लिए एक वाक़िया सुनाती हूं–

1990 की बात है, 20 अक्तूबर की सुबह होने वाली थी कि देखा, मेरी घर की सीढ़ियों की ओर से ओशो आए, और उन्होंने एक बच्चे को कंधे से लगाया हुआ है। मैं पास जाती हूं, हैरान-सी बच्चे को देखती हुई ओशो से कहती हूं– पूर्व-जन्म में इस बच्चे ने जाने कैसी साधना की होगी कि आपने इसे बांहों में उठाया हुआ है।

वे मुस्करा देते हैं, कुछ कहते नहीं। मैं बच्चे के लिए अजनबी हूं। इसलिए लगता है, अगर बच्चे को अपनी बांहों में ले लूंगी, तो रो देगा। फिर भी हाथ आगे करती हूं, तो वह बच्चा हंसता-सा मेरे पास आ जाता है। ओशो भी मुस्करा देते हैं।

फिर देखती हूं, ओशो के पीछे-पीछे कुछ और लोग भी आए हैं, मर्द भी, औरतें भी, और देखती हूं कि एक औरत ने एक छोटा-सा बच्चा गोद में उठाया है। मैंने जो बच्चा ओशो की बांहों में से लिया था, उसे फ़र्श पर बैठाकर बहुत से खिलौने देती हूँ, जिनसे वह खेलने लगता है। खिलौनों में एक छोटी-सी रेलगाड़ी है, जिसे चाबी से चलाता हुआ वह बच्चा हंसता है।

इतने में देखती हूं कि वह दूसरा छोटा बच्चा, जो एक औरत ने गोद में लिया हुआ था, वह अकेला घुटनों के बल चलता हुआ मेरे पास आ जाता है। मैं उसे देखकर कहती हूं–अरे, तु भी आ गया! और मैं उसे गोद में उठा लेती हूं।

फिर देखती हूं, वहां ओशो भी नहीं हैं, लोग भी नहीं हैं, पर वहां दोनों बच्चे उसी तरह खेल रहे हैं।

बस इतना भर सपना था और जागने पर पता नहीं चल रहा था कि यह क्या हुआ। वह दो बच्चे कौन थे? अभी ओशो आए और बच्चों को मेरे पास छोड़कर चले गए, इसका अर्थ क्या हुआ?

ठीक सात महीने, दस दिन बाद एक हादसा हुआ। मेरी बेटी बरसों से मेरे पास अकेली रहती है। उसके दो बच्चे अपने पिता के पास थे, और वह अचानक मेरे घर मेरे पास आ गए। उनका सहारा, उनका पिता, अब दुनिया में नहीं रहा था। मैंने उस वक़्त किसी और से तो नहीं सिर्फ़ इमरोज़ से कहा–इन बच्चों को यहां आना ही था, ओशो ख़ुद इन्हें यहां छोड़ गए थे।

और अभी पिछले दिनों, मैं जब पतंजलि का योग-सूत्र पढ़ रही थी, तो ओशो के अल्फ़ाज़ में स्वप्नदर्शन की बात सामने आई, जिसमें वे सपनों को पांच प्रकार के कहते हैं–

"इच्छाएं होती हैं चेतन मन की और आवश्यकताएं होती हैं अचेतन की। अचेतन इच्छाओं को नहीं जानता। इच्छा आती है सोचने-विचारने से, शिक्षा से, संस्कारों से, और पहले प्रकार के स्वप्न चेतन मन की इच्छाओं को पूरा करने के लिए होते हैं, इनका और कोई महत्व नहीं होता। यह मन के द्वारा फेंकी हुई धूल होती है, और कुछ नहीं।

“दूसरे प्रकार के स्वप्न चेतना को परिवर्तित करने के लिए होते हैं। चेतना बदलने लगती है, अचेतन को सुनने लगती है। अचेतन के पास युगों-युगों का अनुभव होता है। चेतन मन तो सिर्फ इसी जीवन से संबंध रखता है। पर अचेतन सारे जीवनों का अनुभव साथ लिये रहता है।

“और फिर होता है तीसरे प्रकार का स्वप्न, जो अति-चेतन से आया हुआ संकेत होता है। तुमने अति-चेतन के साथ सारा संपर्क खो दिया है, लेकिन फिर भी वह उतरता है, क्योंकि अति-चेतन तुम्हारा है। जब तुम बहुत जागरूक हो जाते हो, केवल तभी तुम इसे अनुभव करने लगोगे, और इससे निर्देशित होने लगोगे।

“पूरब में हमने बहुत परिश्रम किया है। इस चौथे प्रकार के स्वप्न पर। इसी स्वप्न के कारण हमें प्राप्त हो गई पुनर्जन्म की धारणा। तुम पीछे चले जाते हो अतीत-काल में। तुम्हें स्मरण आ सकता है कि तुम क्या थे पूर्वजन्म में, इससे अकस्मात जीवन रूपांतरित होने लगता है।

“और फिर होता है पांचवें प्रकार का स्वप्न। जो अंतिम प्रकार का स्वप्न है। चौथे प्रकार का स्वप्न तुम्हें पीछे ले जाता है, अतीत में और पांचवें प्रकार का तुम्हें आगे ले जाती है, भविष्य में, आने वाले काल में। यह विरल होता है, बहुत विरल। यह कभी-कभी घटता है।”

और यह ब्यौरा पढ़ते, हुए मैं हंस दी, ख़ामोश-सी निगाहों से ओशो की तरफ़ देख, अपने निजी तसव्वुर की ओर। कहा–तो आप उस रात, 20 अक्तूबर की रात मुझे पांचवीं प्रकार के स्वप्न में ले गए थे?

यह वाक़िया इसलिए सुना रही हूं कि यह सब देखते हुए जो मेरी रग-रग में उतर गया था, वह ख़ामोशी के अलावा कोई भाषा नहीं जानता...

ख़ामोशी का अनुवाद नहीं होता, यह सिर्फ़ उसकी गाथा है, जो कुछ-कुछ अनुवाद में उतरती है, और अंतर-अनुभव का संकेत-सा बनती चली जाती है। इसलिए गाथा की अहमियत आज भी है और हर काल में बनी रहेगी...

मुझे सिर्फ़ इतना भर कहना है कि ओशो–गाथा को पढ़ने वाले अक्षरों के अंतराल में धड़कती हुई ख़ामोशी को भी सुन लें! इन अक्षरों में भरी हुई जितनी भी मटकियां हैं, उनमें से ख़ामोशी के जो कतरे छलक जाएंगे, वह अंतर-अनुभव के होंगे।

('ओशो टाइम्स' के वार्षिक अंक 19 जनवरी, 1992 का संपादकीय)

अभिशाप के युग में

राहुल सांकृत्यायन 361 पीढ़ियां पीछे लौटकर देखते हैं और चिन्तन में उतरते हुए आहिस्ता से कहते हैं– “आग का आविष्कार मनुष्य जाति को मिला पहला वरदान था। अभी अभिशाप नहीं बना था, क्योंकि तब ‘मेरा-तेरा को युग’ आने में देर थी। आग और हथियार जब तक जंगली जानवरों से रक्षा का साधन थे, तब तक वरदान थे। और फिर इन्हें शाप लगने लगा। एक क़बीले ने जोड़ना शुरू किया, और दूसरे ने लूटना...

“मां-मुखी कब़ीले में अगर मा नाम दिया जाता था, तो बाक़ी सब दिवा पुत्र थे, दिवा पुत्रियां। तब स्त्री किसी दूसरे की नहीं, आप-अपनी होती थी। उसे कोई लूटता नहीं था, उसे कोई सदा के लिए अपनी पत्नी नहीं बना सकता था–

“स्त्री और मर्द बराबर थे– जंगल के हिरनों के समान, पेड़ों की चिड़ियों के समान। पर जब पशु-धन जोड़ा जाने लगा, फिर लूटा जाने लगा, तब स्त्री भी वस्तु बन गई, लूटी जाने लगी। तब अनेक वीर्य के एक ख़ेतर के स्थान पर, अनेक रज का एक वीर्य-खेतर बनने लगा...

“जन-पति चोर नहीं थे, लुटेरे नहीं थे, वे जन-पुत्र थे। राजा, लोक-अधिकारों

का लुटेरा होता है, उसका रनिवास, सोना, रूपा, रत्न और उसका सारा भोग कमाया हुआ नहीं होता, छीना हुआ होता है। राजा ने इसी झूठ को सच कर दिखाने के लिए, वशिष्ठ और विश्वामित्र के किसी पूर्वज को पुरोहित का पद रिश्वत में दिया था, जिसने जन को आग, पानी और हवा जैसी प्राकृतिक शक्तियों की पूजा की तरह राज-शक्ति की पूजा सिखाई...

"जब किसी राजा ने ऋषियों को प्रसन्न करने के लिए सोने, पशु और दास-दासियों का दान दिया, ऋषि ने दानी राजा के स्तुति-गीत लिखे... वह आज से 144 पीढ़ियां पहले की बात है...

"तब राज-सत्ता और ब्राह्मण सत्ता ने मिलकर केवल उस सयय की मनुष्य जाति को नहीं, आने वाले समय की सैकड़ों पीढ़ियों, नस्लों को भी, हर प्रकार के अन्याय सहन करने के लिए तैयार कर दिया..."

अक्षरों के माया-जाल को अक्षरों का तर्क-शास्त्र ही काट सकता है। माया-जाल दासता पैदा करता है, और दास-दासियों की शक्ति के बल पर कोई घर और कोई राष्ट्र शक्तिशाली नहीं हो सकता। तक-शास्त्र से समर्थ सिर्फ़ वही हो सकते हैं, जिनके पास स्वतन्त्र चिन्तन का बल है। राहुल सांकृत्यायन के चिन्तन-बल को श्री रजनीश अपने चिन्तन-बल का मित्र-संकेत देते हैं, कहते हैं–

"विवाह एक अप्राकृतिक व्यवस्था है। मनुष्य में भी विवाह सदा से नहीं रहा है, बहुत बाद की ईजाद[1] है। व्यवस्थाएं एक बार आदमी को पकड़ लेती हैं, तो छोड़ती नहीं। विवाह जब ईजाद हुआ, सबसे बड़ा कारण था कि जो शक्तिशाली पुरुष थे, जिनके हाथ में लाठी थी, वे स्त्रियों पर क़ब्जा करने लगे। और चीज़ों पर भी कब्ज़ा करते थे, वैसे ही स्त्रियों पर कब्ज़ा करने लगे। ज़मीन पर कब्ज़ा करने लगे। जिसके पास जितनी ताक़त होती, उतनी बड़ी ज़मीन पर कब्ज़ा करता, उतना बड़ा भूपति होता, उतना बड़ा सम्राट होता...

"ग़रीब आदमी क्या करे? सामान्य जन क्या करे? उसके लिए तो स्त्रिया नहीं बचेंगी। इसलिए विवाह ईजाद करना पड़ा। साथ ही इस धारणा को धर्म का बल देना पड़ा कि किसी की विवाहिता स्त्री को छीनना पाप है। इसीलिए बाल-विवाह आरंभ हुआ। दूसरे की स्त्री होने का मौक़ा ही नहीं आएगा, नहीं

---

1. आविष्कार।

तो इसके पहले ही जिनके हाथ में ताकत है, वे स्त्रियों को खदेड़कर ले जाएंगे। इसलिए बिल्कुल बचपन में शादी कर देते थे। समाज को एक नैतिक धारणा पैदा करनी पड़ी..."

मैं मानती हूं कि नैतिकता जो बाहर से लाई जाती है, उसे टूटना होता है। टूटने की हिम्मत न बना पाए, तो रात का अंधेरा उड़कर, पीछे के दरवाज़े से उसने चोरों की तरह निकलना होता है... और इसी सब में इंसान टूटता है, बिखरता है...

सवाल तो अपनी ऊर्जा को बनाए रखने का है, और मन की उस सहज अवस्था में हो जाने का, जब सच और नैतिकता के बीज भीतर से अंकुरित होते हैं...

सिर्फ़ एक हवाला और देती हूं, इसी नज़रिए की तसदीक़ में कि जब विवेकानन्द अमरीका में गए, और लोग उनके वचनों पर मुग्ध हो रहे थे, तब कुछ जवान लोग उनके पास आए, कहने लगे– "जहां तक आर्थिकता का सवाल है, हम लोग उस सवाल में उलझे हुए नहीं हैं, हमारे पास संम्पन्नता है, विज्ञान है, हम बहुत कुछ कर पाते हैं, जो ग़रीबी के प्रश्न में उलझे हुए लोग नहीं कर पाते। लेकिन फिर यह क्या है, कि हममें से वायलेंस नहीं जाती? हम चलते-चलते भी क्रोध और तशद्दुद में उतर जाते हैं..." उस वक़्त विवेकानन्द जी ने कहा–"यह सब इसलिए कि आप अपने माता-पिता की ग़ैर-क़ानूनी औलाद हैं...

वे नौजवान हैरान हुए, तो विवेकानन्द कहने लगे– "मेरा यह मतलब नहीं कि आपके माता-पिता विवाहित नहीं थे, ग़ैर-क़ानूनी होने का ताअल्लुक़ कानून से नहीं होता, मन-आत्मा से होता है। मैं क़ानूनी औलाद उसे मानता हूं, जब कोई स्त्री तन, मन और आत्मा से एक होकर किसी ऐसे पुरुष से मिले, जिसका तन, मन और आत्मा एक हो, और उसका मिलन जब प्रार्थना-सा हो उठे, तो उस वक़्त जो बच्चा पैदा होगा, वह ग़ैरकानूनी नहीं होगा..."

इसी सहज अवस्था का खो जाना अभिशाप है, एक सबसे क़रीबी रिश्ते का गणित में ढल जाना अभिशाप है, और इस अभिशाप के युग में जीते हुए, हम ऊपर से कितने भी क़ानून बदलें, समाज में कितना भी परिवर्तन लाएं, कुछ नहीं होगा। चोर रास्ते बने रहेंगे।

सवाल तो अभिशाप को सच और सहज की अवस्था के वरदान में ढालने का है...

रजनीश जी के अल्फ़ाज़ में–मर्द की स्थूल काया में उसकी सूक्ष्म स्त्री काया को, और स्त्री की स्थूल काया में उसकी सुक्ष्म मर्द काया को पहचान लेने का हैं...

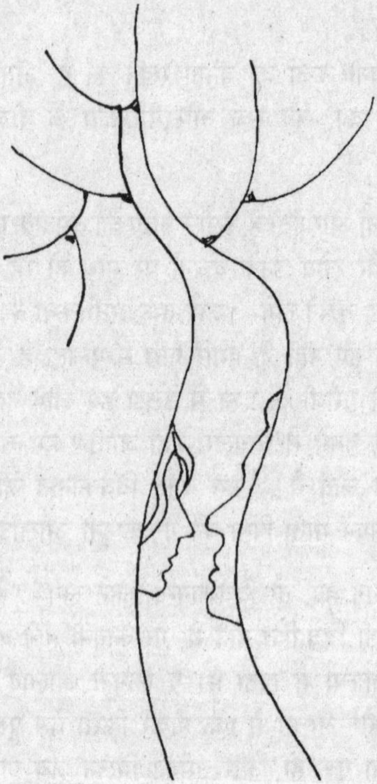

बात एक शक्ति की

अंतर-अनुभव एक-सा होता है, समय काल का प्रश्न वहां ठहरता नहीं। और जो इस अनुभव में उतरते हैं, उनकी ख़ामोशी सिर्फ़ कुछ संकेत देती है, लेकिन वे पकड़ में नहीं आते। यह तो कभी सदियों में एक बार होता है कि एक रजनीश जन्म लेता है, और वाणी शक्ति को भी इस तरह पा लेता है कि वह संकेत पकड़ में आ जाते हैं...

क़रीब साढ़े तीन सौ साल पहले पंजाब में एक सुफ़ी हुए थे सुल्तान बाहू, जिन्होंने एक फ़िकरे[1] में इतना ही कहा– "अंदर भाहीं अंदर बालण" यानी कि जलने वाली आग भी अंतर में है, और उसे जलाने वाली लकड़ियां भी अंतर में हैं...

और उपनिषद् काल में जब कैवल्य उपनिषद् सामने आया था, तो एक छोटा-सा सूत्र उसमें मिला था– "अंतर अंतःकरण को नीचे की अरणि बनाना है और प्रणव को ऊपर की, और दोनों से ज्ञान का मंथन करना है।"

इस ज्ञान-अग्नि के रहस्य को रजनीश जी ने वाणी दी है। सदियों से हमारे

---

1. वाक्य।

पास संकेत भी थे, सूत्र भी थे, पर कह सकती हूं कि रजनीश जी ने उनमें प्राण-प्रतिष्ठा की है।

उपनिषद् के छोटे से फ़िकरे में एक शब्द ऐसा है, जिसे वक़्त कभी पकड़ नहीं पाया। इसलिए रजनीश पहले उसी शब्द की व्याख्या में उतरते हैं–

"अंतःकरण के साथ थोड़ी कठिनाई है, क्योंकि जिसे हम अंतःकरण कहते हैं, वह अंतःकरण नहीं है। और जो अंतःकरण नहीं है, उसका साधारणतया हमें कभी पता ही नहीं चलता...

"एक आदमी चोरी करता है, क़दम उठाता है चोरी के लिए, भीतर कोई कहता है– चोरी मत कर। कोई शराब-घर में जाता है, भीतर कोई कहता है– शराब मत पियो! एक आदमी मांस खाने जाता है, भीतर कोई कहता है–मांस मत खाओ! इस आवाज़ को हम अंतःकरण कहते हैं, पर यह अंतःकरण नहीं है। यह समाज की आवाज़ है हमारे भीतर, हमारी आत्मा की आवाज़ नहीं है। यह समाज की शिक्षा है...

"अगर इसे हम अंतःकरण कहें, तो मानना पड़ेगा कि दुनिया में कई तरह के अंतःकरण हैं। तब तो हमें मानना पड़ेगा कि परमात्मा की जो आंतरिक आवाज़ है, वह भी कई तरह से बोलती है। किसी को कहती है– मांसाहार करो; किसी को कहती है–मांसाहार मत करो!

"समाज के नियम की भिन्नता के कारण यह भिन्नता है। यह अंतःकरण की आवाज़ नहीं। जिस दिन अंतःकरण की आवाज़ सुनाई पड़ती है, और अंतःकरण उपलब्ध हो जाता है, उस दिन जगत के कोने-कोने में वह आवाज़ भी एक ही होती है। वो आवाज़ें दो नहीं होतीं। हिन्दू का अंतःकरण और मुसलमान का अंतःकरण और ईसाई और जैन का अंतःकरण ऐसे कोई अंतःकरण नहीं होते। लेकिन जिसे हम लोग अंतःकरण कहते हैं, वह हिन्दू का अलग होता है, जैन का अलग, बौद्ध का अलग, हिन्दू में भी ब्राह्मण का अलग होता है, क्षत्रिय का अलग होता है, शुद्र का अलग होता है...

"समाज ने बड़ी होशियारी की है, इससे पहले कि हमें पता चले कि हमारे भीतर की आवाज़ क्या है, समाज एक आवाज़ को हमारे भीतर बैठा देता है और हमें समझा देता है कि यही हमारे भीतर की आवाज़ है...

"समाज की मजबूरी है, समाज के करने का कारण है, इसलिए समाज को दोष देना व्यर्थ है, क्योंकि समाज की अपनी मुसीबत है। वह जो भीतर का अंतःकरण है, वह सभी लोग खोज नहीं पाते, और अगर समाज कोई भी अंतःकरण पैदा न करे, तो आदमी पशु जैसा हो जाएगा। समाज आप पर छोड़ नहीं सकता कि जब आप खोजेंगे अंतःकरण, तब तक आपको छोड़ा नहीं जा सकता।

"इसलिए जिन-जिन समाजों में धर्म का प्रभाव शिथिल हुआ है, जिन-जिन समाजों में पारिवारिक शिक्षण कम हुआ है, शिक्षा का काम निरपेक्ष सरकारों ने ले लिया है, वहां असली अंतःकरण की आवाज़ तो पैदा ही नहीं होती, नक़ली अंतःकरण की आवाज़ समाप्त हो जाती है...

"इसलिए समाज, इससे पहले कि आप अपने अंतःकरण को खोजें, वह एक परिपूर्ण, एक सब्स्टीट्यूट अंतःकरण आपके भीतर निर्मित करता है।

"तो हर समाज अलग करेगा, क्योंकि हर समाज की समझ, मान्यता, परम्परा, संस्कृति अलग है... हिन्दुस्तान में राजस्थान में ऐसे लोग हैं, जिनमें यह परम्परा रही है कि जब तक लड़का चोरी करने में कुशल न हो, उसका विवाह नहीं हो सकता है। लड़की वाला पूछेगा कि लड़के ने कितनी चोरियां कीं? कितने डाके डाले? कभी जेल गया या नहीं? अगर लड़के ने चोरी ही नहीं की, डाका ही नहीं डाला, जेल भी नहीं गया, तो ऐसे निकम्मे लड़के के साथ कौन शादी करेगा?

"अगर हम दुनिया के रीति-नियमों का ख़्याल करें, तो पता चलेगा कि करोड़ों अंतःकरण हैं... समाज इस अंतःकरण को बनाए रखने के लिए दोहरा इंतज़ाम करता है। बाहर से क़ानून बनाता है, ताकि कोई आदमी ग़लत न कर सके। लेकिन बाहर का क़ानून कितना भी कुशलता से बनाया जाए, उससे ज़्यादा कुशल अपराधी सदा उपलब्ध हो जाते हैं...

"तो एक अदालत बाहर है, जो बाहर से रोकती है, एक अदालत भीतर है समाज की, जो भीतर से रोकती रहेगी। लेकिन अनैतिक न होना नैतिक होना नहीं है। असामाजिक न होना, धार्मिक होना नहीं है..."

और रजनीश उपनिषद् में कहे गए शब्द अंतःकरण में उतरते हैं, "इस सूत्र में जिस अंतःकरण की बात है, वह अंतःकरण वह है, जब व्यक्ति समाज की सब परतों को हटाकर, समाज ने जो-जो आरोपित किया है, जो-जो संस्कार निर्मित

किए हैं, सबको हटाकर अपने भीतर में उतरता है। वह अंतःकरण हमें वैसे ही मिला है, जैसे आंखें मिली हैं, हृदय मिला है, बुद्धि मिली है। वह हमारा अनिवार्य अंग है। सुकरात ने कहा है, 'ज्ञान ही आचरण है' उपनिषद् उसी ज्ञान ही की बात करता है, जो अंतःकरण से आता है। फिर ज्ञान और आचरण में कोई फ़र्क़ नहीं रहता। उस अंतःकरण की स्थिति में होना, जानना और करना समअर्थी हो जाता है। धर्म अंतःकरण की तलाश है।"

यह सब लोगों की पकड़ में आ जाए, इसलिए रजनीश एक वाक़या सुनाते हैं–"शंकर ने छोटी उम्र में संन्यास लिया। मां बूढ़ी थी, शंकर बड़ी उम्र में पैदा हुआ था। पिता नहीं रहे थे। तो मां हिम्मत नहीं जुटा पाती थी कि शंकर संन्यास ले ले। पर शंकर ने संन्यास लेना था, लिया, तो मां ने एक वायदा लिया कि मेरा अंतिम दाह-संस्कार तू ही करेगा। शंकर ने वायदा किया। फिर बरसों बाद मां बीमार पड़ी, ख़बर मिली, शंकर भागते हुए आए, शिष्यों ने, साथियों ने समझाया–कौन मां, कौन पिता! संन्यासी के कोई माता-पिता होते हैं।

"पर शंकर आए, गांव पहुँचे, नम्बूदरीपाद ब्राह्मण का परिवार था, गांव ने इनकार कर दिया कि संन्यासी बेटी दाह-संस्कार नहीं कर सकता। उस वक़्त गांव में कोई नहीं आया अर्थी में सम्मिलित होने के लिए। मां का शरीर भारी था, शंकर दुबले-पतले थे, बड़ी मुश्किल पड़ गई, शरीर को मरघट तक ले जाना मुश्किल था। तो शंकर ने आंखें बंद कीं, तलवार उठाई, मां के शरीर के तीन टुकड़े किए, और एक-एक टुकड़ा उठाकर, तीन बार में मां के शरीर को मरघट तक पहुंचाया...

"इस आदमी के पास समाज वाला अंतःकरण नहीं हो सकता, वह जो मां के शरीर के तीन टुकड़े कर सके।"

अंतःकरण शब्द में प्राण-प्रतिष्ठा करते हुए रजनीश 'अरणि' शब्द पर आते हैं, "अरणि विशेष तरह की लकड़ी होती है, जिन दो लकड़ियों को रगड़ने से अग्नि पैदा हो जाती है। ऋषि ने उसी का संकेत दिया है–

"अंतःकरण को नीचे की अरणि बना लो, नीचे की लकड़ी, और ओम की ध्वनि को ऊपर की लकड़ी। इन दोनों की रगड़ से जो अग्नि पैदा होगी, ज्ञान-अग्नि, वह समस्त अज्ञान को जलाकर राख कर देगी।"

समय काल का प्रश्न नहीं है, बात एक से अनुभव की है। वह उपनिषद्-काल के ऋषि का हो, यह सभी सिर्फ़ तीन सदी पहले के एक सूफ़ी सुल्तान बाहू का, जो ज्ञान-अग्नि का संकेत देते हैं– "जलने वाली आग भी अंतर में है, और जलाने वाली लकड़ियां भी अंतर में हैं।"

यह संकेत हमारे पास थे, शब्द थे, पर रजनीश जी को पढ़ते हुए उनसे प्यार हो आता है, जो इन शब्दों में प्राण-प्रतिष्ठा कर पाए...

हमारे अचेतन मन में जाने क्या-क्या होता है, बहुत साल हुए, क़रीब चालीस साल हुए, मैंने एक नज़्म कही थी–

हमारे एक हाथ में लोहा था
एक हाथ में पारस था
पर हम उसे छूना भूल गए...

बात तो छूने की है। पारस अपने ही हाथ में है, छू पाते, तो सब लोहा, सोना-सोना हो जाता। हम छू नहीं पाते, और लोहा बने रहते हैं। चकमक पत्थर अपने ही भीतर हैं, पास-पास पड़े हुए, पर उनमें सोई हुई आग को हम जगा नहीं पाते। और अरणि अपने ही भीतर, छाती में उस आग को लिये हुए, जिसकी एक चिनगारी मिल जाए, तो ज्ञान-अग्नि जल सकती है...

मैं समझती हूं, रजनीश एक उस शक्ति का नाम है, जो हमारे अचेतन में पड़े हुए अहसास को अपने हाथ से पकड़कर हमारे चेतन में ला देती है....

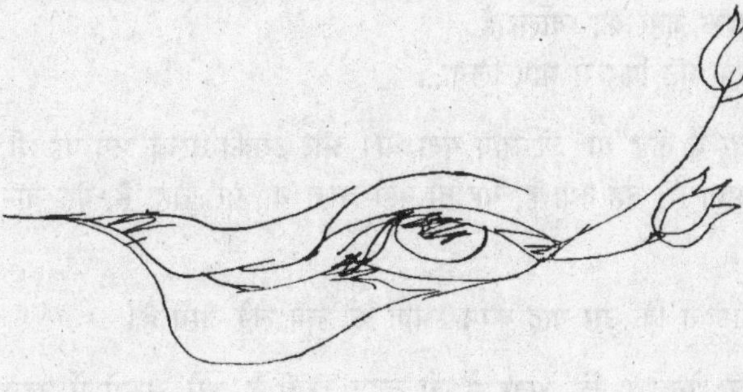

एक त्रिक भवन की गाथा

मैं थोड़ा पीछे लौटकर देख रही थी, जब बरसों पहले कहा था–

फिर तुम्हें याद किया
मैंने आग को चूम लिया
इश्क़ ज़हर का प्याला है
एक घुंट फिर से मांग लिया...

मेरे अंतर में कुछ था, जो जाग गया था। और उसकी तलब़ लग गई थी, जो 'मैं' से आगे है। वह क्या है, यह तो नहीं जाना था, पर 'वह' है, यह जान लिया था...

और यह भी कि उसे याद करना आग को चूम लेने जैसा है।

अहसास होता था कि अंतर से जो तड़प उठती है, उसे अक्षरों में उतार सकती हूं, पर क्या तन-बदन पर झेल पाऊंगी? एक ख़ौफ़ उठता था भीतर से, ठहरता नहीं था...

मैंने ज़िंदगी में कभी कोई साधना नहीं की, पर इतना भर जान पाई कि

मेरे लिए साधना और इश्क़, यह दो लफ़्ज़ पिघलकर एक हो गए थे। भीतर की अग्नि को तापते हुए यह एक ही अर्थ में ढल गए थे। मेरे लिए उनकी पहचान अलग से नहीं रही थी...

जानती थी मैं नीलकंठ नहीं हूं, पर एक तीखी प्यास थी, इस ज़हर को पीने की। ज़हर के प्याले को एक तरफ़ रख देना बहुत आसान था, रखकर देखा भी, पर लगा, भीतर से ख़ाली हो गई हूं। और हाथ फिर उसी की ओर उठते, आंखें फिर उसी की ओर देखतीं, और मैं उसी से एक घूंट और मांगने लगती...

उन्हीं चार पंक्तियों के आगे लिखा–

सूरज के सभी रंग घोल लिए
मैंने धरती को उसमें रंग लिया
और आसमान के घर को
सितारों से लीप लिया...

यहा था, पर देख सकती थी कि यह सब मन के पार था। और मन के दरिया को पार करने के लिए, यह जो संसार के वस्त्र पहन रखे थे, पर यह चोली, लहंगा, यह धोती-कुर्ती, यह क़मीज़-दुपट्टा, इनको अपने हाथ में लेकर इस दरिया में उतरना होगा...

कोई दरिया इतना गहरा नहीं होता, जितना मन का दरिया होता है। पर इतना जान गई थी कि मेरे लिए एक ही रास्ता है, मुझे मन के पार जाना है...

मैं समझती हूं, सही मायनों में जब कोई नज़्म कहता है, या कहानी कहता है, तो अक्षर-अक्षर टूटता हुआ, बिखरता हुआ, वह अपने को ही संभाल कर रूपांतरित हो रहा होता है...

इसी क्रिया में मैंने 1982 में एक उपन्यास लिखा था– 'कोरे कागज़', जिसमें एक तरफ़ उठती हुई जवानी का एक पंकज है, और एक तरफ़ चिंतन के गहरे पानियों में उतर चुके निधि महाराज हैं। पंकज एक तीव्र जिज्ञासा का प्रतीक है, और निधिं मंहाराज अंतर-अनुभव के प्रतीक हैं।

पंकज ज़िंदगी के रहस्य को पाना चाहता है, कई सवाल पूछता है और निधि महाराज कहते हैं–"सच का दर्शन मन की ताक़त से पाना होता है।"

पंकज ने सुन रखा था–षष्टम, अष्टम और द्वादशेश यह तीनों नेष्ट स्थान होते हैं, शत्रु और मृत्यु के स्थान। वह सोचता है, अपनी जिंदगी का दर्शन पाने के लिए मुझे शत्रु-भवन में जाना पड़ेगा, या मृत्यु-भवन में?

पूछता है–'क्या शत्रु-स्थान और मृत्यु-स्थान सबकी कुंडली में होते हैं?'

निधि महाराज मुस्करा देते हैं–'शब्द हमेशा छोटे होते हैं, पर उनके अर्थ बहुत बड़े होते हैं, कुंडली का अर्थ है–समय की नियत की हुई गति को बारह हिस्सों में बांट लेना। यह वैज्ञानिक तथ्य है। इसलिए हर कुंडली में समय के बारह हिस्सा होते हैं...'

पंकज हैरान-सा कहता है–'पर इनमें यह तीन क्यों होते हैं, जिन्हें त्रिक भवन कहा जाता है?'

निधि महाराज जवाब देते हैं–'ज्ञान का संबंध अनुभव के साथ है, वह सिर्फ़ ज़िंदगी के साथ नहीं होता, ज़िंदगी तो उसी समय मिल जाती है, जब एक बच्चे का जन्म होता है, पर ज्ञान अनुभव से मिलता है। यह त्रिक स्थान अनुभव के स्थान होते हैं... छठा स्थान बच्चे के बड़े हो जाने का चिह्न है। अभी तक उसे जन्म से लेकर पलने और बढ़ने का सुख दूसरों से मिलता आया था। अब उसका वास्ता दूसरों से पड़ेगा, ग़ैरों से, दुनिया से। अभी तक वह अकेला था, अब दूसरे उसमें जमा होंगे। इस जमा में सब तरह के लोग होंगे, कई मित्र बनेंगे, कई शत्रु। इस संघर्ष से गुज़रना होता है। वह रोटी कमाने के लिए संसार में उतरेगा, तो कई बार धन गंवाएगा, कई बार क़र्ज़दार भी होगा... संघर्षहीन आदमी का ज़िंदगी से कुछ लेना-देना नहीं होता, इसलिए इस स्थान को मैं कर्म-योग मानता हूं..."

पंकज दूसरे त्रिक स्थान को भी जानना चाहता है, अष्टम को, इसलिए निधि महाराज कहते हैं– "त्रिक स्थानों से डरने की ज़रूरत नहीं है। अष्टम स्थान खोज का होता है, धरती की तहों के नीचे दबी हुई वस्तुओं को पा लेने का। यह वस्तुएं रहस्यमय अर्थों वाली होती हैं। मौत भी रहस्मय होती है। इसलिए लोग साधारण मौत से भी घबराते हैं, खोज से भी। यह अवचेतन की शक्तियों का स्थान है, इसीलिए मैं इसे ज्ञान योग का स्थान मानता हूं..."

पंकज मंत्र मुग्ध-सा देखे जाता है, सुने जाता है, और निधि महाराज़ कहते हैं– "द्वादशेश आख़िरी स्थान है, मोक्ष का। तन, मन और धन के ख़र्च हो जाने

का। यही तो एक बूंद का अपार सागर में लीन हो जाने का स्थान है। इसीलिए मैं इसे भक्ति-योग का स्थान मानता हूं..."

यह सब मैंने ही लिखा था, निधि महाराज मेरी ही कल्पना से उठकर आकारमय हुए थे, पर उन्हें देखकर, उन्हें सुनकर मैं एक दर्शक होती जा रही थी। यह उपन्यास जब प्रकाशित हुआ, तो इसका समर्पण निधि महाराज को करते हुए मैंने लिखा– 'यह पुस्तक निधि महाराज के नाम, जिन्हें मैं अभी भी खोज रही हूं।'

इसीलिए कहती हूं कि अगर कोई अपने मन के पार जाना चाहे, तो उसके अपनी ही अक्षर उसे निर्देशित करने लगते हैं...

मैं ज़िंदगी में जाने कितनी बार इन त्रिक स्थानों में से गुज़री हूं, यहां सिर्फ़ एक नई घटना सामने रखती हूं, 1992 की। इस बार साहित्य अकादमी का पुरस्कार जिस पंजाबी काव्य रचना को दिया गया, उसका नाम है– 'चना दी रात'। पुरस्कार देने के नियम हैं– हर बरस क़रीब तीस विद्वानों को पत्र लिखे जाते हैं और उनका सुझाव मांग लिया जाता है। एक बार नहीं, दो बार कि वे लोग किस पुस्तक को पुरस्कार देने के लिए एक बहुत अच्छी पुस्तक मानते हैं। फिर उनमें से क़रीब दस किताबें चुन ली जाती हैं, जिनके लिए एक से अधिक विद्वानों ने कहा होता है। और फिर तीन व्यक्तियों की एक ज्यूरी बनाई जाती है, जिन्हें वह दस किताबें पढ़ने के लिए दी जाती हैं, जिनमें से अंतिम चुनाव एक पुस्तक का होता है। इसके लिए वह तीन व्यक्ति नंबर लगा देते हैं–किताबों को पहले, दूसरे और आगे के स्थानों में रखने के लिए।

यह तीन व्यक्ति जो भी नंबर लगाते हैं– आखिरी निर्णय के लिए तीनों के दिए हुए नंबर तीन ख़ानों में दर्ज कर दिए जाते हैं, और उनका जोड़ करने से जिस पुस्तक को पहले स्थान पर रखने के लिए सबसे कम नंबर मिलते हैं (कम का अर्थ है– पहले स्थान के लिए, संकेत) उसी पुस्तक का चुनाव कर लिया जाता है। इस साल भी पंजाबी काव्य पुस्तक का चुनाव इसी आधार पर हुआ था।

मैं उन तीनों में से एक थी, और एक्ज़ीक्यूटिक की मेंबर होने के नाते मीटिंग में थी, इसलिए यह ब्यौरा जानती हूं। वहां एक-एक भाषा से एक-एक व्यक्ति होता है।

कुछ महीने गुज़र गए, तो जो अख़बार सामने आने लगे– उन्हें पढ़कर देखा कि मैं त्रिक भवन में खड़ी हूं। पुरस्कार के निर्णय के लिए मेरा अकेली का नाम सब अख़बारों में लिखा जा रहा था, जो हक़ीक़त नहीं था। और इल्ज़ाम यह था कि 828 पृष्ठों की इस किताब में से एक कविता चुन ली गई थी, जिसमें 1984 में हुए ब्लू-स्टार ऑपरेशन का ज़िक्र था।

पूरी किताब में सुफ़ी रंग की कविताएँ हैं, और उन सबको छोड़कर केवल एक कविता की बात हर अख़बार में दोहराई जा रही थी। कहा जा रहा था कि उसमें जो डायन जैसे शब्द इस्तेमाल में आए हैं, उनका संकेत इंदिरा गांधी की ओर है।

उस कविता में इंदिरा जी का नाम कहीं नहीं है और कविता के नीचे फ़ुटनोट दिया हुआ है, 'लोक-गाथा की डायन, चुड़ैल और कुपत्ती नार की प्रतीकमय वरतों।'

जो पंजाबी साहित्य का अध्ययन रखते हैं, वह जानते हैं कि युद्ध से पहले, दो पात्र पेश किए जाते हैं, एक नारद का और एक कलह का। उनकी बातचीत एक काव्य-गाथा में लिखी हुई मिलती है। जिसमें कलह ख़ून की प्यासी होकर अपने पति नारद से कहती है–कुछ करो, मैं तो कब से भूखी-प्यासी बैठी हूं। नारद उसे समझाता है कि तू आंगन में बैठकर चरख़ा क्यों नहीं कातती, कुछ रांधती-पकाती नहीं, यह क्या युद्ध की मांग लिए रहती है। और कलह करती है– मैं ख़ैकाल की बेटी हूं, विनाशक की बेटी, तू कैसा पति मिला है, कुछ कमाता नहीं, और मैं ख़ून की प्यासी पड़ी रहती हूं।

और नारद जब उसकी बात नहीं सुनता, तो कलह 'नादरशाह की वार' नाम के ग्रंथ में वक़्त के बादशाह नादरशाह के पास जाकर दुहाई देती है। वह उसकी बात सुनता है, युद्ध आरम्भ होता है, ख़ून की नदियां बहती हैं, और कलह खोपड़ियों में ख़ून डालकर पीती हुई ख़ुश होती है...

यही लोक-गाथा थी, जिसका संकेत कविता के फ़ुटनोट्स में दिया हुआ था, 'लोक-गाथा की चुड़ैल, डायन और कुपत्ती नार की प्रतीकमय वरतों।'

उन दिनों जो अख़बार वाले मेरे घर पर आए, मैंने उनको यह कहानी सुनाते हुए कहा– आप लोग ज़बरदस्ती इस कविता को सियासी रंग न दें, इसके प्रतीक को समझें।

लेकिन मेरी यह बात किसी अख़बार ने नहीं सुनी और वह बराबर लिखते रहे कि ये सब गालियां इंदिरा जी के लिए हैं।

मेरी आंखों में एक बार पानी भर आया, इंदिरा जी से ही मुख़ातिब[1] होकर कहा– "देखिए, इंदिरा जी, देखिए, यह सब क्या हो रहा है, और वह भी आपके नाम पर..."

इंदिरा जी में कुछ ऐसी ख़ासियतें थीं, जिन्हें मैंने पास से देखा था, और कई बार लिखा था कि यह हमारे देश की बदनसीबी है कि इंदिरा जी को पहचान नहीं पाया और उन्हें अपने हाथों खो दिया...

अख़बारों में फैलाई जा रही ग़लतफ़हमियों का कोई अंत नहीं था। मेरे हिंदी-पंजाबी के समकालीन मुझ पर बरस रहे थे। किसी ने यह लिखा– 'अमृता एक 'लाबी बनाकर रखती है, और आजकल यह हरिंदर सिंह 'महबूब' (इस काव्य-संग्रह का कवि) उसकी लाबी में है।' लेकिन हक़ीक़त यह है कि मैंने उसे आज तक नहीं देखा। पहली बार जब किताब सामने आई, तो मैं उसके नाम से भी वाक़िफ़ नहीं थी। किसी ने पूछा, तो पता चला कि यह गुमनाम-सा आदमी फ़कीर तबीयत का है, बरसों से काव्य-साधना में है, लेकिन किसी अख़बार रिसाले[2] में प्रकाशित नहीं होता।

इसी तरह किसी अख़बार ने लिखा– 'अमृता स्वयं मानती है कि इस संग्रह में सात पुस्तकें दर्ज हैं, जिनमें से बहुत-सी तीन साल पहले प्रकाशित हो चुकी हैं।' हालांकि हक़ीक़त यह थी कि किताब के मुख्य पृष्ठों में से मैंने वह पंक्तियां ख़ुद निकालकर अकादमी को दी थीं, जिनमें लिखा हुआ था, 'यह सात संग्रह बरसों से मेरे पास थे, अगर मैं इन्हें अलग-अलग प्रकाशित करता, तो बहुत समय लगता। साथ ही बहुत पैसा भी मेरे पास दोनों की कमी है।'

बीच में यह हादसा भी हुआ कि यूथ कांग्रेस के लोग अकादमी में गए, बाहर खड़े होकर अकादमी के एक बड़े अफ़सर को बुलाया कि हम सिर्फ़ अपना पत्र उन्हें देना चाहते हैं, जिसमें इस पुरस्कार की मुखालफ़त हैं। लेकिन जब अफ़सर श्री ओ.पी. शर्मा बाहर निकले, वह पत्र लेने के लिए, तो यूथ कांग्रेस के लोग

---

1. सम्बोधित, 2. पत्रिका।

उन पर टूट पड़े, उनके कपड़े फाड़ दिए, और उनके चेहरे पर कालिख़ पोत दी ... ऐसे वक़्त पर पुलिस साथ रहती है, लेकिन पुलिस देखती रही...

यह सब मेरे लिए बहुत तकलीफ़देह था, यह भी कि इसमें अकादमी के सेक्रेटरी श्री इन्द्रनाथ चौधरी पर कई इल्ज़ाम दिए जा रहे थे। मैं मानती हूं कि श्री इन्द्रनाथ चौधुरी जैसा ज़हीन इन्सान कभी ही किसी संस्था को नसीब होता है। इसलिए मैंने 15 जुलाई के दिन अकादमी से त्याग-पत्र लिख दिया। यह बात अलग है कि मेरे त्याग-पत्र के लिए श्री इन्द्रनाथ चौधरी मुझसे सहमत नहीं थे।

मैं त्रिक भवन में खड़ी देख रही थी कि मेरे समकालीन कहां तक नीचे उतरते हैं। देखा कि एक मेरी समकालीन ने यह भी लिखा– 'यह कालिख श्री शर्मा के चेहरे पर नहीं पोतनी चाहिए थी, यह तो अमृता के चेहरे पर पोतनी चाहिए थी।'

ऐसे कड़े वक़्त में इमरोज़ मेरे हर अहसास में उतर जाते हैं। कहने लगे– यह सब छोड़ दो, सब अख़बार फेंक दो, आओ रजनीश पढ़ें!

रजनीश की पुस्तकों के लिए, मेरी लाइब्रेरी में एक अलग अलमारी भी है, मैं लाइब्रेरी में गई, और सामने जो किताब आई, उठा लाई, वह किताब थी– 'देख कबीरा रोया'। देखा अजीब इत्तफ़ाक है, उस किताब में कितनी ही वो घटनाएं हैं, जिन्हें रजनीश झेलते रहे। वह कहते कुछ थे, और अख़बारों वाले कुछ और ही पेश करते थे। उन्हीं में से एक वाक़या है— जब रजनीश जी ने कहा– "गांधी मूलतः एक नैतिक व्यक्ति हैं। राजनीति से उनका कोई बुनियादी संबंध नहीं हैं। राजनीति एक आपद् धर्म थी, मुल्क में एक आग थी, ग़ुलामी थी, उसे दूर करने को उन्हें कूदना पड़ा। लेकिन मूलतः वह सत्य की खोज में जाने वाले एक नैतिक साधक हैं। गांधी पर हिन्दुस्तान के आध यात्मिक चिंतकों को बार-बार विचार करना पड़ेगा, क्योंकि गांधी ने आध्यात्मिक जीवन और सामान्य जीवन के बीच एक सेतु निर्मित करने का प्रयास किया है..."

और वह लिखते हैं, "मैं गुज़रात गया, वहां लोगों ने कहा कि वहां के नेता मेरा बहिष्कार करेंगे, गुज़रात में नहीं आने देंगे। अगर मैं गांधी के ऊपर कुछ विचार करूंगा तो मेरा बहिष्कार किया जाएगा...

"मैं दिल्ली में बोला, तो दूसरे दिन ही एक पत्र आया, लिखा था कि महाशय आपको फौरन सेंट्रल जेल भेज दिया जाना चाहिए..."

इसी सिलसिले में रजनीश लिखते हैं, "गांधीवादी से ज़्यादा गांधी का शत्रु और कोई नहीं। बाद में बांध देना ही गांधी की मृत्यु है। मैं गांधी को वाद से मुक्त रखना चाहता हूं, ताकि वह सदा जीवित रहें..."

और मैं सोचने लगी—क्या यही सब हर तरफ़ नहीं हो रहा? साहित्य के शत्रु भी तो साहित्य में ही पैदा होते हैं...

एक जगह रजनीश एक वाक़या सामने लाते हैं–"मैंने गांधी की आलोचना की तो दो मित्रों ने आकर कहा कि आप यह बात ही मत करिए, गुजरात सरकार नारगोल में छः सौ एकड़ ज़मीन आपके आश्रम को। पहले ज़मीन मिल जाने दीजिए, फिर आपको जो कहना है, कह लेना। मैंने कहा–भगवान करे, सत्य मुझे संपत्ति से हमेशा मूल्यवान मालूम पड़े। वह ज़मीन जाए, जाने दो ...भगवान करे, इतना चालाक मैं हो जाऊं कि संपत्ति, सत्य से ज़्यादा मूल्यवान मालूम पड़ने लगे..." और यह पढ़ते हुए मुझे याद हो आया कि अभी इन दिनों किसी एक अख़बार में यह भी लिखा हुआ था कि अकादमी के पुस्कार में लेन-देन भी चलता है। लगा-कबीर इन्हीं बातों पर तो रो दिया था...

रजनीश अख़बारों की बात करते हुए एक वाक़या कहते हैं–"कल मुझे एक कार्टून दिखाया गया, किसी गुजराती अख़बार में निकला है। गांधी जी का एक चित्र है, और एक बूढ़ी चर्ख़ा कात रही है, नीचे लिखा हुआ है–दर्शन। और एक मेरा चित्र है, जिसमें दो नंगे लड़का-लड़की खड़े हैं, और नीचे लिखा हुआ है–दार्शनिक..."

और रजनीश एक प्यारी-सी बात कहते हैं–"आज से कुछ वर्ष पहले एक आदमी हिन्दुस्तान से चीन गया था, बौद्ध धर्म। चीन पहुंचा, तो लोग परेशान हुए कि वह दीवार की तरफ़ मुंह करके बैठता था। पता चला एक दिन सम्राट आ रहे हैं, उन दूसरे फ़क़ीरों ने समझा या उसे कि सम्राट आ रहे हैं, अब यह आदत छोड़ो। आज दीवार की तरफ मुंह करने से नहीं चलेगा। उस वक़्त बौद्ध धर्म हंसने लगा। उसने कहा– मेरे लिए तो कोई भी आए, मैं दीवार की तरफ ही मुंह करूंगा। समझाया गया कि यह क्या पागलपन है। उसने

कहा–कारण इतना ही है कि लोगों की तरफ मैंने बहुत बार मुंह करके देखा, वहां भी दीवार पाई, तो मैंने सोचा कि नाहक़ परेशानी क्यों करनी है, मैं दीवार की तरफ़ ही मुंह करके बैठा रहूंगा..."

लगा–रजनीश मेरा हाथ पकड़कर कह रहे थे–"त्रिक भवन की ओर मत देखो! पीठ कर लो! सामने दीवार की ओर देखो, जहां से 'मैं' के पार जाना है! 'मैं' की दीवार के पार..."

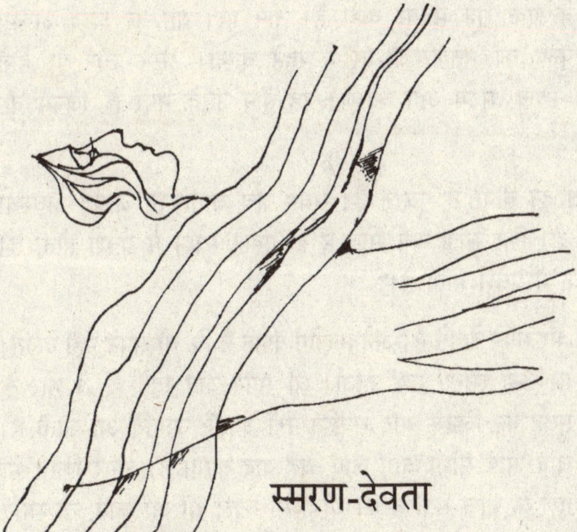

स्मरण-देवता

मेरी नींद ने एक पेड़ बोया था
यह किस बढ़ई की उंगलियां हैं
जो इस पेड़ की लकड़ी से
हज़ार सपने तराशने लगीं...

बरसों पहले जब मैंने यह नज़्म लिखी थी, एक गहरे अहसास में उतर गई थी, फिर भी बढ़ई को मैं कोई नाम नहीं दे पाई थी, जिसकी उंगलियां ज़िंदगी के हज़ारों सपने तराशती हैं...

अब यह नाम दे सकती हूं। जिस भारतीय चिंतन के मुताबिक़ 'स्वप्न, सुषुप्ति और जागृति में तीन शरीरों का निर्माण होता है' उसी के मुताबिक़ जब जागृति का निर्माण हो रहा होता है, वही जागृति एक बढ़ई हो जाती है, जिसकी उंगलियां हज़ार सपने तराशने लगती हैं...

तीन नगर की गाथा

कैवल्य उपनिषद् के अक्षर-अक्षर में उतरते हुए रजनीश कहते हैं–

"जीव तीन प्रकार के शरीरों में रमण करता है—स्थूल, सूक्ष्म और कारण में। जीवन का सारा प्रपंच इन तीन शरीरों पर निर्भर है। और इन तीन शरीरों को उपनिषद् के एक सूत्र में पुर कहा है। तीन पुर। यह पुर शब्द आत्मा के लिए है। पुरुष का मतलब है–पुर में रहने वाला। उसके तीन पुर होते हैं, तीन नगर—स्थूल, सूक्ष्म और कारण। यह तीन उसके नगर हैं, जिनमें वह यात्रा करता है..."

"हम रोज़ इन तीनों से गुज़रते हैं। सुबह जब जागते हैं, जाग्रत अवस्था में प्रवेश होता है। फिर सांझ जब सोते हैं तो पहले स्वप्न में प्रवेश होता है। स्वप्न से सुषुप्ति में प्रवेश होता है।"

"हम रात-भर सपने देखते हैं। अनेक लोग कहते हैं कि वो सपने नहीं देखते। वह देखते हैं, पर उन्हें स्मरण नहीं रहता। जो सपने याद रहते हैं, वे भोर के सपने होते हैं, सुबह के, जिनके बाद सुषुप्ति नहीं आती, जागृति आ जाती है। जिस सपने के बाद आप सीधा जाग जाएं, वह याद करता है। अगर किसी भी सपने और जागरण के बीच सुषुप्ति का थोड़ा-सा काल भी आ जाए, तो स्मृति का संबंध विच्छेद हो जाता है। स्मृति तो बनती है। बोध नहीं रहता। स्मृति बनती नहीं, ऐसा नहीं है। स्मृति निर्मित होती है, पर अचेतन में चली जाती है।"

सुषुप्ति की अवस्था

रजनीश तीन नगर की गाथा में उतरते हुए सुषुप्ति की मूर्च्छित अवस्था का ब्यौरा देते हैं–"सुषुप्ति के बिना मृत्यु घटित नहीं हो सकती। इसलिए कि सुषुप्ति में सारा बोध खो जाता है। मृत्यु की पीड़ा भी अनुभव नहीं होती। डॉक्टर एक हड्डी निकालता है, और मार्फ़िया देता है। मार्फ़िया देकर वह आपको ज़बरदस्ती सुषुप्ति में ले जाता है। तभी हड्डी निकाली जा सकती है, अन्यथा असंभव है।"

"जन्म भी सुषुप्ति में होता है, मृत्यु भी गहन सुषुप्ति में घटित होती है। पिछले जन्म का कुछ भी याद न रहने का कारण सिर्फ़ इतना है कि बीच में इतनी लम्बी सुषुप्ति होती है कि दोनों ओर-छोर के संबंध छूट जाते हैं। सुषुप्ति में ही मृत्यु होती है, सुषुप्ति में ही पुनर्जन्म होता है। मां के पेट में बच्चा सुषुप्ति में ही होता है।"

स्वप्न अवस्था

"जो बच्चे मां के पेट में सुषुप्ति में नहीं होते, वे मां के स्वप्नों को प्रभावित करने लगते हैं। सिर्फ़ कोई-कोई बच्चा एक-आध बच्चा, मां के पेट में स्वप्न अवस्था में होता है। लेकिन सिर्फ़ वह बच्चा, जिसकी पिछली मृत्यु स्वप्न अवस्था में हुई है।"

यह विज्ञान मेरी जानकारी में नहीं था, जब बीस साल पहले मैंने एक नज़्म लिखी थी– 'नौ सपने'। गर्भ के नौ महीने, नौ सपनों की तरह मानकर, मैंने वह नज़्म मां तृप्ता पर लिखी थी, जब गुरु नानक जैसा बच्चा उसकी कोख में था।

पहले सपने में मां उस नदी पर जाती है, जहां चांद तैरता हुआ दिखता है। मां हथेलियों में चांद लेकर नदी का पानी पीती है, और फिर उसे लगता है, वही चांद का पानी उसकी कोख में उतर गया है...

दूसरे सपने में मां को लगता है, किसी ने उसकी कोख में एक नीड़ बना लिया है, और जब वह अंतर में देखती है, हैरान देखती रह जाती है–"क्या मां को ईश्वर का दीदार कोख में से होता है?"

तीसरे सपने में मां दूध बिलोने बैठती है, तो चाटी में से मक्खन-सा सूरज निकल आता है...

चौथे सपने में मां गेहूं फटकती है, तो छाज सितारों से भर जाता है...

पांचवें सपने में मां एक ध्वनि सुनती है, जो जल-थल से उठ रही है, सोचती है, क्या यह ममता का गीत है या ईश्वर की काया का गीत है? और उसे एक हिरणी की तरह अपनी नाभि से कस्तुरी की-सी सुगन्ध आती है...

छठे सपने में मां जल का एक स्रोत देखती है, जहां एक हंस उड़ता हुआ आता है, और जगने पर उसे लगता है कि हंस का पंख उसकी कोख में हिलता है...

सातवें सपने में मां की झोली में एक नारियल आ जाता है, और घर के दरवाज़े पर लोग-ही-लोग दिखाई देते हैं, जो नारियल की गिरी का प्रसाद लेने आए हैं...

आठवें सपने में मां को अंतर-दृष्टि मिलती है, और बच्चे को पहनाने के लिए वह जो किरनों का कपड़ा बुन रही है, उसे लगता है, यह तो सच-सी वस्तु है, चांद सूरज की किरणें भी इसके लिए कोई ओढ़न नहीं बुन सकतीं...

और नौवें सपने में, मां उसकी कोख के सामने माथा नवा देती है कि जो भी कोख में है, वह न अपना है, न पराया है, यह तो अज़ल का योगी है, जो घड़ी भर के लिए मेरी कोख की आग तापने आया है...

यह नज़्म 'नौ सपने' लिखने के बहुत बाद एक इत्तफ़ाक हुआ, जब मैंने रानी त्रिशला के चौदह सपने पढ़े, और जाना कि हर तीर्थंकर के जन्म के समय उसकी मां को चौदह सपने आते हैं, जिनमें उसे ऐरावत हाथी, चांद, सूरज, ध्वजा, कलश, पद्म सरोवर, क्षीर समन्दर, रत्न और धुआं रहित अग्नि दिखाई देती है। लेकिन अब इसके विज्ञान को रजनीश जी से जान पायी हूं...

"जब बच्चा मां के पेट में हो, तो मां का गुण-धर्म बदल जाता है, जो बच्चा मां के पेट में स्वप्न में रहेगा, उस बच्चे के कारण मां के मन में अनेक स्वप्न पैदा होंगे। बुद्ध और महावीर, विशेषकर चौदह तीर्थंकरों के संबंध में कथा है कि जब भी वे मां के पेट में आए, तो मां ने विशेष सपने देखे। चौबीस तीर्थंकर की मां ने एक से ही सपने देखे, सैकड़ों-हज़ारों साल के फ़ासले पर। तो जैनों ने उसका पूरा विज्ञान निर्मित किया। तब निश्चित हुआ कि इस तरह के सपने जब किसी मां को आएं, तो उसके पेट से तीर्थंकर पैदा होगा। वे सपने निश्चित हो गए। बुद्धों के सपने भी तय हैं कि जब बुद्ध की चेतना का व्यक्ति कहीं पैदा होगा, तो उसके सपने क्या होंगे। वे सपने तभी पैदा हो सकते हैं, जब भीतर आया हुआ व्यक्ति स्वप्न की अवस्था में हो। यह तभी होता है, जब पूर्व जन्म में भी उसकी मृत्यु स्वप्न की अवस्था में हुई हो..."

जाने कितना कुछ हमारे सबके अचेतन में होता है, सोया हुआ, मूर्च्छित पड़ा हुआ, जिसे साधना में उतरने वाले, अपनी साधना से जगाते हैं। और मैं अपने अनुभव से कह सकती हूं कि बहुत कुछ है, मेरा अपना, जो मैं जानती नहीं थी, और उसे रजनीश जी ने जगाया है...

तीन नगर की गाथा का एक क्रम तो यह है, जिससे इन्सान रोज़ गुज़रता है, सुबह उठता है, तो जागृत अवस्था में प्रवेश पाता है, रात होती है, सो जाता

है, तो स्वप्न अवस्था में उतर जाता है, और नींद गहरी हो जाए, तो सुषुप्ति में चला जाता है, लेकिन एक दूसरा क्रम है, इस भाषा को गहराई से देखने का, जिसे रजनीश जी ने लफ़्त दिए हैं–

"बच्चा मां के पेट में चौबीस घंटे सोता है, पैदा होकर तेईस घंटे सोता है। फिर बाईस घंटे, फिर बीस घंटे... वह सुषुप्ति से बाहर आ रहा है। धीरे-धीरे जब नींद कम होती जाती है, वह स्वप्न अवस्था में प्रवेश करता जाता है...

"स्वप्न शरीर से जब पूरी तरह छूटता है, तब क़रीब चौदह बरस का होता है। तब काम-प्रौढ़ता आती है, और वह स्थूल शरीर में प्रवेश पाता है...

"एक बहुत बड़ा प्रयोग भारत में हुआ था, और हम पचीस साल तक बच्चों को प्रौढ़ता से रोकने के अद्भुत परिणाम को उपलब्ध हुए थे। गुरुकुल में रहने वाले बच्चे अगर चौदह बरस की आयु में प्रौढ़ हो जाते, तो पचीस वर्ष की आयु तक उन्हें ब्रह्मचारी रख पाना असंभव था। प्रयोग यह था कि पचीस वर्ष तक उनको विशेष तरह का भोजन दिया जाता था, विशेष तरह का वातावरण दिया जाता था, और वहां कामुकता की कोई गंध, कोई ख़बर नहीं थी, वह प्रयोग उन्हें स्वप्न अवस्था से बाहर नहीं आने देता था। यह मौका था कि तब उन्हें जो भी सिखाया जाता, वह उनके स्वप्न शरीर में प्रवेश कर जाता था...

"चौदह वर्ष की आयु में जो प्रवेश स्थूल शरीर में होता है, उसे रोका जा सकता है, कम-ज़्यादा किया जा सकता है..."

ठीक इसी रोशनी में जब मैंने अपनी नज़्म को देखा, जो उठती जवानी में लिखी थी, तो गहरे से देख पाई कि वह बढ़ई, जो पेड़ की लकड़ी से सपने तराशता है, वह जागृत अवस्था है। स्वप्न अवस्था से निकलकर जागृति में प्रवेश पाने का वक़्त...

इसी तरह कई बरस पहले मैंने तिब्बत का वह प्रयोग एक किताब में पढ़ा था, जिसे बारदो कहते हैं। किसी व्यक्ति की मौत के समय, उसे निर्देशित किया जाता है कि अब तू जिस राह से होकर उस दूसरी दुनिया में जाएगा, वह राह कैसी होगी... वहां कैसे-कैसे पेड़ होंगे...

यह एक बहुत लम्बा प्रयोग है, जिस पर तिब्बत ने बहुत मेहनत की है।

लेकिन यह पढ़ते हुए मैं इसके विज्ञान को नहीं पकड़ पाई थी। अब देखा कि रजनीश जी ने उस विज्ञान को पकड़ा है। कहते हैं–

"बारदो का प्रयोग वैज्ञानिक है। व्यक्ति मर रहा होता है, तब उसे जगाए रखने के सब उपाय किए जाते हैं सुगन्धि से, प्रकाश से, संगीत से, कीर्तन से, भजन से उसे जगाए रखने के प्रयोग किए जाते हैं। जैसे ही वह सुषुप्ति में उतरने लगता है, बारदो सूत्र कहे जाते हैं...

"बारदो के सूत्र ऐसे हैं, जो स्वप्न को पैदा करने में सहयोगी हैं। अगर स्वप्न में किसी व्यक्ति की मृत्यु हो, तो उसे दूसरा जन्म, पिछले जन्म की याददाश्त के साथ मिलेगा। ऐसा बच्चा मां के पेट में भी स्वप्न अवस्था में रहेगा। ऐसा बच्चा नया जन्म भी स्वप्न की अवस्था में लेगा। इस तरह के बच्चे में और सुषुप्ति में जन्म लिये हुए बच्चे में बुनियादी फ़र्क़ होगा। जन्म में फ़र्क़ होगा..."

जागृति

तीन नगर की गाथा का सिलसिला बहुत लम्बा है, एक गोल दायरे में चलता हुआ। रजनीश जी के अल्फ़ाज़ में–"पिछले जन्मों के कर्मों से प्रेरित हुआ मनुष्य सुषुप्त अवस्था से पुनः स्वप्न और जागृत अवस्था में आ जाता है। जब भी नया जन्म होता है, पिछले जन्मों के सारे कर्मों को, प्रभावों को, संस्कारों को लेकर सुषुप्त में पैदा होता है। फिर स्वप्न में आता है, फिर जागृति में आ जाता है...

"और जब स्थूल शरीर गिरने लगता है, जीवन का सार जो जागृति में घटता है, वहीं सार स्वप्न में इकट्ठा हो जाता है। फिर स्वप्न का संग्रह किया हुआ सार, कारण शरीर में उतर जाता है, एक बीज बनकर...

"वही बीज नए जन्म की शुरुआत बनेगा, फिर स्वप्न उठेंगे, फिर जागृति का वृक्ष फैलेगा..."

तीन नगरों की यात्रा करते हुए, इन नगरों से बाहर जाना है, इस चेतना की घटना अगर घट सकती है, तो जागृति में। कहना होगा कि यह चेतना एक स्मरण है, और यह स्मरण आ जाए, तो इस यात्रा को एक दर्शक की तरह देखते हुए, यात्रा से मुक्त होने का समय आ सकता है...

यह चेतना की संभावना है, यह दर्शक हो जाने का वह स्मरण है, जो चेतना को आ सकता है।

मेरी ज़िन्दगी में यह स्मरण दो राहों से आया है।

एक, जिसके पीछे एक गाथा चली आती है कि आकाश-गंगा से देवता लोग रोज़ पानी लेने आते हैं और अपने अनुभव को लेकर, उसी गाथा की रोशनी में मैंने लिखा था—

आकाश गंगा बह रही थी–
जब सितारे मटकियां लेकर आए
तो उनकी मटकियों से कुछ पानी छलक गया
उसी पानी के क़तरे मुझ पर बरस गए
और प्राणों से भी प्रिय एक संस्मरण हो आया...

यह सितारों की– देवताओं की मटकियों से गिरा हुआ पानी, मैं समझती हूं, मेरे अचेतन मन का संकेत है, जिससे चेतना जागृत हुई...

और फिर आकाश-गंगा के उसी पानी से जो क़तरे बरस गए, मैं समझाती हूं, वह रजनीश जी के अक्षर हैं, जिनमें मैं भीग गई...

रजनीश एक बहुत प्यारी घटना सुनाते हैं–

"मेरे और मेरे अनुभव के बीच एक फ़ासला बन जाए, तो जितना बड़ा फ़ासला होगा, उतना ही साक्षी जन्मेगा। यह फ़ासला जितना कम होगा, उतना ही साक्षी खी जाएगा। साक्षी का अर्थ है, किसी चीज़ से अलग हो जाना।

अगर कोई व्यक्ति अपने समस्त अनुभवों से अलग हो जाए, चाहे दुख हो, चाहे सुख, मेरी चेतना उस घटना में प्रवेश न करे, तो साक्षी का अनुभव शुरू होता है.....

"स्वामी रामतीर्थ यह प्रयोग करते-करते उस अवस्था में पहुंच गए, जहां भाषा बदल गई, जब वह अमरीका गए थे, उनका अपमान किया गया था। लौटकर आए, तो हंसते हुए कहने लगे– राम गया था बाज़ार में (रामतीर्थ उनका नाम था) और कुछ लोग राम को गालियां देने लगे। राम बड़ी मुसीबत में पड़ गए...

मित्रों ने पूछा–"आप तो ऐसे कह रहे हैं किसी और को गालियां दी गईं।" तो राम ने कहा–"ठीक ऐसा ही हुआ। मैं देख रहा था, गालियां देने वालों को भी, और राम को भी, जिस पर गालियां पड़ रही थीं।"

चेतना की संभावनाओं का पार नहीं पड़ता। वह किस दिशा से आती हैं, हम यह भी नहीं जान पाते। क़रीब पचास साल पहले, इससे भी पहले, जब ज़िन्दगी की मुश्किलों का सामना हुआ, अपनी भर-भर आती आंखों को देखा, मैं नहीं जानती, यह कैसे हुआ कि सहज मन मेरे होंठों पर आने लगा–

अमृता! मेरे पास आओ!

दिखाई देता था– मैं कहीं अपने से अलग खड़ी हूं, और अपने से परे, अपने को देख रही हूं, बहुत उदासी में लिपटी हुई एक छाया को, जिसे प्यार से बुलाती हूं, कहती हूं– मेरे पास आओ, अमृता मेरे पास आओ!

और यह फ़िकरा, ज़िन्दगी-भर मेरे साथ चलता रहा। एक मैं, ज़िन्दगी के हालात से टकराती हुई, जाने कितनी बार रोई, और एक मैं शांत खड़ी उसे देखती रही, प्यार से अपने पास बुलाती रही, और यह अहसास बना रहा कि वह जो मेरे से दूर तड़पती-सी खड़ी है, अकेली, उसे दुनिया में कोई नहीं झेल पाएगा, और ऐसे हर वक़्त में, मैं उसे अपने पास बुलाती रही...

मैं नहीं जानती थी कि यह साक्षी होने का अहसास क्या है, क्यों है...

और आज जब सुनती हूं, रजनीश कहते हैं–

"खंड से अलग होते ही अखंड की छाया पड़नी शुरू हो जाती है। खंड के भीतर एक सोया हुआ भाव था, जिसे जागरण पकड़ता है, और अपने से पार आंख उठती है। खंड अपने से बाहर निकलता है, अपने से ऊपर उठता है, जाग कर अपने से पार देखता है..."

मैं नहीं जानती कि एक-एक शक्ति को लेकर एक-एक देवता का नाम कब हुआ! पानी का देवता वरुण कब हुआ, आंधी-तूफान का देवता इन्द्र कब हुआ! ये नाम किस तरह सामने आए कि वाणी की देवी सरस्वती हुई, धन-दौलत की लक्ष्मी हुई, पर यह जानती हूं कि रजनीश इस कलि-काल में स्मरण-देवता होकर आए...'

मेरी तरह जाने कितने लोग होंगे, जिनके अन्तर में बहुत कुछ था, पर उन्हें स्मरण नहीं था। और फिर रजनीश जी को पाकर उन्हें मेरी तरह बहुत कुछ स्मरण हो आया होगा। इसीलिए कहती हूं कि रजनीश स्मरण-देवता हैं, वह हर काल में स्मरण-देवता बने होंगे...

पवन, पानी और अग्नि की तरह, स्मरण शक्ति भी एक महाशक्ति है। इसके संकेत तो आदि-काल से मिलते रहे, पर यह आंख की सीमा में नहीं आती, इस लिए भूल-भूल जाती रही। और युगों के बाद यह वाणी रजनीश जी को मिली, इस शक्ति का आह्वान करने की...

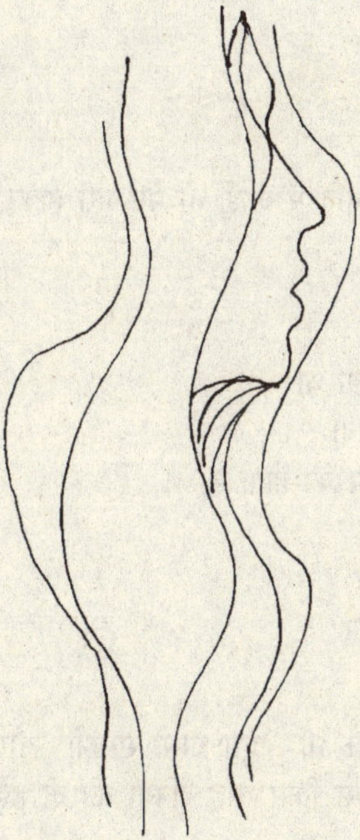

एक दिन

बरसों पहले लिखी मेरी एक कविता आज स्मृति में आई, तो मेरे पास होकर, मेरे सामने खड़ी मुस्करा दी...

वह कविता है–

दोस्त! तूने मुझे एक ख़त तो लिखा था
लेकिन दुनिया की मार्फ़त डाल दिया
दोस्त! ऐसा ख़त तो धरती के नाप का होता है,
आसमान के नाप का होता है
और वह दुनिया वालों ने पकड़कर
एक क़ौम के नाप जितना कतर कर
एक क़ौम के नाप का कर दिया...

आज मेरे हाथ में रजनीश जी की पुस्तक थी– 'एस धम्मो सन्तनो' और मैं देखे जा रही थी कि रजनीश अपने पोरों से किस तरह दुनिया की दी हुई है हर गांठ को खोले जा रहे हैं...

कांटों की बददुआ

रजनीश जी के अक्षर उनकी आत्मा में भीगे हुए कह रहे थे–"इधर बहुत वर्षों से बहुत तरह के लोग मेरे निकट आए। धीरे-धीरे मुझे अनुभव हुआ कि अगर

मुझे उन लोगों को तृप्ति देनी है, जिनका सम्बन्ध मस्तक से है, तो वे लोग जो हृदय के कारण मेरे क़रीब आए हैं, कुम्हला जाएंगे...

जो लोग हृदय के कारण मेरे पास आए हैं, अगर उनके लिए मुझे बरसना है, तो मस्तक के कारण जो लोग मेरे पास आए हैं, वे दूर हट जाएंगे। न केवल दूर हट जाएंगे, नाराज़ भी होंगे...

"नाराज़ हैं वे, विरोध में हैं। हज़ार तरह की आलोचना और निन्दा उनके मन में हैं, पर सोचता हूं, एक कली भी खिल जाए और हज़ार कांटे गालियां देते रहें, क्या फ़र्क़ पड़ता है..."

लगा–यही तो है, उस ख़त का रहस्य, जो अंतर मन लिखता है, और उसे सीधा पाना होता है, दुनिया की मार्फ़त नहीं। दुनिया तो उसे काट-छांट कर किसी क़ौम के नाप का कर देगी, किसी समाज के नाप को कर देगी, किसी वाद के नाप का कर देगी...

रजनीश एक-एक सीमा के ब्यौरे में उतरते हैं– "समाज का अर्थ है, आदमियों ने अपनी मूढ़ता, अपने अज्ञान, अपने अहंकार का जो ताना-बाना बुना है; आदमियों की जो भीड़ है, भीड़ का जो मन है, सभी आदमियों के अज्ञान का जो जोड़ है, अहंकार का जो जोड़ हैं, वह समाज है... .

समष्टि से अर्थ है–परमात्मा, अस्तित्व।

उसमें आदमी का ही सवाल नहीं है, वृक्ष भी सम्मिलित हैं, चट्टानें भी, चांद-तारे भी। सब कुछ सम्मिलित है। समष्टि का अर्थ है, जो है, सारे का सारा। वह जो सारा अस्तित्व है, उसके साथ तुम्हारा संघर्ष छूट जाए..

"दूसरी एक भीड़ आदमियों की है, वह दूसरा गिरोह है, जिसने सारे अस्तित्व की फ़िक्र छोड़ दी है, और अपने ही नियम बना लिये हैं। आदमियों की भीड़ ने अपना ही शास्त्र बना लिया है। अपने ही रीति-रिवाज और अपनी ही परम्परा बना ली है। वह अस्तित्व के ऊपर एक ज़बरदस्ती का आरोपण है...

"प्रत्येक व्यक्ति को अनूठे होने की हिम्मत रखनी चाहिए। इतना साहस रखना चाहिए कि भीड़ तुम्हें डुबो न दे। नहीं तो तुम अपनी आत्मा को कभी खोज ही न पाओगे। समाज से मुक्त होने की हिम्मत चाहिए। क्योंकि समाज निम्नतम तल पर

जीता है। मूढ़ों की बड़ी संख्या है! उनकी ही भीड़ है। उनका ही बहुमत है। इसलिए तुम भीड़ के साथ खड़े हो, तो तुम्हें निम्नतम के साथ खड़ा रहना पड़ेगा। अगर तुम भीड़ की मानकर चलते हो, तो तुम पाओगे कि तुम अपने श्रेष्ठतम की पुकार को नहीं सुन सकते फिर हमें निकृष्ट की पुकार ही सुननी पड़ेगी..."

मैं कभी रजनीश जी के अक्षरों की ओर देखे जा रही थी, और कभी अपनी कविता के अक्षरों की ओर, और इस रहस्य को पा रही थी कि बरसों पहले जब मेरे अचेतन से उठकर एक लकीर-सी मेरे अक्षरों में ढल गई थी, आज रजनीश उसी लकीर की बात कर रहे हैं, उसी की एक गहरी पहचान मुझे दे रहे हैं। कह रहे हैं– "तूने देख लिया कि अन्तर-मन का लिखा हुआ ख़त अगर दुनिया की मार्फ़त आए, एक भीड़ की मार्फ़त आए, तो क्या होता है? भीड़ उसे कैसे काट-कतर कर, अपने निम्नतम के नाप को कर लेना चाहती है..."

कविता की दूसरी पंक्तियां हैं–

ये तेरा ख़त, जो मेरे नाम था
उसकी बात चली तो लोग कहने लगे–
वह तो मज़हब के बदन पर ठहरती नहीं,
बहुत बड़ा है
और उन लोगों ने–
उस ख़त की इबारत[1] को–
कई जगह से फाड़ दिया...

यह आज का दिन मेरे लिए एक बहुत ही प्यारे अनुभव का था, जहां मैं अकेली भी थी, और अकेली नहीं भी थी। रजनीश थे, पर निराकार होकर एक आकार के साथ चलते हुए और आहिस्ता से कहते हुए–

"भीड़ की फ़िक्र छोड़ दो! उदासीन हो जाओ! उसे जो करना है, करने दो। चांद-तारों की ओर देखो! आदमी की तरफ़ थोड़ी पीठ कर लो! झरनों और सागरों की आवाज़ सुनो! आदमी के कच्चे शास्त्रों में मत उलझो! परमात्मा का शास्त्र चारों तरफ़ मौजूद है, उस सूत्र को पकड़ लो, जिसको बुद्ध कहते हैं– ओम धम्मो, सनंतनो...

---

1. लेखन।

"आदमी के बनाए मंदिरों में बहुत पूजा कर चुके, उन्होंने सिर्फ़ तुम्हें बांटा, काटा...

विराट उसका ही मंदिर है। ये सभी मूर्तियां उसी अमूर्त की हैं, ये सभी रूप उसी अरूप के हैं, और ये सभी नाम उसी अनाम के हैं..."

समाज और धर्म के नाम पर जो संस्थाएं बनीं, जो संकरी गलियां बनीं, रजनीश उसी के ब्यौरे में उतरते हैं–

जब बुद्ध पुरुष बोलते हैं, तो वे कहीं शिखर से बोल रहे हैं। तुम अपनी घाटियों से, अंधेरी वादियों से सुनते हो। तुम्हारा अंधेरा तुम्हारे श्रवण में सम्मिलित हो जाता है। तुम्हारा अंधेरा, तुम जो सुनते हो, उसकी व्याख्या करने लगता है। तुम्हारा अंधेरा, तुम जो सुनते हो, वही नहीं सुनते, कुछ और तुम्हें सुनाई देता है। बुद्ध कुछ और बोलते हैं, तुम कुछ और सुनते हो...

"धर्म थोड़ी देर के लिए शुद्ध रहता है, बड़ी थोड़ी देर के लिए। तुम्हारे सुनते ही उपद्रव शुरू हो गया। तुम सम्प्रदाय बनाओगे, तुम शास्त्र निर्मित करोगे। वे शास्त्र, सम्प्रदाय, वे सिद्धान्त, वे धर्म तुम्हारे होंगे, बुद्ध पुरुषों के नहीं। बुद्ध पुरुषों का तो बहाना होगा। धीरे-धीरे बहाना भी हट जाएगा, लकीरें रह जाएंगी, मुर्दा।"

और रजनीश जी की एक पंक्ति मेरे भीतर उतरकर मेरी काया मेरी काया की मिट्टी में अंकित होने लगी– सम्प्रदाय समाज का हिस्सा है, धर्म आत्मा की क्रान्ति है...

और जो अहसास पा रही थी कि मैं अकेली भी हूं, और अकेली नहीं भी हूं, अचानक रजनीश जी की पुस्तक के कुछ पृष्ठ पलटे गए, और देखा, सामने कुछ पंक्तियां थीं, जो मेरे से बातें कर रही थीं–

"जिसके साथ होकर भी तुम अकेले रह सको, वही साथ करने योग्य है। जिसके साथ होकर भी तुम्हारा अकेलापन दूषित न हो, तुम्हारी तन्हाई, तुम्हारा एकान्त शुद्ध रहे, जो अकारण तुम्हारी तन्हाई में प्रवेश न करे, जो तुम्हारी सीमाओं का आदर करे, जो तुम्हारे एकान्त पर आक्रामक न हो, तुम बुलाओ तो पास आए, उतना ही पास आए, जितना तुम बुलाओ, तुम जब अपने भीतर उतर जाओ, तो तुम्हें अकेला छोड़ दे..."

"बुद्ध ने भिक्षुओं का बड़ा संघ खड़ा किया। ऐसे लोगों को संग साथ, जो संग होते हुए भी संग नहीं होते। जिनका अकेलापन क़ायम रहता है। दस हज़ार भिक्षु बुद्ध के साथ चलते थे। बड़ी भीड़ थी। लेकिन ऐसा सन्नाटा छाया रहता था, जैसे बुद्ध अकेले चलते हों। दस हज़ार लोग चलते थे, अकेले-अकेले चलते थे। दस हज़ार लोग साथ-साथ नहीं चलते थे। अपने-अपने भीतर जा रहे थे। दूसरे से सेतु नहीं बनाते थे। अंतर यात्रा का मार्ग राजपथ जैसा नहीं होता, पगडंडियों-सा होता है, और हर व्यक्ति को अपने भीतर की पगडंडी आप ही खोजनी होती है..."

बरस गुज़र गए, जब मैं चेतना की इस यात्रा पर चल दी थी। उस कविता में, जहां मेरे अंतर का ख़त दुनिया की मार्फ़त आया हुआ, अक्षर-अक्षर काट दिया गया था, उसी कविता की अंतिम पंक्तियों में मैंने कहा था—

और जो ख़त मुझे नहीं मिला
पर जिसकी मार्फ़त आया
वह दुनिया दुखी है– कि मैं
उस ख़त के जवाब जैसी हूँ...

अपनी इन सभी पंक्तियों को मैंने जिया है। पर यह अहसास पहले नहीं पाया था कि इस मात्रा में मैं अकेली भी हूं, और अकेली नहीं भी हूं। और इस थोड़े से बरसों में पाया है कि रजनीश कभी मेरी तन्हाई में प्रवेश नहीं करते, लेकिन जितना बुलाती हूं, उतना भर मेरे पास चले जाते हैं। और फिर जब अपने भीतर उतर जाती हूं, तो मुझे वह अकेला छोड़ देते हैं–

अनुभव की ख़ामोशी को सौन्दर्य कहते नहीं बनता, इसलिए इतना ही कहती हूं–ओशो! असीम के प्रति एक सीमा का नमस्कार लीजिए।

कांटों की बददुआ मुझे कुछ ज़्यादा ही लगी है, इन दिनों एक और वाक़या मेरे सामने आ गया था। जब किसी ने मेरी एक कहानी के नाम को लेकर क़ानून की शरण ले ली कि मैंने अपनी कहानी का नाम उसकी किताब के नाम से चुरा लिया है। और मैं हैरान-सी देखती रह गई कि मुझे उसकी किताब का इल्म तक नहीं था, और फिर यह इल्ज़ाम-तराशी[1] कैसे की गई...

---

1. आरोपित।

और यह भी पाया कि उसके कहने के मुताबिक़ जब उसकी किताब प्रकाशित हुई थी, मेरी कहानी उससे बीस साल पहले प्रकाशित हो चुकी थी।

मन की इसी खिन्न अवस्था में रजनीश को आवाज़ दी, तो पाया कि वह पास खड़े हैं, आहिस्ता से कह रहे हैं–"संन्यासी वह नहीं है, जो जंगल के एकांत में चला गया। संन्यासी वह हैं, जिसने भीड़ में अपने एकांत को पा लिया। वह अपने में है। तुम अपने में हो। दुखों के समूह बांधते हैं, बंधना नहीं।"

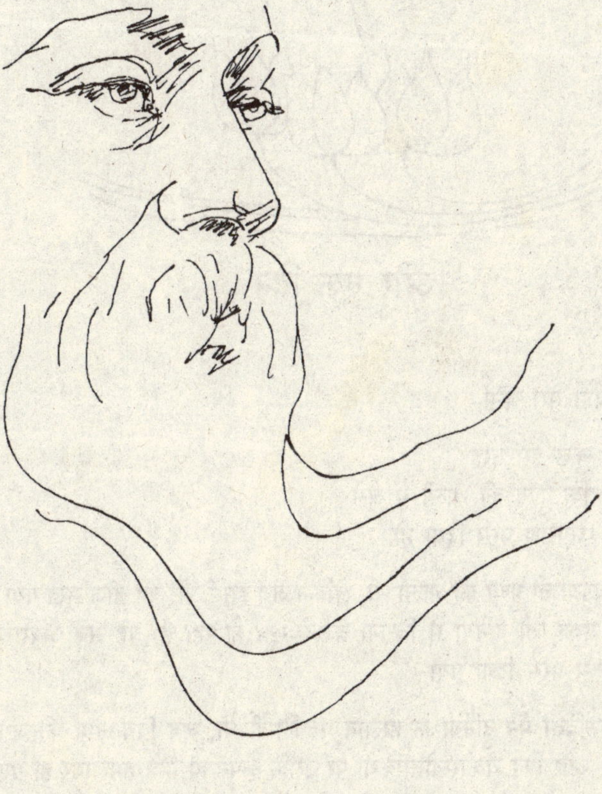

और एक दिन

मैं बिना मेरा जन्म–

कुछ इस तरह
कि पुण्य की थाली में जैसे
अपराध परस दिया हो...

यह काया तो पुण्य की थाली थी, लेकिन जब इसमें 'मैं' का बीज सूख गया, पनप नहीं सका, तो दुनिया में जितना क़त्लो-ख़ून हो रहा है, वह सब अपराध इसी थाली में परस दिया गया..

यह कविता मैंने दुनिया के हालात पर लिखी थी, जब वियतनाम की जंग हो रही थी, और फिर चैकोस्लोवाकिया पर उसके अपने ही मित्र हमलावर हो गए थे। लिखा था– 'कभी एक गोली मुझे हनोई में लगती है, तो दूसरी गोली प्राग में लगती है... और मेरा 'मैं' सतमासे बच्चे की तरह मर जाता है...

आज बरसों बाद में एक गहरे, अनुभव में उतर गई, जब रजनीश जी की एक पुस्तक 'एस धम्मो सनंतनो' मेरे सामने थी, और यह बरसों पहले

की लिखी हुई नज़्म मेरे पास आकर खड़ी हो गई, और मेरी तरह रजनीश जी के अक्षरों को देखने लगी... अक्षर बोल रहे थे– "ऐसा कर्म पुण्य है, जो तुम्हें बांधे न, जो परिधि पर अटकाए न, जो तुम्हें भीतर जाने की सुविधा दे, सीढ़ी बने। और ऐसा कर्म पाप है, जो तुम्हें भीतर न जाने दे, द्वार पर अटका ले, सीमा पर उलझा ले... ऐसा कर्म पाप है, जिससे तुम बाहर की अंधी यात्रा पर निकल जाओ। जो तुम्हें अपने से दूर ले जाए, वही पाप। जो तुम्हें अपने पास ले आए, वही पुण्य...

"पुण्य का अर्थ है– तुम्हारे आनन्द की, आहो भाव की दशा। पुण्य का अर्थ है–तुम्हारा नाचता हुआ आनन्दमय चैतन्य पुण्य का अर्थ है– तुम्हारे भीतर की बांसुरी बजती हुई।

"तो स्वभावतः दूसरे पर भी वर्षा होगी तुम्हारे संगीत की। सहज ही हो जाएगी। इसका हिसाब नहीं रखना। तुम्हारे भीतर की बांसुरी बजती होगी, तो दूसरों पर वर्षा सहज ही हो जाएगी। इसका हिसाब नहीं रखना..."

और रजनीश कर्म की व्याख्या में उतरते हैं–

"कृत्य का अर्थ है, तुम कुछ करोगे। करने में साक्षी भाव न खो जाए। अगर साक्षी भाव खो गया, तो कर्म बंधन बन जाता है। अगर साक्षी भाव बना रहा, तो कर्म तुम्हें बांधता नहीं, उसका कोई बल नहीं रहता। जब तुम किसी कृत्य से जुड़कर कर्ता हो जाते हो, तभी बल मिलता है कृत्य को। उसी से तुम बंध जाते हो..."

और मेरी कविता मंत्र-मुग्ध-सी उस पूरी क्रिया को देख रही थी, जब पुण्य की थाली में अपराध परस दिया जाता है...

जो चीख़ें वियतनाम में उठीं, पराग में उठीं, और इस धरती के जाने कितने टुकड़े हैं, जहां से बराबर चीखें उठ रहीं हैं– इन्सान को अपने ही कर्म से बांध रही हैं, वहां भीतर की बांसुरी कैसे बजेगी?

और कृष्ण, जो सबके भीतर होता है, आज कोई नहीं सोच पाता कि उस कृष्ण का क्या हुआ? बुद्ध की अहिंसा भीतर से खिल सकती थी, पर आज अनुमान भी नहीं होता कि उस फूल का रंग क्या होता है, गन्ध क्या होती है?

'मैं कहता आंखन देखी' में रजनीश कर्त्ता भाव से मुक्त होने की राह की ओर संकेत करते हुए कहते हैं–

साधना के तीन अंश हैं–

1. चित्त-विषयों के प्रति अनासक्ति,
2. चित्त-वृत्तियों के प्रति जागरूकता,
3. चित्त-साक्षी की स्मृति।

"चित्त-विषयों के प्रति अनासक्ति के संस्कार बनने बंद हो जाते हैं। चित्त-वृत्तियों के प्रति जागरूकता से उन वृत्तियों का क्रमशः विसर्जन प्रारम्भ होता है। और चित्त-साक्षी की स्मृति से स्वयं में प्रवेश का द्वार खुलता है...

"चित्त और चित्त-वृत्तियों के समग्र संस्थान का केन्द्र अंहकार है। उनके विलीन होने से वह विसर्जित हो जाता है। तब जो शेष रहता है, जिसकी अनुमति होती है, वह आत्मा..."

"आत्मा को जान लेना अहिंसा है। मैं यदि स्वयं को जानने में समर्थ हो जाऊं, तो साथ ही सबके भीतर जिसका वास है, उसे भी जान लूंगी। इस बोध से प्रेम उत्पन्न होता है, और प्रेम के लिए किसी को भी दुख देना असंभव है। किसी को दुख देने की यह असंभावना ही अहिंसा है..."

कहना चाहती हूं कि कुछ कविताएं ऐसी होती हैं, जो एक ही कोण से देखें, तो पकड़ में नहीं आतीं। इसलिए ज़रा 'मैं' लफ़्ज के पार जाकर 'मैं' को देखना होगा...

'मैं' लफ़्ज अक्सर वहां खड़ा होता है, जहां उसके पैरों के नीचे अहंकार की ज़मीन होती है। उसी ज़मीन के बल पर वह एक सत्ता पकड़ता है। वह सत्ताधारी 'मैं' सबसे पहले व्यक्ति को बांधता है, फिर इर्द-गिर्द के उन सबको, जिन पर उसका वश चलता है। वह 'मैं' एक मनफ़ीं ताकत है। वही पुण्य की थाली में अपराध परोसता है। लेकिन इस कविता का 'मैं' स्वयं के द्वारा स्वयं का पाया हुआ अनुभव है। और इस 'मैं' को पाने के लिए उस आम अर्थों वाले 'मैं' के पार जाना होता है।

मैं रजनीश को इसीलिए स्मरण-देवता कहती हूं कि जिस 'मैं' को हम भूल चुके, जिस स्वयं को, वह हर बात में उसी की याद दिलाते हैं...

यह कविता भी उसी को लेकर चलती है, जिसके बिना जन्म तो हो गया, कंचन-सी काया मिल गई लेकिन काया का करम अपराध में ढलने लगा...

ठीक यही अहसास एक और नज़्म में लिपटा हुआ है, जहां 'मैं' के वतन से, 'मैं के बोध का ज्ञान' जलावतन हो चुका...

मानना होगा कि हर तरह के अपराध से सने हुए मन में भी कभी-कभी उसकी याद रेंगती है। किसी एक क्षण में एक कसक-सी उठती है, ठहरती नहीं होगी, नहीं तो ज़िंदगी पलट जाती...

वही क्षण, जो ठहरता नहीं, पर होता है, मेरी एक कविता उसी की बात करती है–उस स्मृति की, जो अचानक किसी क्षण में आती है...

तेरी याद–
बहुत देर हुई, जलावतन हो चुकी
मैं नहीं जानती–
वह जीती है या मर गई...

पर एक बार एक घटना हुई –

ख़्यालों की रात बहुत गहरी थी
और इतनी ख़ामोश थी–
कि एक पत्ता हिलने से भी
बरसों के कान चौंक जाते थे...

फिर तीन बार लगा–

कोई छाती का द्वार खटखटाता है
नाख़ूनों में दीवार को खरोंचता है
और लगता है, कोई दबे पांव
घर की छत पर जा रहा है...
तीन बार उठकर मैंने सांकल टटोली
अंधेरा-कभी कुछ कहता-सा लगता था
और कभी बिल्कुल ख़ामोश हो जाता था...

फिर एक आवाज़ आई–

‘मैं एक स्मृति हूं–
बहुत दूर से आई हूं...
सबकी आँख से बचती हुई
अपने बदन को चुराती हुई...
सुना है–तेरा दिल आबाद है
पर कहीं कोई सूना-सा कोना मेरे लिए होगा...

मैं कह रही थी कि स्वयं की स्मृति का क्षण आता है। पर ठहरता नहीं, उसको ठहराने के लिए भीतर की तैयारी नहीं है। भीतर तो अहंकार से भर चुका, वस्तुओं से भर चुका। और व्यक्ति उस क्षण को पकड़ नहीं पाता। पकड़ ले, तो जितना भी संग्रह किया है, वह छूटने लगेगा। इसीलिए वह उस क्षण को पाकर भी पानी नहीं चाहता।

कविता में वह उसी क्षण से घबराकर कहता है–

‘मानता हूं–एक सूनी-सी जगह मेरे भीतर है
पर तुम तो जलावतन हो–
और एक जलावतन के लिए
वतन में जगह नहीं होती...”
अंधेरा कांप-सा जाता है
स्मृति लौट जाती है
पर लौटने से पहले
सिर्फ़ एक बार उसे हलके से छूती है
जिस तरह–कोई वतन की मिट्टी को छूता है...

मैं कभी हैरान-सी देखती हूं, और भीतर में कुछ खिल उठता है, कहता है– रजनीश जी से कुछ भी तो छूटा नहीं है... वह एक क्षण, जो सबकी ज़िंदगी में आता है, भूला-भटका हुआ-सा, कहीं ठहर पाने को उसे जगह नहीं मिलती, रजनीश कितने ब्यौरे से उसकी बात करते हैं–

मनुष्य में प्रेम होता है, क्रोध होता है, वासनाएं प्रवाहित होती हैं, पर ये सब उसके कर्म नहीं हैं, यांत्रिक प्रवाह हैं...”

“वह इन्हें करता नहीं है, ये उससे होते हैं। वह इनका कर्ता नहीं है, वरन् उसके द्वारा किया जाता है...”

“वह एक उपकरण मात्र है, उसका अपना कोई होना नहीं है, केवल अचेतन यांत्रिकता है...”

“जो सोया हुआ है, उसमें एकता नहीं, अनेकता है। उसमें एक व्यक्ति नहीं अनेक व्यक्तियों को आवास है। हम व्यक्ति नहीं, एक भीड़ हैं...”

ऐसी ज़िन्दगी को एक क्रमिक आत्माघात करते हुए रजनीश एक संकेत करते हैं, मनुष्य के अंतर की ओर जहां चेतना और जड़ता को संगम है–

“मनुष्य यंत्र भी है, पर उसमें कुछ ऐसा है, जो यंत्र नहीं है। उसमें अयांत्रिकता भी है। वह तत्त्व, जो जड़ता और अयांत्रिकता को समझ पाता है...”

“एक धूमिल-सी किरण है, बहुत धूमिल और अस्पष्ट, पर वह प्रकाश तक पहुंच पाने की क्षमता की सूचना है...”

‘मैं हूं’ यह बोध-किरण एक मार्ग बन सकती है... मैं तो एक किरण के होने से ही सूरज के होने के विश्वास से भर जाता हूं...”

“होश का जो थोड़ा-सा आभास होता है, वह उसकी सबसे बड़ी संभावना है, सबसे बड़ी संपत्ति है। उसके आधार पर चलकर वह स्वयं तक पहुंच सकता है... वह जीवन की दिशा है, ब्रह्म की दिशा है...”

“दो ही दिशाएं हैं, तीसरी कोई दिशा नहीं। अभी जो आभास हुआ, उसका बोध हो गया, तो दिशा ब्रह्म की ओर ले जाएगी, नहीं हुआ तो मूर्च्छा की ओर...”

बात तो उस धूमिल-सी किरण को पकड़ पाने की है। वह कभी हमारे अंतर में जो हौले से एक दस्तक होती है, दबे पांव एक क्षण आता है, स्मृति का क्षण, तब, जब ख़्यालों की रात बहुत गहरी होती है, और हममें, उसके लिए कोई स्वागत नहीं उठता... वह लौट जाता है, पर जाने से पहले, व्यक्ति को छूता है, काया की मिट्टी को छूता है, कुछ इस तरह, जैसे कोई वतन की मिट्टी को छूकर विदा लेता है...

यह काया, सबकी काया, उस ज्ञान का वेतन थी, उसका अपना वतन, जहां उसे होना था, खिलना था, और वतन को अपनी सुगन्धि से भर देना था, पुण्य की थाली में पुण्य को परसना था, लेकिन वही हमने जलावतन कर दिया, वतन से निकाल दिया और फिर पुण्य की थाली में अपराध परोसा जाने लगा...

मैं कभी-कभी सोचती हूं, जिसने भी कुछ पाना है, वह सीधा रजनीश से पा सकता है, ऐसा कुछ भी तो नहीं, जो वहां से नहीं मिलेगा, फिर मैं यह सब क्यों कहती हूं? ऐसा कभी नहीं लगा कि मेरे कुछ कहने से किसी की प्यास को दो बूंद पानी का रास्ता मिल जाएगा, रजनीश वह गंगा नहीं हैं, जो लुप्त हो चुकी, और मेरे कहने से उसका पता मिलेगा। वह तो भर बहती गंगा सामने है, सबके सामने फिर उसकी बात किए जाना, यह क्यों है?

प्रश्न भीतर से उठता है, और फिर उत्तर भी भीतर से मिलता है–यह तो मेरे भीतर का अनुभव है, जो कभी-कभी छलक जाता है...

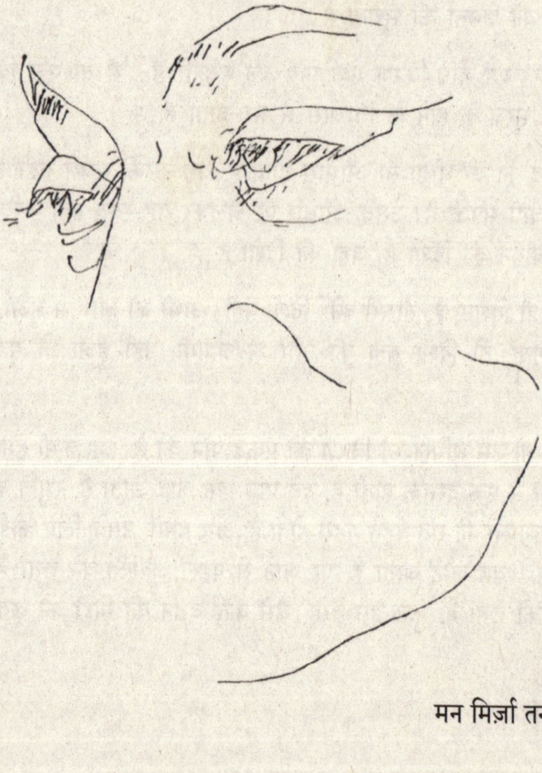

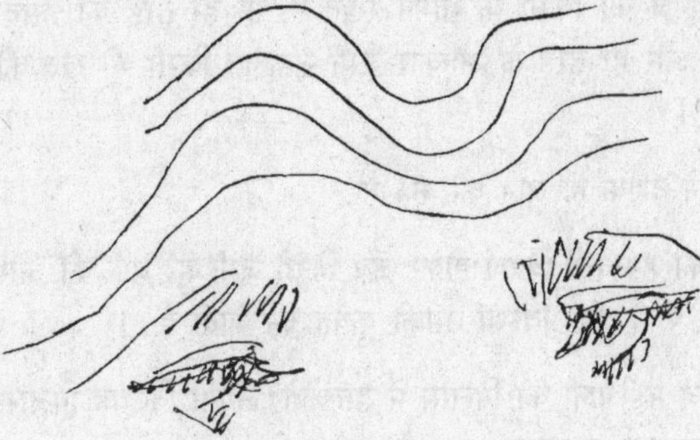

मेघ मोती

विश्वास और अविश्वास हमेशा तर्क के सहारे खड़े होते हैं। हर तर्क अपने आपको सचियाता तथा दूसरे को झुठलाता है। और इस तरह से कशमकश में पड़ा हुआ इंसान कई बार सहारा बदल-बदलकर देखता है। पर वही कशमकश उसका नसीब बनी रहती है।

यह नसीब सिर्फ़ उस समय तर्क-मुक्त होता है, जब अपनी पहचान उसका वजूद बन जाती है। उसका सहारा नहीं; उसका वजूद। और यह मोती सिर्फ़ चेतना धारण कर सकती है।

चेतना ने जिस मिट्टी में से जन्म लेना होता है, कह सकती हूं कि रजनीश का सारा चिंतन उस मिट्टी की तैयारी के लिए है। वे चाहे बुद्ध की बात करें, चाहे कृष्ण, कबीर तथा क्राइस्ट की। वे पढ़ने-सुनने वाले की मिट्टी को तैयार कर रहे होते हैं। वे मिट्टी की उस संभावना को जगा रहे होते हैं, जो युगों से मिट्टी में खोई हुई है।

सवाब[1] और गुनाह[2] जैसे अल्फ़ाज़ को रद्द करके जब वह दानाई[3] और

---

1. पुण्य, 2. पाप, 3. समझदारी।

जहालत जैसे अल्फ़ाज़ को किसी के सामने रखते हैं, तो हर तरह का हसद[1] हर तरह की हवस और हर तरह के अहंकार जैसी जहालत किसी की खुद की नामंज़ूर हो जाती है।

यह खुद अपने दर्शक हो जाने का कर्म है...

रजनीश जी का हर्फ़-हर्फ़ किरणें होकर जब किसी जमी हुई बर्फ़ की ओर देखता है, तो बहते पानी की अवस्था उसकी मुक्ति बन जाती है...।

उनके अल्फ़ाज़ में–"पानी को गिलास में डाल दो, लगेगा कि वह गिलास के आकार का हो गया है, प्याले में डाल दो, लगेगा कि वह प्याले के आकार का हो गया है, किसी डोल-डिब्बे में डाल दो, लगेगा कि वह डोल-डिब्बे के आकार का हो गया है, पर वह उसी तरह पानी है..."

मन की यह अवस्था हो जाए तो गृहस्थ और संन्यास सिर्फ़ बर्तन हो जाते हैं। सारे मज़हब भी सिर्फ़ बर्तन हो जाते हैं। अगर मन मस्तक पानी का नसीब पा ले, तो किसी बर्तन में पड़कर भी उसका सच नहीं बदलता...

कहते हैं–एक बार एक इंसान बड़ी ललक से रजनीश जी के पास आया, कहने लगा–"मेरा बहुत दिल करता है, मैं संन्यास ले लूं..."

"तो ले लो।" रजनीश मुस्करा दिए।

वह कहने लगा–"पर मैं कुछ गलत काम भी करता हूं। वह आदत मेरे से छोड़ी नहीं जाती। गर संन्यास लूं, तो वह सब कुछ छोड़ना पड़ेगा..."

"नहीं, ग़लत काम भी करते जाओ, और संन्यास भी ले लो!" उन्होंने कहा तो वह इंसान हैरान हुआ, कहने लगा–"पर यह किस तरह हो सकता है?"

"हो सकता है।" रजनीश मुस्करा दिए, कहने लगे–"संन्यास ले लोगे, तो वो ग़लत काम ख़ुद ही छूट जाएंगे...

अगर इस बात को एक रहस्य कहा जाए, तो कहना होगा कि यह रजनीश रहस्य है। वह जानते हैं कि जब मन की मिट्टी मौल जाएगी, "संन्यास बाहर से,

---

1. ईर्ष्या।

नहीं, भीतर से ही खिल जाएगा, फिर सारी मुर्खता सूखे पत्तों की तरह खुद ही झड़ जाएगी...

नज़रेसानी भी चेतना का एक पहलू है, जिसे रजनीश जी ने पराई मिट्टी में से निकालकर, अपनी मिट्टी में लगा देने की जो बात की है, वह साईं बुल्ले शाह के अल्फ़ाज़ की तरह सहज है...

बुल्लिया रब दा की पाऊणा,
अधरों पुटणा ते औधर लाऊणा...

इन्सान अपनी नज़रेसानी[1] का कर्म कभी अपने हाथ में नहीं लेता, हमेशा दूसरे के हाथों में दे देता है। और दूसरे हाथ उनके मन-मस्तक को छील-तराश के, अपने-अपने वायदों तथा एतक़ादों के सांचों में डाल देते हैं, और इन्सान जब अपनी पहचान सांचों में से तलाशता है, तो वह पहचान दो तरह की हो जाती है, कि या तो वह अपने भीतर से विकसित और विकसित होने की जगह, हमेशा के लिए किसी-न-किसी सांचे के नाप का हो जाता है, और या हमेशा के लिए रियाकार हो जाता है–मन और, मुख और। और ज़ाहिर है कि यह दोनों पहलू उसके मन की मिट्टी को बंजर करते रहते हैं।

रजनीश, व्यक्ति को भीड़ में से निकालकर, जब उसके साथ, अपनी नज़रेसानी अपने हाथ में लेने की बात करते हैं, तो उसका सहज कायाकल्प उसके वश में हो जाता है।

इन्सान के पास से अपनी पहचान का नाफ़-नुक्ता कैसे खो गया है, इसकी बात करते हुए वे एक कहानी सुनाते हैं–

"एक बार जंगल में खेलते ख़रगोश को एक लोमड़ी ने पकड़ लिया। ख़रगोश हैरान-सा होकर उसकी ओर देखने लगा, तो लोमड़ी कहने लगी–'तेरा गोश्त बड़ा लजीज़ होता है, आज वह मैंने ज़रूर खाना है।'

उस वक़्त ख़रगोश ने कहा–'पर तू है कौन?'

"मैं लोमड़ी हूं, मुझे किसी-न-किसी का गोश्त खाना होता है, आज कोई शुभ दिन है कि तू मिल गया। तेरा गोश्त आज मुझे खाने को मिलेगा।"

---

1. अन्तर अवलोकन।

ख़रगोश कहने लगा–"यह तो पता नहीं कि मेरा गोश्त लज़ीज़ होता है, पर यह मैं कैसे मानूं कि तू लोमड़ी है? मुझे सबूत चाहिए कि तू सचमुच लोमड़ी है।"

लोमड़ी कहने लगी–"बात तो तेरी सही है, पर मैं यह कैसे साबित करूं कि मैं लोमड़ी हूं..."

ख़रगोश ने कहा–"तू कोई सनद ला दे, कोई प्रमाण-पत्र..."

लोमड़ी सोच में पड़ गई, और कहने लगी–"जंगल का राजा शेर होता है, मैं उसके पास जाकर सबूत लिखेवाकर ले आती हूं, पर मेरे आने तक तू मेरे हाथों से निकल जाएगा..."

ख़रगोश ने वायदा किया कि वह वहीं बैठा रहेगा। और लोमड़ी जंगल में शेर को ढूंढने लगी। आख़िर वह मिल गया, तो लोमड़ी ने कहा-"आज मुझे एक ख़रगोश मिला है, बहुत तर्क वाली बातें करता है। इसलिए तर्क का जवाब तर्क से देना होगा, तू मुझे किसी भोज-पत्र पर दो हर्फ़ लिख दे कि मैं लोमड़ी हूं।"

शेर ने माथे पर हाथ मारा, और कहने लगा–"यह इन्सानों की बीमारी जंगल में भी आ गई लगती है। मुझे भी कल एक गधा मिला था, मैंने उसे पकड़ लिया तो कहने लगा–पहले मुझे अपनी पहचान का कोई काग़ज़ दिखा कि तू शेर है..."

ख़ैर, लोमड़ी ने जल्दी से शेर से सनद[1] ली और उस जगह चली गई, जहां ख़रगोश बैठा था। वह ख़ुश थी कि खरगोश ने अपना इक़रार पूरा किया, और वहीं बैठा हुआ है। उसने जाकर भोज-पत्र उसे दे दिया, और कहने लगी–"जंगल के राजा से लिखवाकर लाई हूँ अब तुझे यक़ीन[2] आ जाना चाहिए कि मैं लोमड़ी हूं..."

ख़रगोश ने भोज-पत्र पकड़ लिया, एक नज़र में पढ़ भी लिया, पर कहने लगा–"शाम ढल गई है, कुछ अंधेरा हो गया है, अच्छी तरह से पढ़ा नहीं जाता। उधर ज़रा-सा दूर डूबते सूरज की रोशनी पड़ रही है, मैं ज़रा रोशनी में होकर पढ़ लूं..."

और ख़रगोश जब कुछ दूर गया, वहां एक पेड़ की आड़ में एक बिल थी, उसने भोज-पत्र दूर फेंका और बिल में घुस गया... लोमड़ी बड़ा पछताई कि उसकी सनद किसी काम न आई। इसलिए निराश-सी वापस शेर के पास गई, कहने लगी– "राजा जी, यह तो जुल्म हो गया, आपकी लिखी सनद भी किसी काम न आई।"

शेर हंस दिया, कहने लगा– "मैंने तुझे पहले ही कहा था कि यह प्रमाण-पत्रों की बीमारी इन्सानों के पास ही रहने दो। इसे अपने जंगल में मत लाओ। यह महामारी तो इन्सानों में फैली हुई है, जिन्हें अपने ऊपर विश्वास नहीं होता, इसलिए वे सारी उम्र सनदें इकट्ठी करते रहते हैं। गर कुछ पढ़ना-लिखना सीख जाए, तो स्कूल-कालेज से सनद लेंगे कि हमें सचमुच में पढ़ना-लिखना आ गया है। गर कहीं भाषण देंगे तो हार डलवाकर, तस्वीरें उतरवाएंगे कि अमुक दिन हमने सचमुच में भाषण दिया था, यह देख तस्वीर। गर काम-धन्धे पर लगेंगे, तो कुर्सी की तस्वीर भी उतरवाएंगे कि हम सचमुच में ही इस कुर्सी पर बैठे थे..."

उस उक्त लोमड़ी ने पूछा– "और गधे ने जब तुम्हें पूछा था कि इसका क्या सबूत है कि तू शेर है, तो तूने क्या किया था, राजा!"

शेर कहने लगा– "मेरा सबूत यही था कि मैंने उसे खा लिया। उसे ख़ुद ही पता चल गया कि मैं शेर हूँ..."

और ऐसे यह कहानी दुनिया की उन सभी क़द्रों-कीमतों[1] की ओर देखती और हंस देती है, जिसे हम 'तहज़ीब' कहते हैं। जिसे हम 'इख़लाक'[2] कहते हैं। जिसे हम अपनी पहचान कहते हैं... अपने होने का 'प्रमाण' उनके अल्फ़ाज में–

"सारा इख़लाक, सारी नैतिकता अंधेरे के ख़िलाफ़ एक लड़ाई है, इसलिए यह निरी मूर्खता है। वह अंधेरे के साथ लड़ रही है, उसके साथ, जो है ही नहीं..."

"अंधेरे को समझना होगा, यह सबसे बड़ा रहस्य है– ज़रा ध्यान में उतर जाओ, देखोगे कि अंधेरे का वुजूद ही कोई नहीं। यह सिर्फ़ रोशनी की ग़ैरहाज़िरी है..."

---

1. मूल्यों, 2. आचरण।

गर रोशनी है, तो वहां अंधेरा नहीं हैं गर रोशनी नहीं, तो वहां अंधेरा है– रोशनी की ग़ैरहाज़िरी..."

"वह है, पर है नहीं..."

"तुम रोशनी पैदा कर सकते हो, रोशनी को मिटा सकते हो, पर अंधेरे को न पैदा कर सकते हो, न मिटा सकते हो..."

"तुम उसके साथ लड़ रहे हो, जिसका कोई वुजूद नहीं, इसलिए हारते हो। और हारकर सोचते हो–यह बहुत शक्तिशाली है..."

"पर जो है नहीं, उसकी कोई शक्ति कैसे हो सकती है— तुम हारे हो तो अंधेरे से नहीं, अपनी मूर्खता से..."

"खुद सोचो कि उसके साथ कैसे लड़ा जा सकता है, जो है नहीं।"

"और इसी तरह कई बातें हैं, अंधेरे जैसी..."

"नफ़रत कोई चीज़ नहीं, वह सिर्फ़ मोहब्बत की गैरहाज़िरी है..."

"क्रोध कोई चीज़ नहीं, वह सिर्फ़ दर्दमन्दी की गैरहाज़िरी है..."

"लाइल्मी[1] कोई चीज़ नहीं, वह सिर्फ़ रोशन-ख़्याल[2] की गैरहाज़िरी है..."

"काम कोई चीज़ नहीं, वह सिर्फ़ यही संयम की ग़ैरहाज़िरी है..."

"और नैतिकता उसके साथ लड़ रही है, जो है नहीं। इसलिए वह कभी सफल नहीं हो सकती। मुमकिन नहीं। उसने हारना है, क्योंकि उसका सारा यत्न मूर्खता है..."

"नैतिकता और रूहानियत का फ़र्क़ समझना होगा— नैतिकता अंधेरे के साथ लड़ने की कोशिश कर रही है। और रूहानियत उस रोशनी को ढूंढने की कोशिश है, जो हमारे अपने भीतर खो गई है... वह अंधेरे पर ध्यान ही नहीं देती, वह सिर्फ़ रोशनी ढूंढ़ रही है..."

"वह रोशनी हो जाए, अंधेरा ख़ुद चला जाएगा..."

---

1. अज्ञानता, 2. खुले दिमाग़।

"जब भी कभी क्रोध में आ जाओ, समझना कि कोई बत्ती बुझ गई है। यह बत्ती के बुझने का क्रोध है। क्रोध में आना ही चेतना की ग़ैरहाज़िरी है। आज़मा कर देख लो। चेतना की अवस्था में आ जाओ, तो क्रोध आ ही नहीं सकेगा चेतना रोशनी है, क्रोध अंधेरा है।"

"नैतिकता जाली सिक्का है, वह सिर्फ़ मन को भरमाता है... रूहानियत का नैतिकता से कोई ताअल्लुक़ नहीं, क्योंकि उसका अंधेरे के साथ कोई ताअल्लुक नही..."

"अंधेरा सोए होने की अवस्था है, जिससे जागना है..."

"अपने आपको भूल जाना वास्तविक अंधेरा है... गर याद आ गया, अपने आपको पहचान लिया, तो रब्ब को पहचान लिया..."

कहते हैं कि मोती आठ तरह के होते हैं, जो अलग-अलग जगह से मिलते हैं। गज, मेघ, वराह, शंख, मछली, सर्प, सीपी और बांस यह मोतियों के आठ स्थान होते हैं, जिनमें से सात स्थानों के मोती दुनिया ने देखे हैं, पर आठवें स्थान का मोती आज तक किसी ने नहीं देखा। यह आठवां स्थान मेघ होता है, जो पवन की सातवीं तह में मोती को जन्म देता है, पर चमकती बिजली से जब यह मोती पवन की तहों में से निकलकर बाहर आता है, तो इससे पहले कि वह धरती तक पहुंच सके, उसे आसमान पर रहने वाले देवता अपने हाथों में ले लेते हैं, और इस तरह, वह कभी इस धरती पर नहीं आ पाता। पर मैं मानती हूं कि सदियों में कभी एक बार ऐसा भी हो जाता है कि यह मोती देवताओं के हाथों से छूटकर इस धरती पर पहुंच जाता है। रजनीश जी ने जो चेतना-शक्ति पायी, जो वाणी-शक्ति पायी, वह ज़रूर मेघ-मोती था, जो देवताओं के हाथों से छिटक कर धरती पर आ गया...

एक अनुभव

हमारे एक सूफ़ी सुल्तान बाहू का कलाम है–

मज़हबां दे दरवाज़े उच्चे, राह रबाणा मोरी हू
पंडितां ते मौलाणियां कोलों लंघीए चोरी-चोरी हू...

यानी हर मज़हब का दरवाज़ा ऊंचा है, लेकिन ख़ुदा की राह बहुत संकरी है। हमारे पंडितों और मौलवियों की चोरी से उस राह से गुज़र जाएं।

मैं ज़िंदगी भर मज़हब के मौलाणा भी झेलती रही हूं, और अब साहित्यिक प्रपंच के पंडित भी झेल रही हूं, इसलिए उठते-बैठते सुल्तान बाहू का कलाम मेरे होठों पर था कि एक चमत्कार-सा हुआ—

देखा, रजनीश खड़े हैं, और एक मंदिर की आत्मा उनके क़रीब आकर कहती है– "मेरा नमस्कार लीजिए! आपने मंदिर की पूरी दृष्टि और पूरे दर्शन को पुनः स्थापित किया है। आपने यह मर्म पाया है कि मंदिर जीवित कैसे होता है। आपने ध्वनि का रहस्य पाया है, जिससे मेरा तन और मन तरंगित हो जाता है। आप ही कह पाए कि अगर मंदिर जीवित हो, तो अंधेरी रात में मंदिर के पास से भी गुज़रने वाला एक ऐसी हवा में सांस लेगा कि अगर वह हत्या की भी सोच

रहा हो, तो दया से भर जाएगा... अपने मुझे, मंदिर की आत्मा को बल दिया है, मेरा नमस्कार लीजिए।

और देखा, इतने में मंदिर का घंटा भी पास आया और कहने लगा–"मैं मंदिर के द्वार पर कब से खड़ा हूं, प्रवेश पाने वाले मेरे बदन पर चोट करते हैं, और गुज़र जाते हैं, यह तो केवल आपने कहा कि सोए हुए मन से नहीं, होशपूर्वक घंटा बजाना होगा। आपने बताया कि मेरी आवाज़ में और ब्रह्माण्ड की ध्वनि ओम् में एक आंतरिक सम्बन्ध है। यही सम्बन्ध तो कोई समझ नहीं पा रहा था, और चोट-पर-चोट खाते हुए मुझे सदियां गुज़र गईं, आपने मुझे जीवन दान दिया है....

देखा, पूरी हवा में चन्दन महक गया था, और चन्दन का बिन्दु रजनीश जी के पास होकर कह रहा था– "मेरा प्रणाम लीजिए मुनिवर! जो रहस्य सदियों से खो गया था। उसका धागा आपने पकड़ा दिया। आपने लोगों को बताया कि मेरी सुगन्धि का सम्बन्ध आ गया चक्कर से है, मैं स्थूल से चलता हुआ सूक्ष्म तक उतर जाता हूं– यही तो सबको भूल गया था... ऑगया चक्कर तो चमड़ी के पार है... आप, लोगों की चेतना को चमड़ी के पार ले गए, तो मेरी सुगन्धि धन्य हुई..."

और देखा, लोबान ने रजनीश जी के बहुत क़रीब आकर सलाम किया, कहने लगा–"सब भूल गए थे कि अल्लाह हू कहते-कहते जब अल्लाह छूट जाता है, सिर्फ़ हू रहता है, तो हू की ध्वनि से चारों ओर लोबान की-सी गन्ध फैल जाती है, मेरी गंध उसी से मिलती है, इसीलिए मुझे खोज लिया गया... मुझे जलाकर पास रखना और हू की ध्वनि को पैदा करना ही तो इन्सान का काया-कल्प था... आपने यह रहस्य वक़्त को दिया, मैं आपको सजदा करता हूँ..."

और देखा, रजनीश हौले से मुस्करा दिए, साथ ही उन्होंने गहरी सांस ली और कहने लगे– "जो महान् है, विस्मृत हो जाता है, और जो ख़ुद है, चौबीस घण्टे याद रहता है... वासनाओं को याद नहीं रखना पड़ता, वे याद रहती हैं, लेकिन परमात्मा को तो याद करना पड़ता है... मंदिर एक बिल्कुल अलग डाइमैन्शन है, जहां लेने-देने की दुनिया नहीं हैं, जिन्होंने भी मंदिर को लेन-देन की दुनिया बनाया, उन्होंने मंदिर को गिराया। जिन्होंने उसे बाज़ार बनाया, उन्होंने उसे नष्ट किया... वहां की कोई शर्त नहीं थी, यह नहीं था

कि इतना धन हो तो आओ, इतना ज्ञान हो तो आओ, इतनी प्रतिष्ठा हो तो आओ, ऐसे कपड़े पहनकर आओ... आप जैसे भी हो, वह तो आपको स्वीकार करने के लिए था... वह तो सरल स्थान था, जहां आप स्वीकृत हो जाते थे..."

मैं उनके और क़रीब हुई, होंठ आहिस्ता से कहने लगे–

मैं एक गिरजे की मोमबत्ती हूं...
रोज़ छाती की आग को पैरों में जलाती हूं
गिरजे से बाहर जाती हूं
और जलती-बुझती आंखों से गुज़र कर
अक्षरों के हुस्न तक पहुंच जाती हूं...

पर अक्षरों का हुस्न काग़ज़ की अमानत
जब किसी काग़ज़ से बाहर आता है
धरती का बन छूता है।
तो धरती के खून में वह भीग जाता है...

आज का मसीहा कहीं मिलता नहीं
और मैं टिमटमाती-सी
सिर्फ़ गोलियों और बन्दूक़ों की आवाज़ सुनती
उस गिरज़े में लौट आती हूं
जो अभी किसी देश में नहीं बना...

रजनीश मुस्करा दिए, उन्होंने एक नज़र देखा, और कहने लगे– "उसका द्वार है, भीतर की ओर खुलता है... एक बार खुल जाए, तो निरन्तर साथ रहेगा..."

पूछा–"क्या वही संकरा-सा रास्ता है, जहां से गुज़रने के लिए सुल्तान बाहू ने कहा?"

वे कहने लगे, हां वे सूफ़ी थी, जिन्होंने पया कि पंडितों और मौलानाओं की चोरी से उस राह पर जाना है, जो प्रार्थना की राह है... और मन से हंसते हुए जाना है, नाचते हुए जाना... प्रार्थना कुछ मांगने के लिए नहीं होती, धन्यवाद देने के लिए होती है, कि हमने रास्ता पा लिया...

विराट का क्षण बहुत अल्प होता है, छोटा-सा, बहुत ही छोटा-सा, उसी में प्रवेश करना है...

हवा, पेड़ों और पत्तों की हरियाली से गुज़रती हुए, मेरे सांसों में उतर रही थी, जब देखा कि एक गेरुआ-सी वस्त्र लहराता हुआ आया और रजनीश जी के क़रीब पड़ी एक चट्टान पर बिछ गया...

उस वस्त्र के किनारे उसके होंठों की तरह हिले, कहने लगा–"परम् आत्मा मेरा प्रणाम स्वीकार कीजिए! मैं जो संसार से निर्वासित हो गया था, आपने सार संसार मुझे लौटा दिया... आपने जब कहा कि संसार और संन्यास में कोई विरोध नहीं है, मेरी आत्मा खिल गई..."

रजनीश पवन की तरह मुस्कराए, कहने लगे–"संसार की सीढ़ी चढ़कर जिस मंदिर में पहुंचना होता है, वही तो परमात्मा है... संसार उसकी आधारशिला है... संन्यास उसी का प्रगाढ़ अनुभव है... संसार में ही संन्यास विकसित होता है, और खिलता है... जो जीवन की कला नहीं जानता, वह संन्यास की कला कैसे जान पाएगा... जो संसार के अनुभव में नहीं उतर पाते, वो संन्यास के अनुभव में भी नहीं उतर पाते..."

वह वस्त्र कहने लगा–"मैं तो अंतर तक अपने रंग में रंग गया... मेरे पास नाम तो था। नाम के अर्थ खो गए थे... आपने वह अर्थ लौटा दिए, कहा– "वह जो संसार के पार आंखों का उठना है, उसका नाम संन्यास है..."

रजनीश हंस दिए, कहने लगे– "तुम संसार की आवश्यकता हो, और संसार अपनी ही आवश्यकता को पहचान नहीं रहा था... तुम जीवन की गहरी से गहरी सुगन्धि हो... जीवन को बड़े से बड़ा सत्य हो..."

वस्त्र ख़ुश भी हुआ, कुछ उदास-सा भी, कहने लगा– "लेकिन वक़्त ने जाने क्या किया, संसार को मेरा शत्रु मान लिया..."

रजनीश जी ने दूर क्षितिज की ओर देखा, कहने लगे–"क़सूर तो दोनों ओर से हुआ, संसार का त्याग करने वालों ने संन्यास की आत्मा को नहीं समझा... बाहर से त्याग दिया। भीतर से कहीं संसार को पकड़े रहे... इसी से शत्रुता पैदा हुई..."

वस्त्र उसी उदासीनता में था, कहने लगा– "धरती के बहुत से टुकड़े हैं, जहां से मुझे विदा कर दिया गया है..."

"देखो!" रजनीश ने एक गहरी नज़र से वस्त्र को देखा, कहा– "जिस चीज़ को संसार से तोड़ दिया जाए, उसे बचाया नहीं जा सकता। और जिस संसार ने तुम्हें विदा कर दिया, वह अब मिटने को है। ज़रा अब समझना होगा कि जहां जीवन का घना संघर्ष है, वहीं संन्यास को रहना होगा, और उसका साक्षी-भाव ही उसका आनन्द होगा। जब संन्यास का फूल खिलता है, तब उसकी सुगन्धि की परीक्षा भी है... इस परीक्षा को समझ लो!"

"मार्ग-दर्शन दीजिए!" वस्त्र ने कुछ खिलते हुए कहा।

"व्यक्ति जहां है, उसे वहीं रूपांतरित होना है।" कहते हुए रजनीश एक उस पत्ती की ओर देखने लगे, जो धरती में पड़े हुए बीज से अंकुरित हो रही थी। कहने लगे– "परिस्थितियों से भागना नहीं है। उन्हें बदलना भी नहीं है। केवल मन की स्थिति को बदलना है। कारोबार वही रहेंगे, पत्नी भी वही रहेगी, पुत्र भी, पर मनःस्थिति बदलेगी, तो सब बदल जाएगा। रूपांतरण बाहर का नहीं होता, व्यक्ति का होता है। संन्यास जीवन में रहते हुए जीवन के पार जाने का नाम है..."

वस्त्र मंत्र मुग्ध-सा देखे जा रहा था कि रजनीश कहने लगे— "प्रेम को कोई संस्था नहीं बना सकता। उसी तरह संस्थागत संन्यासी, संन्यासी नहीं रह जाता। संन्यास व्यक्तिगत होता है, वह एक-एक व्यक्ति में खिलता है... गंगा बहती है हिमालय से, बहेगी गंगा, उसके प्राण हैं। बहेगी और सागर को खोज लेगी। वह किसी पुरोहित से पूछने नहीं जाएगी कि सागर कहां है? सागर की खोज उसके प्राणों में छिपी है। वही ऊर्जा है, जो पहाड़ तोड़ेगी, मैदान तोड़ेगी, और सागर के पास पहुंच जाएगी... वही खोज जब प्राणों में बस जाती है, संसार में संन्यास खिलता है..."

चारों ओर शांति थी। सोए-सोए से बादल जब करवट बदलते, तो आकाश से एक हलका-सा प्रकाश धरती पर बरस जाता...

जाने कितना समय गुज़र गया कि देखा, एक बिजली की लकीर-सा कुछ आसमान में कौंध गया, और ऊर्जा की एक लकीर-सी, धरती की ओर आती हुई, उस चट्टान पर बिछ गई, जहां रजनीश थे...

वह लकीर नमस्कार की मुद्रा में हुई और कहने लगी– "मुझ जैसा शापित शायद पूरी दुनिया में कोई नहीं होगा, दुनिया में जो भी संस्कृति आई, जो भी धर्म आया, उसने मुझे शत्रु मान लिया...

रजनीश ने आशीर्वाद की-सी मुद्रा में हाथ आगे किया और कहा–"हां, ऊर्जे! इसीलिए तो दस हज़ार वर्ष की संस्कृति और धर्म ने जो बीज बोए, यह आदमी उसी का फल है, बहुत कड़वा। यह आदमी इसीलिए घृणा से भरा हुआ है कि वह प्रेम नहीं कर पाया। आदमी जितना भी सभ्य हुआ, सुसंस्कृत हुआ, और तथाकथित धर्मों के प्रभाव में जितना भी मंदिरों में गया, चर्चों में गया, उतना ही प्रेम से शून्य होता चला गया... प्रेम की गंगा तो गंगोत्री से बहेगी, और गंगोत्री तुम हो... हे, काम ऊर्जे! जब तुम्हें शत्रु मान लिया, तो गंगोत्री पर चोट कर दी, उसे वहीं रोक दिया। फिर प्रेम की गंगा कैसे बहती...

लकीर के चेहरे पर एक चमक आई, कहने लगी–

"आपने मुझे, एक ऊर्जा को, एक यात्रा का नाम दिया, उसी का धन्यवाद देने आई हूं..."

रजनीश मुस्कराए, कहने लगे– "तुम सचमुच एक यात्रा हो, ऊर्जे! कोयला होने से लेकर हीरा होने तक की यात्रा....हज़ारों वर्षों की प्रक्रिया से गुज़रकर कोयला ही हीरा बन सकता है। वही तत्त्व लेकर वह आता है, जो हीरे के तत्त्व होते हैं। जब तुम्हें नकार दिया गया, तो हीरा होने की संभावना को नकार दिया गया..."

"मैं तो आदमी की अपनी शक्ति थी..." ऊर्जा की लकीर उनकी तरफ़ देखने लगी।

"हां, ऊर्जे! तुम आदमी की शक्ति थी..." और आदमी को अपनी शक्ति से ही लड़ा दिया गया, इसी से तो द्वन्द्व की स्थिति आई..." रजनीश कह रहे थे कि उस ऊर्जा ने एक गहरी सांस ली, कहने लगी– "शक्ति को रूपांतरित करने की जो प्रक्रिया थी, आदमी को मुश्किल लगी, और उसने साधना से बचने के लिए, मुझे शत्रु क़रार दे दिया..."

रजनीश ने हौले से ऊर्जा की उस लकीर को छुआ, और कहने लगे– "तुम

सृष्टि का मूल बिन्दु हो, अपने को अर्जित करो; यह तुम्हीं हो जिसने आत्मा में खिलना है... प्रेम की नदिया तो तुम्हीं से प्रवाहित होगी... व्यक्ति और व्यक्ति में प्रेम घटित होगा, तो प्राण संयुक्त होंगे। व्यक्ति और समस्त में घटित होगा, तो परमात्मा का मिलन होगा...

रंजनीश समाधि की-सी अवस्था में उतर गए, तो उस ऊर्जा की लकीर ने एक बार उनके पैरों का स्पर्श किया, फिर धरती में विलीन हो गई...

चारों ओर फिर से शांति थी। सोए-सोए से बादल जब करवट बदलते थे, तो आकाश से एक हलका-सा प्रकाश धरती पर बरस जाता था...

बीज का अंतिम चरण

समय-काल को जिन्होंने समझा, उसका कुछ अता-पता नक्षत्रों से पाया, और हर नक्षत्र के चार चरण माने। नक्षत्र का प्रभाव हर चरण में अलग-अलग सूरत अख़्तियार करता है–

यही विज्ञान मेरे सामने आ गया, जब देखा, रजनीश कह रहे थे– "बीज का अंतिम चरण बीज है, फल है नहीं है।"

लगा–

बीज का पहला चरण–उसका पनप जाना है।
बीज का दूसरा चरण–कुछ पत्तियों का अंकुरित हो जाना है।
बीज का तीसरा चरण–एक फूल का खिल जाना है और उसकी सुगंधि में भीग जाना है...
और बीज का चौथा चरण– फिर से बीज हो जाना है...

बीच की यही तैयारी जिस ज़मीन में हो सकती है, कह सकती हूं कि रजनीश

चाहे बुद्ध की बात करें, महावीर की बात करें, कृष्ण या क्राईस्ट की बात करें, वह उस ज़मीन की बात कर रहे होते हैं– इन्सान के मन की ज़मीन की, मस्तक की ज़मीन की, और अंतर चेतना की ज़मीन की...

मन की चंचल ज़मीन जब शांत होती है, मस्तक की ज़मीन ज्ञान को अर्जित करती है, और मस्तक का अर्जित ज्ञान जब अनुभव में रूपांतरित होता है, तो अंतर-चेतना उस बीज को धारण करती है...

मैं इसी प्रक्रिया को रजनीश दर्शन कह सकती हूं...

नक्षत्रों के चार चरण, जिस तरह अलग-अलग प्रभाव को लिये होते हैं, परमात्मा का बीज भी जिन अवस्थाओं से गुज़रता है, अलग-अलग सूरत लिये गुज़रता है...

अनुभव की धूप पीकर, और ध्यान के पानी में भीगकर इस बीज का पनप जाना, स्वयं का आंशिक दर्शन है, ब्रह्माण्ड की इकाई का आंशिक दर्शन...

कुछ पत्तियों का अंकुरित हो जाना–एक बहुत बड़ी जिज्ञासा का पैदा हो जाना है...

और फूल का खिल जाना–प्रेम का खिल जाना है...

यही फूल जब खिलता है, तो उसकी सुगंधि में भीगे हुए इन्सान की हर इच्छा-आकांक्षा, उसका अहंकार और उसका हसद, उसके बदन से मिट्टी के कणों की तरह घुल जाते हैं।

हमारा भारतीय चिंतन जिस बात पर सबसे अधिक बल देता है, वह है— फल की इच्छा न करना।

त्याग और कड़ी साधना के बाद, फल की इच्छा पैदा हो जाना एक अनिवार्य स्थिति है, एक बहुत बड़े ख़तरे को लिये हुए सामने आती है, और भारतीय चिंतन उसी का संकेत देता है। इस संकेत की बहुत बड़ी अहमियत है।

इच्छा–धन-दौलत की हो, सत्ता की हो, या शांति और निर्वाण की हो, इच्छा, इच्छा है।

हमारा इतिहास भरा हुआ है– जब कड़ी साधना के बाद देवता लोग वरदान देने आते हैं, तो साधना में रत व्यक्ति किसी-न-किसी फल की आकांक्षा करते हैं। बहुत से तो किसी वरदान की इच्छा सामने रखकर कड़ी साधना में उतरते हैं।

यहां एक सूक्ष्म अंतर को पकड़ना होगा कि रजनीश ध्यान की जिस प्रक्रिया को सामने लाते हैं, वह प्रेम में एक फूल की तरह खिल जाने का और सुगंधित हो जाने का साधन है।

फूल की तरह खिल जाने की अवस्था पा लें, तो किसी फल की इच्छा सामने नहीं आती।

प्रेम में सुगंधित हो जाने की अवस्था में आ जाएं, तो किसी फल की इच्छा पैदा नहीं होती।

ऐसी किसी इच्छा को मिटाना नहीं होता, वह सहज मिट चुकी होती है...

एक रात– यह सब लिखते हुए, जाने किस वक़्त मैं सो गई थी कि मेरी उम्र के तीस-चालीस साल का फ़ासला मिट गया। मैं वहां खड़ी अपनी एक उस कविता को देख रही थी, जिसमें कहा था–

इश्क सदा अंबर विच्च रखदा
इस धरती दीआं नीहां

यानी इश्क हमेशा अपनी ज़मीन की बुनियाद आसमान में रखता है। जागी, तो यही पंक्ति मेरे होंठों पर थी। लगा, किसी शक्ति ने मेरी ही एक पंक्ति मेरे सामने बिछा दी थी। अहसास हुआ, उसी के अनुभव में उतरकर मैं रजनीश दर्शन को इतना क़रीब से देख पा रही थी, और कह रह थी कि प्रेम में सुगंधित हो जाने से, फल की इच्छा-आकांक्षा का सवाल सामने नहीं रहता। जिस इश्क़ ने अपनी नींव आसमान में रखी हो, उसे धरती की कोई इच्छा-आकांक्षा नहीं छू पाती...

अहंकार तो एक आंधी है, गर्द से भरी हुई, चलती रहे, पर वह इश्क़ के बदन को नहीं छू सकती। जहां आंधी है, वहाँ वह नहीं है, उसका वह घर भी नहीं है, जिसकी नींव आसमान में पड़ी थी...

रजनीश प्रेम में भीगे हुए से कहते हैं–

"एक दिन ऐसा आएगा, कि तुम बिल्कुल थिर हो जाओगे। हवा के झोंके आएंगे, गुज़र जाएंगे। तुम्हारी लौ नहीं कांपेगी। दुख आएंगे, सुख आएंगे, तुम निष्कम्प चलते रहोगे। सब छूट जाएगा, क्योंकि तुमने अपने को पा लिया होगा। जिसने अपने को पा लिया, वह व्यर्थ को पाने के लिए नहीं दौड़ता..."

और इसका रहस्य आपको पकड़ा देते हैं–"प्रेम करो, तो प्रेम को जानोगे। प्रार्थना करो, तो प्रार्थना को जानोगे...

"मुहूर्त का अर्थ होता है–दो क्षणों के बीच का अंतराल। मुहूर्त कोई समय की धारा का अंग नहीं है। समय का एक क्षण गया, दूसरा क्षण आ रहा है, इन दोनों के बीच में जो बड़ी पतली संकरी राह, है–वह मुहूर्त है...

"शुभ मुहूर्त का अर्थ होता है, जब मन रुक जाए। बड़ा अद्‌भुत अर्थ है। इसे ज्योतिषी से पूछने की ज़रूरत नहीं है। ज्योतिषी से इसका कोई सम्बन्ध नहीं इसका सम्बन्ध अंतर-अवस्था से है, अंतर-ध्यान से है, कोई भी काम करने से पहले कामना से न हां, अत्यन्त शांत मौन अवस्था से हों...

"समय के दो क्षणों के बीच जो समयातीत की ज़रा-सी झलक है, वही मुहूर्त है। यह समय से बाहर की झलक है, जैसे क्षण-भर को बादल हट जाए, तुम्हें चांद दिखाई पड़ा, फिर बादल इकट्‌ठे हो गए।

"प्रेम की यात्रा भी ध्यान से शुरू हो, तो शुभ मुहूर्त में शुरू हुई... यह प्रेम पारगामी होगा... यह मित्रता पारगामी होगी... तूफ़ान आएंगे पर इसे मिटा नहीं पाएंगे..."

रास्ता कड़ी साधना का लेना हो, या प्रेम का, पहुंचना तो वहीं है। यह अपने-अपने मन-मस्तक का सहज चुनाव है–इसमें विरोध कहीं नहीं है।

रजनीश जी के लफ़्ज़ों में–"अस्तित्व अगर एक है, तो विरोध दिखता हो, तो देखने की भूल होगी। विरोध कहीं नहीं है। शरीर और आत्मा में भी विरोध नहीं है। पदार्थ और परमात्मा में भी विरोधी नहीं है। संसार और निर्माण में भी विरोध नहीं है...

"मेरे संन्यास को पुराना संन्यासी समझ नहीं पा रहा, उसकी तो कल्पना ही संसार के विरोध में संन्यास की थी। उसकी तो धारणा थी कि संसार को छोड़ देना संन्यास है। और मेरी धारणा है कि द्वैत को छोड़ देना संन्यास है। द्वन्द्व को छोड़ देना संन्यास है। माया और ब्रह्म में एक को ही देखना!...

"कहते हैं– माया छोड़ो, तो ब्रह्म मिलेगा। जिस माया को छोड़ने से ब्रह्म मिलता है, उस ब्रह्म की कीमत तो माया ने चुका दी। फिर वह माया से ज़्यादा कीमती कैसे होगा! माया ने चुका कर पाया है, तो वह माया के मोल का होगा....

"मेरा संन्यास सेतु है– संसार और मोक्ष का सेतु... गंगा एक है, किनारे दो हैं। वह न बह सकेगी एक किनारे के सहारे। दोनों ने गंगा को संभाला हुआ है..."

यहां रजनीश काया-विज्ञान में ले जाते हैं कि मस्तक का कौन-सा हिस्सा, दायां या बायां, क्रियाशील है, उसी के मुताबिक रास्ते का चुनाव होगा। उनका कहता है–

"शंकर का ब्रह्म, पुरुष मस्तक की ईजाद है। नारद का भगवान, स्त्री मस्तक की ईजाद है...

"मैं तुम्हें इस अंतर से मुक्त होने को कहता हूं। या दोनों को एक साथ ले लो! मैं द्वार परे द्वार खोले चलता हूं। कभी भक्ति के द्वार के बहाने, कभी ज्ञान के द्वार के बहाने, कभी योग, कभी तंत्र, ये सब उसी द्वार हैं..."

मैंने किताब को एक ओर रखते हुए कहा–"दोस्त! आपके तो हाथ थक गए होंगे, इतने द्वार खोलते-खोलते... आओ! आपके हाथों को सहला दूं..."

बहुत पहले एक बार सहने में उनके हाथ स्पर्श किए थे, और बाद में कुछ एक पृष्ठ लिखे थे। 'उनकी उंगलियां' लेकिन आज स्वप्न नहीं था मेरी कल्पना ने ही उनके हाथ साकार से कर दिए थे। उन्हें सहलाते हुए कहा– "मैंने तो जान गई थी, मेरा द्वार कौन-सा है, और वही प्रेम का द्वार ज़िंदगी भर सामने रहा..."

लगा– वह मुस्करा-से दिए हैं... यह 18 अक्तूबर की सुबह थी...

इन्सान की इन्सान से टूटने की व्यथा को लेकर क़रीब तीन साल पहले मैंने

एक कहानी लिखी थी– 'रिश्ता'। वह इन दिनों क़िस्तवार टेलीविज़न पर पेश हो रही थी, हर इतवार को सुबह नौ बजे। और आज उसकी अंतिम कड़ी थी। पहली कड़ियों में एक संघर्ष था, जिसमें इन्सान के हाथों इन्सान के लिए नफ़रत और मौत बांटी जा रही थी। और हर कड़ी के आरम्भ में मेरी कुछ पंक्तियां एक भीगी हुई आवाज़ में गाई जाती थीं–

कभी तो कोई इन दीवारों से पूछे
कि कैसे मुहब्बत गुनाह बन गई है
यह मिट्टी का रिश्ता, यह पानी का रिश्ता
यह आदम की लम्बी कहानी का रिश्ता
जो मेरे और तेरे ख़ुदा की गली थी
वही आज लाशों की राह बन गई है...

और आज 18 अक्तूबर को इस सिलसिले की आख़िरी क़िस्त पेश होनी थी, इसलिए टेलीविज़न लगाया, आरम्भ की वही पंक्तियां सामने आईं और फिर इस क़िस्त के ख़त्म होने से पहले, वे पंक्तियां पेश की गईं, जिनके लिए मैंने यह कहानी लिखी थी। संगीत से भरी हुई और एक गहरे विश्वास को लिये हुए, पंक्तियां हवा में तरंगित होने लगीं–

कह दो, मुखालिफ़ हवाओं से कह दो!
मुहब्बत का दीया तो जलता रहेगा
यह अहले वतन है, यह अहले सुख़न है
यह मिट्टी का रिश्ता तो खिलता रहेगा
यह कितनी ही नदियां, यह कितने की दरिया
यह पानी तो सागर में मिलता रहेगा
कह दो मुख़ालिफ़ हवाओं से कह दो

हवा में यह पंक्तियां तरंगित हो रही थीं, और मेरे अंतर में रजनीश तरंगित हो रहे थे...

रजनीश स्वयं तुफ़ानों के पाले हुए थे। और उनका अक्षर-अक्षर मुहब्बत का दीया बनकर उन तूफ़ानों में जलता रहा... जलता रहेगा...

जानती हूं, यह मेरे बीज का तीसरा चरण है, और अंतिम चरण की ओर

बढ़ते हुए, आज यह जो मेरा अहसास हवा में तरंगित हो रहा है, जिस रजनीश से मैंने बहुत कुछ पाया है, ये अक्षर उन्हीं के नाम अर्पित करती हूं– .

कह दो मुख़ालिफ़ हवाओं से कह दो
मुहब्बत का दीया तो जलता रहेगा

18 अक्तूबर, 1992

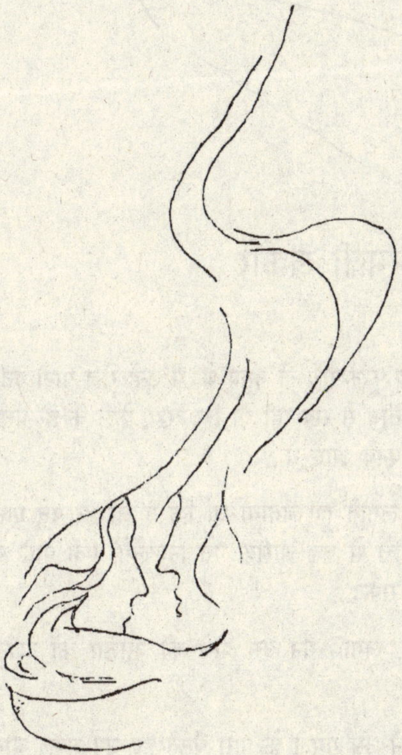

किरमज़ी लकीरें

इमरोज़ घर की छत के लिए कुछ फूल-पौधे ले आए थे, मैं उन्हें रोज़ पानी देती थी, एक दिन कुछ गमले एक तरतीब से रख रही थी कि देखा, केले के हरे पत्तों की छाती में से कुछ सफेद पत्ते पनप आए थे...

माली ने केले के दो पौधे लगाते हुए बताया था कि ये जो हरे पत्ते एक पालथी-सी मारे बैठे हैं, इनके बीच से बड़े बारीक पत्ते निकलेंगे, एक पौधे में हलके नीले रंग के होंगे, एक में सफ़ेद...

यह मंज़र देखने वाला था, लगा– मैंने उस पौधे की आत्मा को दर्शन पाया है...

मन इतना भीग गया कि मैंने उस गमले के पास बैठते हुए उन सफ़ेद बौर जैसे पत्तों को चूम लिया...

फिर छत पर से आंगन की ओर देखा, और दोनों बच्चों को आवाज़ देकर ऊपर छत पर बुलाया, कहा–देखो, इस पौधे की आत्मा खिल गई है...

शिल्पी को पेड़-पौधों से बहुत मोह हो आता है, वह उन्हें देखती रहती है,

लेकिन छोटा अमान कुछ मेरी तरह दीवाना है, वह नाचने लगा–देख, शिल्पी, इसकी आत्मा खिल गई है...

सफ़ेद बौर जो आया था, वह ज़ाहिरा[1] दिख रहा था, लेकिन दूसरे पौधे की छाती पर आया हुआ बौर हलके नीले रंग का था, बहुत ज़ाहिरा नहीं था। अमान ने वह भी देखा, और पूछने लगा– अम्मा जी, इसकी आत्मा का रंग नीला क्यों है?

मैं हंस दी, कहा–वह कृष्ण की आत्मा है, और यह गोरे रंग की राधा के आत्मा है...

पास तुलसी के पौधे भी थे, दो हरी तुलसी के, और दो काली तुलसी के हालांकि उस तुलसी का रंग काला नहीं होता, गहरा जामुनी-सा होता है, लेकिन उसे काली तुलसी कहा जाता है। माली ने बच्चों को उनके नाम बताए हुए थे– रामा तुलसी और श्यामा तुलसी। और बच्चे रोज़ उनकी एक-दो पत्तियां खाते, कहा करते थे–आज मैंने राम तुलसी का पत्ता खाया है, आज श्यामा तुलसी का। और उनकी जानकारी बढ़ गई थी–"एक गमले में कृष्ण की आत्मा खिल गई, एक में राधा की..."

और अमान मेरे साथ एक प्यारा-सा खेल खेलने लगा–अम्मा जी, जिन पौधों पर पत्ते ही पत्ते हैं, फूल नहीं है, उनका क्या खिला है?

मैंने एक नज़र सब पौधों की ओर देखा, कच्चे हरे रंग वालों को भी, गहरे हरे रंग वालों को भी, कहा–इनकी काया खिल गई है...

उस समय अमान पहले गुलाब के पास हुआ, फिर गेंदा के पास, फिर सूरजमुखी के पास, और पूछने लगा—अम्मा जी, इनका क्या खिला है?

मैंने कहा– इन सबका मन खिल गया है...

उसने रंगीन पत्तों वोले पौधे देखे, जिनकी रग़-रग़, हरे पीले और किरमज़ी रंगों में भीगी हुई थी, और उसने वही सवाल किया– अम्मा जी, इनका क्या खिल गया है?

---

1. प्रकट

मैंने कहा–इनकी चेतना खिल गई है...

कुछ पौधे ऐसे थे, जिनके शिखर पर अंगूरों जैसे गुच्छे थे, उन्नाबी रंग के। मैंने बच्चों को दिखाए, और कहा–देखो, इनका मस्तक खिल गया है...

कुछ पौधे सुर्ख़ फूलों से भरे हुए थे, नीचे की शाखा से लेकर ऊपर की शाखा तक उनका सारा बदन फूलों में लिपटा हुआ था, अमान ने वह देखे, तो पूछा–इनका क्या खिला है अम्मा जी?

इन पौधों का जलाल देखने वाला था, मैं घड़ी देखती रही, फिर कहा– इनकी महाचेतना खिल गई है...

मैं, अमान और शिल्पी बहुत देर तक यह खेल खेलते रहे, और जब बच्चे नीचे चले गए, मुझे लगा–दुनिया की शायरी भी कई तरह की होती है, किसी में काया खिली हुई दिखती है, किसी में मन, किसी में मस्तक, किसी में चेतना, और कभी-कभी वह सौन्दर्य सामने आता है, जब उसकी आत्मा का दर्शन होता है, और कभी-कभी महाचेतना का भी...

मैं जब अपने कमरे में आई, बहुत भरी-भरी, भीगी-भीगी, तो बिस्तर में बैठते हुए बायीं ओर पड़ी किताबों पर नज़र गई, जिनमें बलावतस्की की दो किताबें पड़ी हैं– 'सीक्रेट डॉक्टराइन्स', जिनमें दुनि के इन्सान की सात बुनियादी नस्लों का रहस्य है, रूट रेसिज़ का, और याद आया– रजनीश ने इस औरत के लिए कहीं लिखा है कि यह दुनिया में एक ही ऐसी औरत है, जिसने सौर-मण्डल का दर्शन पाया है, और कई रहस्य पाए हैं। यह महाचेतना के बिना मुमकिन नहीं था...

और याद आया– इसी बलावतस्की के ज़िक्र में कहा जाता है कि वह जब दुनिया-भर की यात्रा करती रहीं, एक थैला उसके पास हमेशा बना रहा, जिसमें कई तरह के फूलों के बीज पड़े रहते थे। वह जहां भी कहीं अच्छी ज़मीन देखती, फूलों के बीज छिड़क देती थी। कई बार लोगों ने कहा कि आप तो फिर कभी इस राह से नहीं गुजरेंगी, यह बीज जब खिल जाएंगे, आप कभी नहीं देख पाएंगी... उस वक़्त बलावतस्की हंस देती थी, कहती– मैं नहीं देख पाऊंगी, लेकिन लोग देखेंगे, यह फूल लोगों के लिए खिलेंगे...

अहसास हुआ– शायरी एक माध्यम है, जिसमें से किसी के मन-मस्तक और चेतना का दीदार होता है, और उसी तरह और भी कितने माध्यम हैं– चित्रकला के, बुत-तराशी के, सप्त-सुरों के; लेकिन असल में तो इन्सान मूल बिन्दु है, जिसमें इस दर्शन की हर संभावना बनी रहती है और बलावतस्की उसी संभावना का एक शिखर थी...

मेरे बिस्तर पर महागीता पड़ी थी, जनक अष्टावक्र के संवाद की, जिसकी बात करते हुए रजनीश उसमें इस तरह उतर जाते हैं कि अक्षर-अक्षर में अष्टावक्र का दीदार होता है...

किताब खोली, जो भी पृष्ठ सामने आया, पढ़ने लगी, तो लगा— आज सुबह से सारा वक़्त मैं जिस अहसास में भीगती रहीं, यह पृष्ठ उसी की बात कर रहा है, रजनीश कह रहे थे–

"जो प्रार्थना की जा सके, वह प्रार्थना नहीं, जो प्रार्थना हो जाए, वह प्रार्थना है...

"यह क्या बात हुई कि आप हिन्दू हैं, इसलिए सूरज नमस्कार कर रहे हैं। हिन्दू होने के कारण कर रहे हैं, सूरज दर्शन के कारण नहीं। सूरज दिख रहा है, लेकिन मुसलमान के हाथ नहीं जुड़ते, क्योंकि वह मुसलमान है। हिन्दू के जुड़ते हैं, क्योंकि वह हिन्दू है। दोनों बातें व्यर्थ हैं...

"इधर सूरज उग रहा है, और उधर आप हिन्दू-मुसलमान का हिसाब कर रहे हैं। यह परम सौन्दर्य आपको दिखता नहीं...

"फूल खिले हैं, पंछी बोल रहे हैं, आपके हाथ नहीं जुड़ते...

"हाथ जोड़े जाना व्यर्थ है, जुड़ जाना अर्थ है..."

आज सुबह से पत्ते-पत्ते के आगे हाथ जुड़ जाने की अवस्था थी, इसीलिए यह पंक्तियां रंगों में उतर रही थीं कि इतने में अमान, शिल्पी आ गए। उन्हें आज तस्वीरों वाली बाल-डिक्शनरी मिली थी, और वे दिखाने के लिए आए थे। मेरे हाथ में पकड़ी हुई किताब को देखते वे पूछने लगे– अम्मा जी, यह कौन-सी किताब है?

मैंने किताब की जिल्द पर प्रकाशित तस्वीर दिखाई, रजनीश की, कहा– बेटे, जो कुछ फूलों-पत्तों में खिलता है, वह कभी-कभी इन्सान में भी खिलता है। इन्सान भी पेड़-पौधों की तरह होते हैं... यह रजनीश भी एक पेड़ था...

अमान इस समय भी सुबह वाली रौ में था, रजनीश जी की तस्वीर को देखता पूछने लगा– अम्मा जी, इसमें भी आत्मा खिली थी?

मैंने अमान-शिल्पी दोनों को बांहों में भर लिया, कहा–हां बेटे, यह ऐसा पेड़ था, जिसके पत्ते-पत्ते में मन-मस्तक भी खिल गया था, आत्मा भी खिली थी, चेतना भी, महाचेतना भी...

(1993)

होरी खेलूंगी कह बिस्मिल्ला

किसी काम की इब्तदा करने से पहले ख़ुदा का नाम लेना, बिस्मिल्लाह कहना, एक प्यारा एतक़ाद[1] है, जिससे यह दुनिया के काम की रूहानी रंग में उतर जाते हैं। पंजाब के एक सूफ़ी शायर बुल्लेशाह ख़ुदा की मुहब्बत में बौराये से, होली खेलने से पहले बिस्मिल्लाह कहकर अपनी एक नज़्म की इब्तिदा करते हैं– 'होरी खेलूंगी कह बिस्मिल्लाह' और मुहब्बत से तरंगित हुई उनकी निगाह में हर मज़हब के रंग पिघलने लगते हैं...

'नाहुन अकरब' का अर्थ है– "मैं (ख़ुदा) तुम्हारी शाह-रग[2] से भी ज़्यादा तुम्हारे क़रीब हूं।" उसी को लेकर यह सूफ़ी शायर कहते हैं– 'नाहुन अकरब, की बंसी बजाई...' यानी वह, जो शाह-रग से भी क़रीब है, मैंने उसकी बांसुरी बजाई है। और जब होली खेलने वाले पानी को क़तरा-क़तरा अपने ऊपर बरसता पाते हैं–"बूंद पड़ी अल्लाह-अल्लाह, होरी खेलूंगी कह बिस्मिल्लाह..."

यह मुहब्बत का बीज सबके अंतर में होता है, लेकिन पनपता नहीं। धर्म को अलग-अलग क्षेत्रों में बांटने वाले इसे पनपने नहीं देते। इसी के विज्ञान

---

1. विश्वास, 2. श्वास नलिका।

में उतरते हुए रजनीश, तंत्र के आदि काल के उन सूत्रों को सामने रखते हैं, जिनमें देवी सवाल पूछती है, और शिव हर सवाल का जवाब देते हैं। और उन्हीं सूत्रों की छाती में उतरते हुए रजनीश उनकी धड़कन को सुनते हैं। कहते हैं–

"इन्सान अपने केन्द्र के साथ जन्म लेता है, लेकिन उसे उसकी जानकारी नहीं रहती। वह केन्द्र तो अपने साथ लेकर आता है, लेकिन उसका ज्ञान साथ लेकर नहीं आता। वह ज्ञान उसे हासिल करना होता है...

"केन्द्र है। उसके बिना तुम हो नहीं सकते। तुम अपने और अपने अस्तित्व के बीच, किसी सेतु के बिना कैसे रह सकते हो। वहीं तुम्हारी जड़े हैं परमात्मा में। लेकिन जड़े भूमिगत हैं, जैसे किसी पेड़ की जड़ें भूमि में छिपी रहती हैं। तुम्हारी भी जड़े हैं, लेकिन जब तक तुम अपनी जड़ों को, अपने केन्द्र को नहीं पा लेते, यह दुनिया तुम्हारे लिए, अजनबी-सी बनी रहेगी...

"नाभि-केंद्र मौलिक है, साथ आता है। जापान में इसी को हारा कहते हैं।

उसी से हाराकीरी शब्द बना, आत्मघात। हाराकारी का अर्थ है– हारा को, यानी केंद्र को नष्ट करना... कोई बच्चा जब पैदा होता है, नाभि-केन्द्र में, हारा में, केंद्रित होता है। और जो दूसरा केंद्र विकसित करना होता है, वह हृदय केंद्र होता है। इसीलिए विज्ञान मानता है कि जिस बच्चे को प्रेम नहीं मिलेगा, वह ज़िंदगी-भर प्रेम करने में समर्थ नहीं होगा। उस केन्द्र को विकसित करने में सहायता न दी जाए, तो वह विकसित नहीं हो सकता। यही कारण है कि लोग प्रेम के बिना जीते हैं। बच्चे पैदा होते हैं, लेकिन मां-बाप और समाज उन्हें प्रेम का केंद्र देना नहीं जानते...

"तीसरा केन्द्र मस्तक है, बुद्धि का, तर्क का, शिक्षा का, उनके बिना जीवन असंभव है, इसलिए वह उसे दिया जाता है। और इस तरह तीसरा केंद्र विकसित होता है– मस्तक प्रधान...

"लेकिन बीच में दूसरा केंद्र छूट गया, इसलिए बीच की कड़ी खो गई। नाभि केंद्र होने में है, हृदय केंद्र अहसास में है, और मस्तक केंद्र जानने में है। होने और, जानने के बीच का सेतु टूट गया, इसीलिए इन्सान की हालत बेघर होने की हो गई, भीतर से रिक्त होने की...

"वही दूसरा केंद्र था– अहसास-मंद होने का, प्रेम में उतरने का, वही आत्मा का अर्थ जानता है– किसी के साथ एकात्मक होने का अर्थ।"

इसी विज्ञान की रोशनी में देखें तो बिस्मिल्लाह कहकर होली खेलने की बात पकड़ में आती है, जिसमें बहते हुए किसी रंग को हिन्दू या मुस्लिम का नाम नहीं दिया जा सकता। वह कायनात की चेतना है। जिसकी छाती में कई रंग खेलते हैं–जहां होली का गुलाल भी है, बिस्मिल्लाह की ध्वनि भी है, और जो शाह-रंग में भी बसता है, वह कृष्ण की बांसुरी भी है...'

जन्म तो विकसित होने के लिए है। हृदय केंद्र विकसित हो जाए, मस्तक केंद्र विकसित हो जाए, तो एक कड़ी बन जाएगी, फिर से मूल केंद्र को पहचान लेने की...

काम-कृत्य के आकर्षण को लेकर रजनीश इसी विज्ञान को सामने रखते हैं– "यह काम कृत्य नहीं, जो आनन्द देता है, यह आनंद हारा से आता है। काम-वासना में उतरते हुए तुम हारा से होकर गुज़रते हो, तुम हारा का स्पर्श करते हो। लेकिन आधुनिक आदमी के लिए यह भी असंभव-सा हो गया है, क्योंकि उसके लिए कामवासना भी मानसिक कृत्य बन गई है। उसका काम मस्तक में समा गया है। यही कारण है कि यौन को लेकर इतनी फिल्में बनती हैं, उपन्यास लिखे जाते हैं। आदमी काम-वासना के बारे में जितना भी देखता है, सोचता है, वह उतना ही मानसिक होता चला जाता है। और इसीलिए यौन व्यर्थ होता जा रहा है...

"जंग के वक़्त भी सोचने का समय गिर जाता है, चेतना सिर से उतरकर हारा हो छूती है, इसीलिए योद्धा को आनंद का अनुभव होता है..."

जवानी और जंग का वक़्त केंद्र को स्पर्श-सा पा लेते हैं, इसीलिए इन चीज़ों का आकर्षण इन्सान में बना रहता है, लेकिन यह स्थायी तौर पर केंद्र को नहीं पा सकते। केंद्र को पाने के लिए तंत्र का ही एक सूत्र है–"मोर पंखों का वर्तुल में फैलना, जिनमें पांच रंग होते हैं। वही अन्तरिक्ष में तुम्हारी पांच इन्द्रियां हैं। जिनके पांच रंग एक बिन्दु पर लाने हैं।" और रजनीश इन रंगों को लेकर केंद्र में क़ायम होने की विधि सामने रखते हैं– "कल्पना करो कि मोर पंखों के पांच रंग, एक वर्तुल में फैले हुए, पूरी कायनात को भर रहे हैं। अनंत आकाश में

फैले हैं। तुम उन रंगों के बीच भ्रमण करो, उनके बीच गति करो, और कल्पना करो कि तुम्हारे भीतर एक केंद्र है जहां यह रंग मिलते हैं। एक बिन्दु पर मिलते हैं। वे पांचों रंग किसी बिन्दु पर मिलेंगे, तो सारा जगत विलीन हो जाएगा। यह बिन्दु तुम्हारा नाभि-केंद्र है, हारा को बिन्दु। तुम एकाग्र हो जाओगे, केंद्र पर क़ायम हो जाओगे।"

आज की चारों ओर फैली हुई टूटन, तड़प कर, चीख़ कर, उस केंद्र को तलाशती है, जो हमसे खो गया है। मस्तक विकसित हुआ है, लेकिन प्यार विकसित नहीं हुआ, जिससे विकसित होने की कड़ी टूट गई। और मस्तक के ज़ोर से हम केंद्र को नहीं पा सकते। मस्तक के ज़ोर से हम होली के रंग छिड़कते हुए बिस्मिल्लाह नहीं कह सकते। मस्तक के ज़ोर से हम शाह रंग से भी क़रीब बसने वाले को कृष्ण की बांसुरी नहीं बना सकते...

प्रेम का केंद्र एक ही केंद्र है, जो हमारी ऊर्जा को रूपांतरित कर सकता है, और हमें कायनात की चेतना केंद्र पर ला सकता है। इसी केंद्र पर खड़े रूफ़ी शायर को सुनना होगा–

जो 'फज़करूनी' की होली खेलते हैं। फज़करूनी का अर्थ है– जिस पर ख़ुदा की रहमत हुई। और यह होली खेलते हुए वह जिस पिया के लिए कहते हैं– कैसे पिया सुब्हान अल्लाह!" उस पिया का नाम धर्म है। जो किसी भी मज़हब के नाम से मुक्त होता है। और यही तंत्र में अपने केंद्र पर कायम हो जाना है।

•••

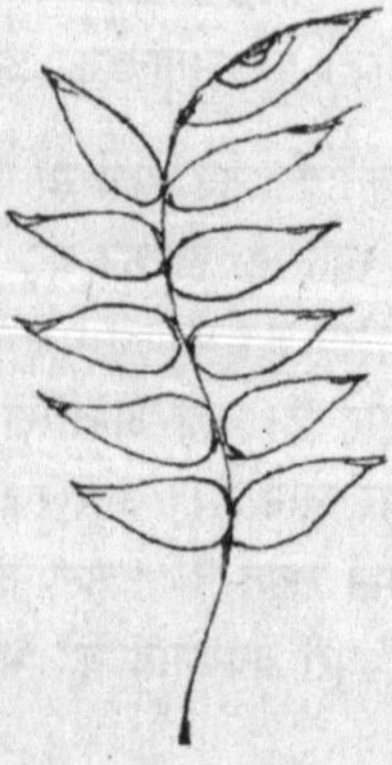

इसी कलम से...

एक मुट्ठी अक्षर

संध्याकाल की जिस चेतना को कबीर ने कभी संध्या-भाषा का नाम दिया था, यह पुस्तक उसी भाषा में लिखी हुई कविताओं का संकलन है। इसमें वे कविताएं भी शामिल हैं, जो सपनों में लिखी हुई हैं और कुछ वे भी, जो सपनों के आधार पर लिखी हुई हैं। कविताओं की इस पुस्तक की अन्तर्सज्जा की है अपने रेखांकनों द्वारा इमरोज़ ने।

रसीदी टिकट (आत्म-कथा)

ज़िन्दगी जाने कैसी किताब है, जिसकी इबारत अक्षर-अक्षर बनती है, फिर अक्षर-अक्षर टूटती, बिखरती और बदलती है –

चेतना की एक लम्बी यात्रा के बाद वक़्त आता है, जब किसी में, अपनी ज़िन्दगी के बीते हुए काल की व्यथा को व्यक्त कर पाने की सामर्थ्य पैदा होती है और यही सब लिख पाने की सामर्थ्य का नाम है 'रसीदी टिकट'।

पांच बरसे लंबी सड़क (उपन्यास)

यह पुस्तक एक चौराहे पर खड़े होकर अलग-अलग राहों और राहगीरों को देखने का एक तजुर्बा है। यह राहें विपरीत दिशाओं की ओर जाती हैं, लेकिन एक संभावना को लिए हुए, कभी एक दूसरे में मिल भी सकती हैं –

इसी पुस्तक में एक उपन्यास है 'यात्री', जिसके किरदार को अपने मन की राह पर चलने का सहज अधिकार नहीं है। उसका अंतर्मन एक क्रान्ति को लिए हुए है, लेकिन साथ ही वह क़दम-क़दम एक चेतना की ओर बढ़ रहा है, जो एक सागर मंथन से पैदा होती है –

पिंजर (उपन्यास)

यह वह उपन्यास है, जो दुनिया की आठ भाषाओं में प्रकाशित हुआ है और जिसकी कहानी भारत के विभाजन की उस व्यथा को लिए हुए है, जो इतिहास की वेदना भी है और चेतना भी।

कहानियों के आंगन में

कथा-साहित्य में यह एक नई दिशा है कि जिन किरदारों को लेकर कुछ कहानियां लिखी गईं, उन किरदारों का अहसास भी हर कहानी के साथ दिया गया है। इस पुस्तक में केवल वही कहानियां हैं, जिनके मूल-पात्र भी कहानियों के आंगन में बैठे हुए हैं।

अदालत

इस उपन्यास का एक ही किरदार है, और जो कुछ उससे खो गया है, उसका इलज़ाम कभी अपने ऊपर ले लेता है और कभी हाथ से पकड़ कर उसे किसी अंधेरे कोने में छिपा देता है –

कोरे काग़ज़

इस उपन्यास का हर पात्र उस अहसास की तरह है, जो अहसास कभी सीधा छाती का द्वार खटखटा कर आता है और फिर रगों में उतर जाता है –

तेरहवाँ सूरज

पुराणों और स्मृतियों में अलग-अलग महीने के लिए अलग-अलग सूरज की कल्पना की गई है और जिस तरह एक वर्ष के बारह महीने बारह नाम धारण करते हैं, सूरज के भी बारह नाम गिने जाते हैं।

ज़िन्दगी का दर्द और चिन्तन जब किसी के मस्तिष्क की रोशनी बनता है, इस उपन्यास में उसी को तेरहवां सूरज कहा गया है।

उनचास दिन

इस उपन्यास में हक़ीक़त की सीमा और कल्पना की परा-सीमा कुछ इस तरह मिलती है, जिस तरह दो नदियों का पानी कहीं मिल जाए और एक होकर बहने लगे।

सागर और सीपियाँ

यह उपन्यास उस भयानक यथार्थ को समेटे हुए हैं, जिसकी ज़मीन पर ऐसी घटनाएँ होती हैं, जो मन के फूलों को पनपने नहीं देतीं ,लेकिन इसी उपन्यास में किसी की वह चेतना भी सामने आती है, जो अपनी ज़िन्दगी के सवाल को अपने हाथ में ले लेती है। इस उपन्यास पर आधारित 1975 में 'कादम्बिरी' नाम से एक फिल्म बनी थी।

नागमणि

यह उपन्यास एक पुख्ता औरत के उस नज़रिए को पेश करता है, जिसके लिए कहा जाता है कि यह कहानी वक्त से एक सौ साल पहले लिखी गई है।

उनकी कहानी

लेखिका के लफ़्ज़ों में, 'इस उपन्यास के पास आए दिन होने वाली घटनाओं की ज़मीन है, लेकिन इसकी इमारत को जिस पहलू ने आबाद किया है, उसे मेरी कल्पना ने गढ़ा और तराशा है।

इस उपन्यास पर आधारित 1976 में 'डाकू' नाम की एक फिल्म बनी थी।

दिल्ली की गलियाँ

इस उपन्यास की कामिनी बरसों तक उस किताब को देखती रहती है, जहां कुछ एक क्षण थे, कुछ एक स्पर्श थे, कुछ एक कंपन कि उसे अहसास होता है, वे सब किसी भाषा के अक्षर हैं–

कुछ पल ऐसे भी होते हैं, जो भविष्य से टूटे हुए होते हैं, फिर भी साँसो में बस जाते हैं, प्राणों में धड़कते हैं और इन सबसे गुज़रते हुए एक़ वक़्त आता है, जब कामिनी अपने को पहचान पाती है।